Episoder från villaliv

Claes Tjäder

Episoder från villaliv

Förlag: BoD – Books on Demand, Stockholm, Sverige
Tryck: BoD – Books on Demand, Norderstedt, Tyskland
ISBN: 978-91-8097-354-0

På väg hem

Ebba har varit på utflykt och det finns sååå mycket att berätta för mamma Eva.

– Mamma, fröken berättade om olika träd och så fick vi känna med handen på mossa, vet du mamma att det finns olika slags mossa?

– Mmmm, fröken kan säkert mycket mer än jag.

– Mamma, fröken berättade att växterna behöver regn.

– Kom det något regn på er?

– Bara en stund.

– Älsklingsgumman, vad var bäst?

Ebba sätter sig ner. Hon skrattar och så plockar hon upp en liten sten.

– Mamma, vi såg en jättestor myrstack och så såg vi skalbaggar.

– Ni hann med mycket, det verkar ha varit en underbar utflykt.

– Du förstår mamma jag är jättetrött nu och behöver vila.

Eva böjer sig ner.

– Då stannar vi här en stund för att hämta krafter.

De blir sittande. Ebba lägger sig ner på rygg. När ögonlocken ramlat ner några gånger lyfter Eva upp Ebba, håller henne kvar i famnen och pussar henne på båda kinderna.

– Min stora älskling.

När Eva sätter ner Ebba i sittvagnen kvicknar hon till.

– Mamma, soppan vi fick idag på utflykten var jättegod. Kan inte du göra den nästa gång pappa o du o jag åker på utflykt?

– Det är klart, jag ska fråga fröken om receptet. Nu när du pratar om mat blir jag så hungrig. Det är bäst vi tar oss hem nu så vi hinner göra mat tills pappa kommer hem, det blir väl bra?

– Mmmmm

Eva och Johan trivs tillsammans, som andra par älskar de med varandra. Ebba är ett resultat av deras kärlek.

– Det vore kul med syskon till Ebba, eller hur? säger Eva.

– Helt med. Behöver vi flytta då?

– Du är så snabb, för snabb – vart skulle vi flytta?

– Det finns säkert många bra ställen.

Bostadsannonserna ger nytt bränsle.

– Äääummm vad säger du älskling, ska vi typ kolla om det finns någon bostad som verkar schysst?

– Mmmmm inte just i dag, älskling. Vi har liksom redan en helt ok bostad med fint läge och vi har grannar som är både bra och sköna ååå Ebba har typ flera kompisar. Kom över till min säng, vi har all tid i världen, det är söndag morgon. Ebba sover fortfarande, nu har vi ett magiskt tillfälle bara vi två.

Just söndagar har blivit en dag då många går på visningar. Snacket om bostäder förs på jobbet och i vänkretsen. Då hörs allt möjligt.

– Är det hållbart att bo där vi bor?

– Har ni funderat på att flytta?

– Jo, men...

– Vart vill ni flytta?

– Äääääumm, vet faktiskt inte....

– Det måste vara typ nåt bättre......

– Johan, det är väl inget fel på vare sig lägenheten, grannarna eller läget, här är nytt o fräscht o trivseln är hög.

– Älsklingen, om vi inte kollar vad andra gör är det inte risk för att vi missar nåt tåg då?

– Det där tugget får du nog hålla tillbaka, det är jättemycket värt att Ebba har så fina kompisar och att vi känner så många här i området. För att vi ska flytta krävs något som slår det vi har nu.

– Gör alla som vi?

– Vet du mer än jag? Har du hört talas om några som flyttat, eller?

– Inte direkt liksom, men ungefär så här sa en kompis på jobbet. Frihet att välja var man vill bo är något bra och fint, men friheten har ett pris som kan kallas osäkerhet, ingen säger öppet att man är ängslig – det låter inte så positivt. Och positiv det är ett måste idag.

– Bättre kan du älsklingen min.

Efter en fredagskväll med grannar i träfflokalen går de till sängs.

– Eva, hörde du nu ikväll att det är flera som går och funderar på sitt boende?

– Jovisst gjorde jag det, men är det på riktigt? Det vet varken du eller jag. Ingen av dem bor ju särskilt dåligt eller trångt, tvärtom faktiskt.

– Är det risken för att man ska missa något gött, som Olle sa ikväll, som skrämmer? Ingen vill i efterhand upptäcka att man inte fattade att det var läge att göra något åt boendet.

Efter en kort godnattpuss under täcket slår ögonlocken igen.

Följden av kvällen blir att Eva och Johan börjar följa vad som händer på bofronten.

– Ett alternativ kan det vara att vid sidan om lägenheten skaffa sig ett fritidshus? undrar en arbetskamrat till Johan.

– Ni kanske ska pröva en kolonilott? säger Evas föräldrar, Lotten och Torsten.

– Hmmmmm, det var något nytt.

– Då behöver ni inte binda er för stora utgifter och kolonilotten är en lagom utmaning när man har barn.

En artikel i lokaltidningen väcker Evas intresse. En lapp i matbutiken aviserar en ledig kolonilott. Eva blir stående framför anslagstavlan och när det inte står någon annan kund i närheten river hon ner hela lappen, inte bara en liten remsa med telefonnumret, det gäller att exkludera eventuella konkurrenter.

– Jag såg er annons i matbutiken.

Efter telefonsamtalet: – Johan, nu har vi chansen, kolonilotten ligger inte långt bort, ska vi pröva?

– Är det verkligen rätt sak för oss?

– Tveka inte nu älsklingen.

– Ok, men det är väl inte säkert att den är ledig fortfarande?

– Fint, då ringer jag Johanna och Arvid och frågar om de hänger med.

Strid som familjen heter, består av fyra personer, är också positiva till tanken. Eva ringer tillbaka till den familj som satte upp lappen och anmäler intresse.

Någon dag senare får man besked, Eva kontaktar Johanna: – styrelsen i kolonilottsföreningen har sagt sa ja till vår ansökan, det är en ganska stor plätt jord, ordföranden sa att det är en av de största lotterna som vi ska ta hand om, men det ingår ingen kolonistuga.

– Man kan inte få allt.

När Johan kommer hem från sin löprunda får han beskedet.

– Älsklingen, nu är det klart, vi får ta över kolonilotten inför nästa säsong.

– Mmmmm, det gjorde du bra älsklingen, du kan verkligen vara dristig när det gäller.

– Om det inte funkar får vi säga upp kolonilotten, men varför skulle vi inte klara det?

Den stora drömmen

Kolonilotten ligger i Traneberg inte långt ifrån lägenheten. Under tiden de bott i lägenheten har de nöjt sig med att på sommaren ha några välfyllda blomlådor på balkongen som sprider hemkänsla. Vill man ha en större uppgift för de förhoppningsfulla gröna fingrarna som bara väntar på att bli nerstoppade i något som liknar odlingar – då krävs en egen plätt med jord – det är det som väntar nu.

– Johan nu är siktet inställt på nästa säsong, älsklingen, då kommer vi odla grönsaker och frukt att dryga ut köpematen med. Vad säger du om det?

– Då får vi med andra ord börja kolla in TV-program som Odlingsdags och tidningar för Gröna fingrar och Kolonilottsägare. Syrran har ju sin kåk sedan många år, hon har en massa erfarenhet som vi kan hämta hem.

Familjen Strid består av Johanna och Arvid samt barnen Mikael och Elin. När de båda familjerna sätter sig tillsammans och börjar planera ser man bara fördelar med att barnen inte är äldre.

– Nu är våra barn formbara, de är i den åldern då de vill vara tillsammans med oss.

Uppgifterna fördelas.

– Johan du får i uppdrag att handla små och stora spadar, krattor och handskar.

– Kan vi inte odla hallon som är så gott, säger Mikael.

– Ja och jordgubbar tycker jag, säger Ebba.

– Om det är läge att lägga fram önskningar vill jag bara berätta att Arvid och jag vill satsa på örter, vad är en måltid utan färska örter, inflikar Johanna.

– Håller verkligen med, när jag växte upp så hade min mamma en egen odling som hon älskade. Hennes örter och sallader var alltid så fräscha, nu vill jag gärna kunna bjuda mamma och min moster på något lika gott, säger Eva.

– Vad sägs om att kalla vår kolonilott för Den stora drömmen?

– Ja, ropar barnen med hög röst.

Ett kitt växer fram mellan familjerna, man lagar mat tillsammans och skapar en gemenskap runt middagsbordet. Familjerna går runt till andra koloniområden och hämtar inspiration. Det blir flera svängar till biblioteket och en trädgårdskurs under vintern.

– Nu är vi rejält taggade.

– Framför mig ser jag magiska skördetider, säger Eva.

Första gången alla sju går till kolonilotten i början av våren sitter alltjämt små lappar med reklam kvar på spadar och hackor. Barnen bär på sina egna små spadar. Såväl små som stora har nya arbetshandskar. Johan och Arvid har klätt upp sig i nyinköpta hantverksbyxor med vadderingar för knäna.

Alla tar i och sjunger hela vägen från hemmet till kolonilottsområdet när man tar sig fram på smågatorna tidigt på lördagsmorgonen. Vädret bjuder på en kall morgon med blå himmel och solsken.

– Nu är vi rejält laddade för en dag med utomhusarbete, konstaterar Arvid.

– Inga problem vi har kassar med mat och dryck för att vara borta en hel arbetsdag, säger Johan.

– Har ni sett så roade barnen är den här morgonen, jag tror vi har en underbar dag och odlingssäsong framför oss, säger Johanna.

Det verkar som att inte bara barnen är taggade, säger Eva småskrattande och pekar på Arvid och Johan.

Johanna gör tummen upp.

Efter en sväng runt hörnet vid ett flerfamiljshus ser allesamman det efterlängtade koloniområdet.

– Vem är snabbast?

Alla börjar springa för fullt.

– Jaaaaaaa var först, hörs det från alla tre barnen.

Väl framme blir det mycket hälsande på andra glada och förväntansfulla kolonilottsägare.

– Välkomna till en ny odlingssäsong, hörs många gånger den här morgonen.

– Vad roligt att ni har barnen med er, det uppskattar jag verkligen, säger ordföranden.

– Vi var så sugna för två veckor sedan så vi kunde inte vänta utan vi kände oss tvungna att gå hit och fika trots att det låg snö här, men vi kunde inte göra så mycket, säger ett äldre par.

– Har ni varit odlare länge?

– Fyrtioex år blir det i år.

– Tänk att man inte tagit det här klivet förut, säger Johanna.

– Skönt att vi äntligen gjorde slag i saken, lägger Eva till och kramar samtidigt Johans hand lite extra.

Barnen går runt och pratar med andra odlare.

– Vi tänker odla hallon och jordgubbar.

– Vad roligt, nu kan ni inte se det, men vi har faktiskt både hallonbuskar och jordgubbsplantor på vår kolonilott, berättar en äldre kvinna som heter Kerstin.

Första dagen löper på utan stora åthävor, man bekantar sig med plätten och synar jorden lite extra. Den första helgen följs av andra helger. För varje gång känns avståndet kortare. Man hinner knappt sjunga mer än en sång förrän man är framme. Börjar det inte också bli märkbart ljusare och varmare på eftermiddagen?

– Vi har fria händer att plantera det som vi själva tänkt ut under vintern, konstaterar Johanna och Eva.

Men det finns annat här i livet än kolonilotten.

– Mamma, måste vi gräva i jorden nu på lördag, Klara och Veronica ska gå på bio och sedan ska man äta på restaurang, kan inte Mikael, Elin och jag få följa med dem? Klaras mamma har sagt att vi får följa med? Kan vi inte det, snälla snälla mamma? säger Ebba.

– Ok, men då får du inte vara med och besluta om var potatisen och morötterna ska planteras.

– Tack mamma, vi måste få ha lite kul också.

Beslutet välsignas med en high five.

En fredagskväll samlas familjerna som står bakom Den stora drömmen runt matbordet hemma hos familjen Strid. Barnen somnar och så fortsätter man att ta för sig av vinet och ostbrickan.

– Visst blir man trött av allt arbete med kolonilotten och visst tar det mycket tid, men det är gudomligt att upptäcka hur bra man mår av frisk luft, konstaterar Johanna.

– Johan sover så djupt nu för tiden så han hör inte när det är dags att gå upp och göra frukost på söndagen, säger Eva och tittar på sin Johan samtidigt som hon kramar handen.

– Ajjjjjjjjjj, har ni sett mina blåsor? Dessutom kan jag berätta att jag känner av ryggen säger Johan och visar upp sina röda händer.

Arvid nickar igenkännande.

– Barnen har den här våren fått så härligt mycket färg helt naturligt, inflikar Johanna.

Efter kolonilotten kommer man hem på lördag eftermiddag, Johan är helt slut, Eva är full av energi.

– Älsklingen vi borde sagt att vi ställer in i morgon, jag känner det i hela kroppen, ska jag kontakta Arvid och Johanna på en gång, så får vi sova ut rejält i morgon?

– Johan, vi kan inte bli tveksamma nu, nu är det bara att köra, det här kommer gå bra.

Några timmar senare väntar en ny dag.

– Ajjjjjj, älskling jag kan inte komma upp ur sängen, det gör så förbaskat ont i ryggen.

– Älsklingen du får ta smärtlindrande tabletter, du är inte den första som fått ryggont.

Efter en enkel frukost följer Johan trots allt med till kolonilotten. Det går inte lång stund förrän Johan ger upp.

– Jag kan inte vara kvar. Känns meningslöst, jag behöver vila, orkar inte göra nåt.

När Eva och Ebba kommer hem ligger Johan utslagen och svettig i sängen.

– Hur mår du pappa? Vill du veta vad vi gjort idag?

– Låt pappa vila, du får gå in på ditt rum och ta det lugnt en stund så äter vi middag sen.

Eva går fram och kysser Johan.

– Hur är det älsklingen?

– Inte alls bra, men det går förhoppningsvis över. Jag har några viktiga möten på jobbet i morgon. Eva, känner att vi behöver ta det lite lugnare med kolonilotten, vi kör för hårt. Tror Arvid håller med även om han inte säger det högt när Johanna hör.

– Det är så dags att säga det nu när vi kommer in på de viktiga veckorna, nu får du skärpa dig min stora älskling, ryggskott går faktiskt över, vi måste dra vår del av lasset.

Efter en vecka med smärtdämpande medicin, djungelolja och värmefilt känner sig Johan redo igen när det närmar sig fredag kväll.

Många timmar ägnas lördagen åt att förbereda jorden för årets planerade odlingar.

– Äääuuuuuummmm är det inte dags för fika?

– Ni har så rätt, kom så sätter vi oss.

– Låt oss festa på smörgåsarna och Monicas berömda bullar.

Monica är Johans syster, hennes bullar får översvallande beröm av familjen Strid.

Arvid kränger av sig allt för varma överdragskläder under matrasten.

– Jag har satt på mig för mycket kläder idag.

– Tänk att era barn är så intresserade och är här så flitigt, säger en av veteranerna i koloniföreningen, som slår sig ner bredvid familjerna.

– Jo vi är också glatt överraskade.

Framåt eftermiddagen vandrar man hem till lägenheten med ett leende på läpparna. Barnen ligger och snusar i barnvagnarna.

På kvällen ringer Johanna.

– Arvid har hög feber och frossa. Han klädde nog av sig för mycket idag, blev svett och nerkyld, han blir inte med i morgon.

Johan ringer Monica.

– Tack för bakverken, de uppskattas av alla.

– Hur går det med odlandet och din rygg?

– Med mig är det ok, men nu är Arvid sjuk.
– Jag kommer gärna dit och hjälper till.
– Gärna för mig.

Eva som sitter bredvid säger på en gång: – Skärpning Johan. Monica har fullt upp med sin cateringfirma, det här måste vi kunna klara själva för jösse namn.

– Monica, det är kanske passar bättre att du kommer en annan gång.

– Ok.

På släktträffen helgen efter hemma hos Frank, Johans pappa, berättar Ebba om kolonilotten.

– Går det bra? undrar Evas mamma Lotten.

– Jo det är jättekul, vi barn jobbar lika mycket som mammorna och papporna.

– Blir du trött av allt grävande?

– Inte jag men Johan haft ryggskott och inte kunnat gräva, sen var Arvid sjuk, då fick vi barn göra jobbet!

Monica skrattar och kramar om sin lillebror Johan.

– Är det så illa?

– Men vi kan också ställa upp, erbjuder sig Lotten och Torsten.

– Säg till så kan jag också bidra med två händer, säger Frank.

– Men snälla ni, det är toppenhyggligt, men vi fixar det här, ni gör så mycket för oss ändå, säger Eva och så lägger hon till; – vi är fyra unga vuxna med god fysik och tre barn, klart att vi klarar det själva, ni får komma på besök och smaka när det är dags att skörda.

Efter två veckors uppehåll nysatsar familjerna när de åter igen träffas vid kolonilotten.

– Mina händer är fortfarande ömma, säger Johan.

– Här är det också lite av sjukstuga, jag har en efterhängsen förkylning och öroninflammation, konstaterar Arvid.

Familjerna ligger efter i arbetet med kolonilotten, i stort sett alla koloniägare har förberett det som behöver göras inför växtsäsongen, endast en kolonilott släpar efter.......

Ordföranden tar Eva och Johanna vid sidan om.

– Hur ser era planer ut? Be om hjälp om ni kommer fram till att ni inte hinner med. Det kanske finns någon annan odlare som kan ta över en del av er lott, fundera på det.

När hon sagt det blinkar hon och ler.

– Tack, men nej tack, vi klarar det här säger Johanna.

Eva nickar instämmande.

– Om ni ändrar er, säg till i så fall, det finns andra odlare som gärna tar en större odlingsbit.

Mot slutet av dagen drar det ihop sig till summering. Innan hemgång småpratar Arvid och Johan.

– Johan, kolonilotten tycks leva sitt ett eget liv, har vi typ kontroll, eller?

– Tror inte det, den här kolonilotten är liksom både svårare och tyngre än vad jag nånsin trott.

– Kunde inte ha sagt det bättre.

När Eva kommer och sätter sig bredvid dem säger Johan: – se på Arvids händer, han har mängder av blåsor och så har han träningsvärk i armarna och ryggen.

– Smörj in händerna i kväll, så känns det bättre i morgon.

– Det räcker väl om vi odlar hälften av vår lott i år, vi har fått en extremt knepig jordlott, ingen kommer ha några synpunkter på oss om vi ger ifrån oss en bit, dessutom måste barnen typ få göra annat på helgerna, säger Arvid.

– Precis, bättre att vi typ signalerar nu istället för att vi efterhand får bortförklara oss, ordföranden har redan insett detta, vi måste vara smarta.

– Killar, nog ska vi klara det här säger Eva. Johanna som också anslutit nickar instämmande.

– Vi kan väl typ sova på saken, försöker Arvid.

– Instämmer, sug på ordförandens erbjudande.

– Min mamma sa när jag pratade med henne i går kväll att i år har det kommit mer regn än i mannaminne, berättar Arvid.

– Å andra sidan vet ju alla att växter behöver vatten – så vad är problemet? frågar Eva.

Arvid och Johan träffas en kväll i veckan över en öl för att prata om Den stora drömmen.

– Johan, vi måste hänvisa till barnen som måste få göra andra saker på helgerna, den här lotten, typ, den är liksom inte lika mysig längre.

– Min Eva som är en guldklimp hon inser absolut det som du säger, MEN hon vill alltid, alltid, alltid klara det som hon föresatt sig, jag känner henne.

– Jag känner igen det där, Johanna är liksom likadan. Suck.

När Johan hemma vid köksbordet läser på SMHIs hemsida om regnandet så ser han chansen.

– Älsklingen, allt går inte som på räls. Regnandet. Det ba.....typ liksom regnat mer än dubbelt så mycket som förra året, läs själv den här artikeln. Här har vi ett förklarligt skäl!

– Älsklingen vi kan inte ge upp nu, det är alldeles för lätt att bara ge upp, OM vi skulle ge upp nu skulle vi ångra oss något fruktansvärt älsklingen. Det är ba.... liksom att ge järnet.

– Men låt oss se sakerna som de är.

Liknande djupa tankar utväxlas hemma hos Johanna och Arvid.

I matbutiken stöter Arvid och Johan på varandra.

– Jag tror Johanna börjar inse att det inte går så bra och att hon är öppen för ändringar.

– Jag är inte lika övertygad om Eva men vi kan väl spinna på blötan och ordförandens tankar när vi träffas hemma hos oss till helgen.

När barnen somnat på lördagskvällen drar killarna igång diskussionen.

– Kolonilotten är väldigt stor, för stor för oss, var det inte så ordföranden sa idag IGEN när vi pratade med henne. Hon hjälper oss faktiskt i det här läget. Hon inser att vi haft vädrets makter emot oss och så vill hon värna de som har odlingslotter bredvid oss, konstaterar Arvid.

– Jo hon vill oss väl, tillägger Johan.

– Vi kan inte ge upp nu killar, säger Eva.

– Instämmer till fullo. Älsklingsgubbar – nu är vi strax i mål, vi kan inte gärna lämna ifrån oss halva kolonilotten – NU. Hur skulle det se ut?

Johanna slår samtidigt ut med armarna och ler stort, – Skål på er. Vi ger inte upp (så lätt).

Eva hakar på: – det omvända hade varit värre, eller hur, att ha en för liten plätt och tvingas till ständiga prioriteringar, typ var ska jordgubbarna ha sina rader och hur mycket kryddväxter ska vi ha i år?

Arvid och Johan håller upp sina blåsfyllda händer över bordet och tittar på dem riktigt länge i hopp om att de säger något som Johanna och Eva kan förstå.

– Kanske dags att gå till vårdcentralen med våra skadade händer?

Orosmolnen på himlen trängs undan också den här kvällen, då åter igen skratten och frihetskänslan dominerar slutet av kvällen, familjerna skiljs åt med gott mod en bit in på nattkröken.

Men morgondagen börjar tungt.

Barnen är med Lotten och Torsten på Skansen så de fyra vuxna är ensamma på odlingslotten.

Arvid och Johan är inte i form.

– I dag känns odlingslottens jord än hårdare och mer svårbearbetad än i går, konstaterar Arvid.

– Tyvärr gör värken i mina händer att jag inte kan ta i som vanligt.

– Är vi verkligen på rätt väg? I går kväll kändes det som att vi såg slutet på uppförsbacken. Det var då.

– Precis, regnat har det gjort under natten och jorden behöver regn så det borde inte vara ett problem. Visst är det blött, men ändå är det fullt av stenhårda jordkokor som inte vill mjukna trots intensivt hackande. Det typ stämmer inte för vår kolonilott, när det regnar på jorden borde den bli mjukare, eller?

Eva står bredvid och hackar med all kraft på en jordkoka som inte ger med sig.

– Eva, du ser väl att det är väldigt svårt att mjuka upp jorden under de här förutsättningarna.

– Brukar verkligen jordkokorna vara så här hårda och

tunga, dessutom efter ett extremt regnande som vi haft i natt? undrar Arvid.

Johanna och Eva arbetar på som vanligt. De peppar killarna.

– Grabbar, hugg i ett tag till så ska ni se att det löser sig.

– Nu går vi igenom hela koloniplätten så tar vi en fikapaus sen, till kaffet har vi Monica vaniljbullar.

Eva och Johanna utstrålar arbetslust.

Johan försöker sig på att sparka kokorna med stövlarna, men det går inte lättare att få fason på jorden med fötterna. Snarare känns tårna bedövade av sparkarna på de hårda jordkokorna.

Det utväxlas kloka ord med kolonilottsgrannar om jordkokornas hårdhet.

– Hårdheten kan variera mellan åren, ungefär som vinodlare upptäcker att vinplantorna beter sig olika från ett år till ett annat, säger en äldre medlem i föreningen.

En i styrelsen kommer förbi och delar med sig av sina erfarenheter, – det är bara att tugga i sig att åren ser olika ut för en odlare.

»De fyras gäng« lär sig nya ord i samtalen med andra odlare.

– Vi kan inte gärna be dem om hjälp hela tiden, några av dem är dubbelt så gamla som vi, mumlar Arvid.

Under fikarasten lyssnar tjejerna lite extra på vad andra mer erfarna kolonilottsägare säger om förutsättningarna för årets skörd.

– Men jag tror inte de andra odlarna verkligen förstår våra problem, säger Johan på vägen hem.

När det fortsätter att komma väldigt eller snararare enormt mycket regn sugs märkligt nog vattnet ändå inte upp av jorden utan kolonilotten förvandlas till en leråker täckt av vatten, i vattnet sticker de hårda jordkokorna alltjämt upp sina fula trynen, lotten ser ut som ett slags skärgårdslandskap med små kala öar runt om i havet. SMHI talar i sina rapporter om extraordinära nederbördsmängder i år.

– Nu har vattnet helt tagit över, inte bara fysiskt utan också mentalt, konstaterar Johan.

– Barnen är väl de enda, typ, som tar lätt på regnandet.

– Det är bra med regn, det säger fröken på förskolan, berättar Ebba.

– I natt drömde jag om vatten, för första gången i mitt liv, säger Arvid.

– Hjälp hur har det kunnat gå så här, vi som arbetat så hårt? suckar Johan.

– Hörni, strax vänder det, ni kommer få se att vi får en rejäl skörd i år, säger Johanna med eftertryck.

På koloniplättarna runt omkring ser det helt annorlunda ut, där går glada och stolta kolonilottsägare omkring och myser bland gryende plantor och blommor. Där sugs vattnet upp av plantorna och det växer så det knakar.

– Vad gör vi typ för fel? Har vi missat nåt? frågar sig Johan.

– Men de har ju haft sina plättar under många år, Rom byggdes inte på ett år, ta det lugnt, säger Johanna.

– Har inte de andra kolonilottsägarna andra förutsättningar? frågar sig Arvid.

Johan hakar på, – håller helt med, har vi verkligen fått samma förutsättningar som de andra kolonilottsägarna?

Det utvecklas nästan till något onämnbart.

– Jag har helt lagt av att prata om kolonilotten på mitt jobb, säger Arvid.

– Ungefär som jag har gjort, har börjat slira på svaren om hur det går. Också gentemot pappa Frank och Monica hummar jag något obegripligt när dom vill veta mer om odlingslotten.

Eva håller uppe humöret, hon vill fortsätta på den utstakade vägen mot mer egenproducerade grönsaker och frukt.

– Livet är inte bara Hawaii, ibland måste man kämpa, säger hon till sin Johan efter en kärleksstund. Därefter lägger hon sig till rätta i sängen kysser sin älskling god natt och somnar på en gång.

Johan ligger vaken och ser upp i taket. Kolonilotten känns i hela kroppen, händerna är alltjämt fulla med rispor och övriga kroppen inte minst ryggen värker, allra helst när det är dags att gå upp på morgonen.

Nästkommande lördag efter en mycket god middag med rikligt med vin pratar de fyra vuxna om odlingslotten, ute vräker regnet ner.

– Vi trodde att vi vunnit högsta vinsten men hamnade i stället med Svarte Petter, vi har den lott som ingen vill ha, säger Arvid.

– Precis, vi trodde barnen skulle få se maten växa fram och sedan få avnjuta den på tallriken hemma i lägenheten, tala om fin tanke.

– Men, alltid detta MEN, allt har kommit att handla om bristande tid. Precis, bristande tid, säger Arvid.

Ingen i de fyras gäng vågar tänka, än mindre säga, orden bristande intresse.

– Kan det handla om bekvämlighet? frågar sig Arvid.

– Frågan är vad vi kan göra NU? säger Johan.

– Kan vi ändra oss, NU?

– Vi skulle givetvis ha frågat den förra innehavaren om orsaken till att man lämnade den jättestora plätten? Hur kunde vi få en så stor plätt, säger Arvid.

Eva och Johanna ler, – har ni deppat färdigt nu?

Inget beslutas innan de fyras gäng skiljs åt för natten.

Hälsoproblemen ger sig inte, Arvid går till en öronspecialist och Johan går till en hudklinik med sina händer som nu är fulla av blåsor, sår och rispor.

Odlingslotten ser alltjämt ut som ett skärgårdslandskap, grönsakerna och frukten syns inte till, vackra förhoppningar ligger gömda i leran och vattnet.

– Tänk om det inte blir som vi tänkt oss, nu kan jag väl säga det utan att bli emotsagd? säger Arvid

– Frågan är om det är så att vi inte haft tid, är det därför vi inte lyckats med allt vi föresatt oss i år? Trots allt är nästan alla odlare på koloniområdet pensionärer, de har hur mycket tid som helst, säger Johan.

– Det är aldrig fel att konstatera att det inte går precis som man tänkt sig, men det behöver inte betyda att vi ska ge upp, säger Eva.

– Kunde inte sagt det bättre, konstaterar Johanna.

I sängkammaren filosoferar Johan högt, – undrar om Johanna och Arvid tänker som oss. Vi tassar kring gröten utan att vi riktigt kommer in på kärnan, hur ska vi göra om det inte blir som vi tänkt oss?

– På mig låter det som att DU och Arvid faktiskt är negativa och nästan gett upp.

Hemma hos Johanna och Arvid pratas det också om odlingslotten.

– Du hör att Johan också inser att vi tagit på oss för mycket jag håller med honom, säger Arvid.

– MEN Arvid, vi måste faktiskt stå på oss, vem vet det kanske dyker upp något som gör att vi kommer fram till hur vi ska göra. Vi gör det här inte minst för barnen – men även för oss – nu är inte läge att säga stopp, säger Johanna.

Dagen därpå möts man av nya tongångar.

– Det kommer stora vattenflöden från er kolonilott, säger en kvinna som har en odlingslott i närheten.

– Det tycks vara så att ogräs kommer »hoppande« från er kolonilott, säger andra odlare.

Den stora drömmen skakar i grundvalarna.

Ordföranden tar dem åt sidan. –Ni måste anstränga er ännu lite mer, ert arbete når inte riktigt upp till föreningens krav, flera medlemmar har framfört kritik som säger att ni inte gör tillräckligt för att få koll på allt vatten och ogräs.

Familjerna lämnar lotten extra tidigt den här dagen. Man blir stående på vägen hem och resonerar om vad som hänt under dagen.

– Vart ska allt vatten ta vägen?

– Vi har ju en kolonilott som passar för risodling.

– Så är det, ordföranden och en del grannar klagar på oss, det är inte bara vårt problem, det känns inte ok.

– Vi får tänka till var och en så får vi snacka om det i morgon.

– Efter förmaningen från ordföranden i föreningen känns det som att vi har rejäl motvind.

Eva och Johan pratar om odlingslotten på kvällen när Ebba somnat.

Eva lägger ut texten: –klart att det inte passar med en risodling bland alla andra kolonilottsägare som odlar frukt och blommor och potatis. Alla som sett en kinesisk risodling på film eller i verkligheten vet att det inte är helt lätt att sköta en sådan. Den kräver sluttningar och de flesta framgångsrika risodlingar har månghundraåriga traditioner. När folk som odlar ris rör sig på fälten går man ju i vatten upp till fotknölarna och ibland än längre upp på benen.

– Bra sagt älskling, nu dras skiljelinjerna upp.

Eva smeker sin Johan och så förenas de i en lång kyss. Kvällen avslutas med en kärleksstund. Johan somnar med ett leende på läpparna medan händer och rygg värker.

De fyras gäng enas om en ny strategi.

– Vi måste välja rätt tidpunkt för att gå till kolonilotten. Vattnet som flödar helt okontrollerat skapar typ ingen bra atmosfär för samvaron med andra kolonilottsägare. Nu får vi börja gå dit på sena kvällar i stället.

På måndagskvällen går Arvid och Johan till kolonilotten när det börjat skymma. Sent på kvällen lämnas det rapport.

– Klafs klafs, så lät det när Arvid och jag jobbade på odlingsplätten i kväll. Vi försökte staga upp flödena av vatten och rädda lottens alla plantor och frön för att undvika att grannarna får oplanerade vattenflöden.

Trots kvällsarbete ringer ordföranden några dagar senare till både Johanna och Eva: – ni måste göra något åt vattenflödet, det går om ni gör det ordentligt, dika ur och gräv igenom ordentligt så att vattnet rinner ner, det finns inga genvägar.

Knappt några uppmuntrande tillrop hörs längre, mest är det tillrättavisningar som hörs från andra medlemmar i koloniföreningen.

Arvid och Johan stöter på varandra i butiken: – Johan, tänker du som jag, ska vi gå till kolonilotten ikväll så får tjejerna gå senare i veckan?

– Visst

Vännerna går hemifrån i mörkret.

– Det är i alla fall förbannat skönt att slippa alla kommentarer när vi jobbar på kvällen, men man ser ju inte det man behöver se, konstaterar Arvid.

– Det är inget fel på pannlamporna men de är inte lika bra som dagsljus, känns som jag går omkring och slirar runt i den här risodlingen.

– Känns helt hopplöst.

Allt tar slut hastigt och lustigt en vecka senare, familjerna får ingen mer tid.

Ordföranden ringer Eva: – vi i styrelsen har kommit fram till att uppmana er att avsäga er lotten.

– Vad händer om vi vill fortsätta?

– Om ni inte gör som vi föreslår, och avsäger er lotten, så tar vi i styrelsen upp det som ett ärende på årsmötet.

Uttalandet är i realiteten ett hot, om inte familjerna avstår från kolonilotten kommer styrelsen föreslå att de fråntas sin kolonilott. Styrelsens ordförande är säker på sin sak när hon uttalar sitt budskap.

– Ordföranden i en förening har alltid en speciell roll, om man inte står på samma sida som ordföranden i en förening har man problem, konstaterar Arvid.

Johan hakar på, – vad säger ni, klarar vi debatten på årsmötet?

– Vi kommer inte bara mista kolonilotten, vi kommer få en massa kritiska röster mot oss, ni vet själva lika bra som jag hur stämningen varit, säger Arvid.

– Här får ni en bit information som kan vara bra att känna till, vår ordförande i Tranebergs koloniodlarförening är också ordförande i Sveriges potatisodlares vänförening. Klart att inte hon vill att våra familjers risodling ska lyckas, säger Eva.

– Ni har säkert insett att jag inte är världens bäste kultivatör. Men Arvid och jag har i grunden samma uppfattning om läget, säger Johan.

– Ursäkta att jag säger det, men män ger upp lättare än kvinnor, säger Johanna.

– Både Johan och jag har slitit ganska bra, men som det ser ut nu är vi tillfreds med hur det gick till slut. Vår odlingslott var omöjlig från början. Att du och Eva inte inser det är synd, säger Arvid.

– Jag är definitivt inte ledsen, däremot surt besviken, säger Eva.

– Man lyckas inte med allt, det är bara att gå vidare, konstaterar Arvid.

– Ni män tar det allt alldeles för lätt. Tänk om vi hade lyckats med Den stora drömmen och risodling hade fått ett fotfäste i det svenska potatislandet, till en början i kolonilottsföreningen i Traneberg och sedan i nästa steg i det Svenska Koloniodlarförbundet då hade det uppstått ett problem för många potatisanhängare, inte en utmaning, säger en bestämd Eva.

– Du tänker stort som vanligt min kära älskling, säger Johan.

Han lägger armen om Eva som gör sig fri.

– Nu förmenades vi tyvärr den här chansen, det känns förbaskat surt, säger Eva.

– Håller helt med, det mest trista i det här är ordförandens attityd, vi har faktiskt slitit hårt, säger Johanna.

Nu när de fyras gäng fått klart för sig vilka preferenser och värderingar som ordföranden i kolonilottsföreningen har när det gäller ris kontra potatis får familjerna klart för sig varför de inte fick en rejäl chans att genomföra sina planer.

– Du får ursäkta Johan, men jag tycker faktiskt inte att det är ok att bara ge upp så som vi gjort. Men jag tänker inte göra världens sak av det, och jag vill inte debattera misslyckandet med Johanna och Arvid, men du ska veta att jag är enormt besviken. Jag kommer att komma över det här, men det kommer ta ett tag.

– Eva, skulle du känna igen styrelseordföranden i kolonilottsföreningen i Traneberg om du träffar henne på ett möte, på bussen eller i butiken?

– Högst troligt, men just nu älsklingen är jag inte så sugen på en dejt, testa mig inte, tack.

Dags för något nytt?

När först en och sedan två och därefter ytterligare en, totalt tre familjer, med barn i Ebbas ålder ger sig av till egnahem blir det hela väldigt påtagligt.

– Något är på gång. Nu kör racet igång. Ska vi bli kvar på plattformen, älskling?

– Du frågar egentligen om vi kan bo kvar om andra flyttar?

– Älsklingen det kostar inget att gå på visning, vi kan väl alltid se vad som erbjuds. Tänk också på att våra grannar som vi verkligen gillar samtidigt är våra konkurrenter om att köpa en ny bostad.

– Jag känner liksom ett ökat tryck från dig. Är det verkligen dags att börja leta efter en bostad för att få ett ännu bättre liv?

– Äääuummmmm, typ ungefär.

– Det känns liksom ovant att leta efter något som enligt reklamen ska tillföra nya dimensioner i livet. Är det i själva verket så att det är resan på vägen TILL drömboendet som är det viktiga, inte själva boendet?

– Oj, det var djupt. Älskling, jag tror det antingen handlar om något som kallas frihet eller något så trivialt som att göra som alla andra.

– Älsklingen, frihet från vad och till vad?

– Det behöver inte vara något juvenilt, snarare kanske tvärtom, allt nytt är inte bättre. En sak är klar för mig, skulle vara bra med större ytor.

Kärlekens lekar har under sökandets gång gett ett konkret resultat i form av ytterligare ett barn – ett gossebarn med namnet Daniel.

Nu är det fyra personer som letar efter något. Det handlar på gott och ont om en längtan efter att få bo på marken när barnen är små.

– Hur går det? undrar Lotten.

– Du ska veta att vi lägger ner många timmar på att leta efter det nya.

– Säg till om ni vill att vi ska passa de små, förstår att det är lite pyssel att ha med sig två små barn och samtidigt ha fokus på vad man ser.

– Eva, vi behöver en »kravlista« inför flytten.

– För några år sedan flyttade vi in i den här lägenheten, nu bara några år senare letar vi efter en annan bostad, vad händer om vi ångrar oss?

– Älskling, idag är det söndag, sugen på en visning eller två?

– Mmmmm vänta lite min kära älskling, kom över till mig en stund först, jag behöver lite energi. Sätt på en film till de små älsklingarna och kom sedan raskt tillbaka till mig.

– Ääummmm gärna det.

Förhoppningen är att det kommer bli lättare med vardagslivet i en villa.

– Eva, tänk att slippa behöva transportera barnen ut på gården, vi kommer slippa kånka grejor i trapporna och ha barnvagnar i trapphuset och kälkar och cyklar i vårt vindsförråd. Jag är inte ensam om att resonera så.

– Men älsklingen min, nu får du skärpa dig. Det har väl fungerat bra här med lägenheten, eller hur?

– Jag håller med, men min tro är att barnen kommer bli mer självständiga. Med villalivet följer också grannar som ofta har egna barn som inget annat vill än att leka med andra barn. Det kommer bli som ett självspelande piano

– Johan, kan du förklara hur ett sådant fungerar när det gäller barn?

– Det ställs väl in av någon och så spelar pianot på tills någon stoppar det, kanske i tonåren?

– Men ett självspelande piano måste väl också underhållas, eller?

– Ok, helt utan insatser från oss vuxna kommer nog barnen inte klara tillvaron inte ens i det kommande underbara villalivet

– Är det dags att för oss att komma till zenit i livets lyckobåge?

Personer i bekantskapskretsen beskriver sina flyttar till eget boende med ordet magiskt. Man kan se fantastiska foton från andras bostäder. Magiskt är inte är ordet som faller Eva och Johan på läpparna. Men lite högtidligt är det.

– Sublimt är ordet, säger Evas mamma Lotten när hon går runt i det nya huset.

– Tänk vad underbart det var att i dag få andas genom näsan och känna den friska doften från den nyklippta gräsmattan, säger Johan.

– Bra att ni köpte en elektrisk gräsklippare, nu slipper ni ha bensin stående i garaget.

– Det finns en del saker att fixa inne i huset, barnen har önskningar om nya tapeter i sina sovrum och så är det kanske läge att skaffa ett lekhus för barnen.

Den första tiden är intensiv med många nya kontakter.

– Du ska se, snart är vi inne i ett mysigt flöde av aktiviteter som födelsedagar, hämtningar, lämningar, övernattningar hemma med lekande eller övernattande kompisar, borta hos andra kompisar, aktiviteter efter skolan, skjutsningar, ….. Johan fortsätter rabbla.

– Är det vad du väntat på? Lät inte särskilt mysigt, bättre kan du!

– Vad är alternativet, sitta ensamma på egen hand utan att få ta del alla fina saker i livet som rusar förbi?

– Att söka ett eget boende må handla om frihet men det är väldigt mycket flockmentalitet också. Hoppas vi har gjort rätt.

Allt rutiniseras. För barnen tycks det fungera bra med förskolan och för familjeekonomin visar det sig vara hanterbart, dessutom går de med i en ny organisation Villaägarna eller Villaägarnas Riksförbund. Från organisationen kommer en glättad tidning med idel leende människor.

– Tänk vad andra som bor i villa ser ut att ha det bra, så där vill jag också att vi ska ha det, konstaterar Johan.

Reklam väller ner i lådan.

– Johan, varför tror du vi får så mycket reklam?

– Man tror väl att vi vill konsumera.

Fokus i början är på att socialisera sig på gatan och i närområdet och på förskolan.

Vid en efterträff med mäklaren säger hon något speciellt: – ni ska veta det att här i villaområdet går man på gatan inte på trottoaren.

– Hursa? Vi som är nya här, kan du vara hygglig och förklara? ber Eva.

– Jag tror med ganska stor sannolikhet att det faktiskt var den äldre kvinna som ni köpte huset av som berättade något väldigt intressant för mig.

– Så spännande det låter, berätta gärna mer.

– Den äldre kvinnan som bodde i huset under väldigt lång tid konstaterade att man på avstånd kan se om en person man möter är hemmahörande i området eller om personen är på tillfälligt besök.

– Vad betyder det?

– Personer som bor här går på gatan inte på trottoaren.

Det sista säger den kvinnliga mäklaren med ett brett leende.

– Oj, hur förklarade hon det?

– Jag har själv hört kvinnan berätta om det hela. Hon menade att man känner sig hemma helt enkelt med att gå på gatan och boende i området gillar att ta för sig och unna sig lite svängrum. Så har det alltid varit, förklarar mäklaren med ett ännu större leende.

Mäklaren reser sig upp och förbereder sig för att ge sig av.

Eva tittar ut genom fönstret och ser faktiskt ett levande exempel på det som mäklaren nyss sa, ett par kommer gående, de går mitt i gatan. Bilen som passerar paret kör med låg fart, föraren håller verkligen åt sidan.

– Nu när ni förhoppningsvis kommer bo här ett bra tag, era barn kommer växa upp här och ni kommer fira en massa högtider här, så bör ni läsa in er på områdets historik!

Mäklaren överlämnar en bok om området och ser om möjligt ännu nöjdare ut.

– När vi bodde i bostadsrätten hade vi för vana att alltid hälsa på personer man mötte, även om man inte kände dem.

– Helt rätt, det skapar trivsel och trygghet, samma gäller här. Gör som ni gjort förut det blir perfekt.

Mäklarens berättelse om den äldre kvinnan har slagit rot, Eva och Johan promenerar på gatorna när de rör sig i området. Väl hemma efter en lördagspromenad tar Eva och Johan fram sina räfsor och sätter igång med praktiskt trädgårdsarbete, egna och andras barn springer runt på tomten och leker.

Grannparet som de mött men inte haft tillfälle att prata med stannar till ute på gatan. De har tydligen också varit iväg på en helgpromenad, men de är inte alls fritidsklädda. Han har en rutig keps, ett par ljusbruna skinnhandskar, ett par nätta sneakers och en ljusbrun rock som ser ny ut. Intill honom står en yngre kvinna med solglasögon, ljus kappa, matchande handskar, boots och en bredbrättad grön hatt.

Mannen nickar lite lätt.

– Det ser ut som ni kommit igång med trädgårdsarbetet.

– Jo vi gör vårt bästa.

Mannen fixerar Johan med blicken och tar liksom sats ända nerifrån fötterna.

– Får jag fråga vad betalade ni för huset?

Kommentaren på Johans svar är ett svårförståeligt lågmält förvånat halvhögt mumlande: – det var ett lågt pris, definitivt lägre än vad man betalat tidigare i området för liknande hus. Kanske underhållet eller skicket påverkade priset?

– Om ni har tid får ni mer än gärna komma in på en kopp kaffe så kan ni få se hur vi har det.

Eva hakar på. – Välkomna, Eva ler inbjudande och använder armen för att visa grannarna vägen.

– Tack, inte just nu, passar inte.

Kanske har vi trots allt gjort en bra affär, även om vi grävt djupt i kassakistan den här gången konstaterar Johan i sitt inre. Mer blir inte sagt om priset. Johan och Eva ser på varandra och tänker ungefär samma tankar och så höjer Eva på ögonbrynen medan Johan ler åt hennes invanda minspel.

Och så kommer det en fråga till från den manliga grannen.

– Vad arbetar du med?

Mannen tittar stint på Johan.

– Jag arbetar för det stora telebolaget.

Svaret är medvetet kort för att öppna för en konversation och följdfrågor om vad var och en arbetar med. Ingen följdfråga kommer, inte heller en stilla undran om vad Eva arbetar med. Märkligt, det kanske kommer nästa gång?

Efter denna inledning kommer så den manliga grannen med en fortsättning.

– Jag vill verkligen passa på att varna för tjuvar och inbrott. Se alltid till att låsa dörren när ni är ute på tomten. Lämna aldrig någonsin garagedörren eller förrådsdörren öppen. När ni går ut med hushållssopor till soptunnan lås köksdörren efter er, ett inbrott kan gå kvickt.

– Tack för tipset, det ska vi ha i åtanke.

Inga inbjudande frågor om var familjen bott tidigare och hur många som ingår i familjen. Allt är väldigt affärsmässigt och avskalat. Inget onödigt prat.

När »frågestunden« är färdig avslutas samtalet.

– Ha en fortsatt fin dag.
– Tack detsamma.
Paret tackar för sig, vänder på klacken och så går de in till sig i huset på andra sidan gatan. Det blir tyst ett bra tag efter det att grannarna gått in till sig. Eva småpratar med Ebba för att undvika att det sägs något om vad som nyss ägde rum.
Det dröjer ett bra tag innan familjerna stöter på varandra igen.
– Kanske har vårt grannpar andra tider för att gå ut och uträtta ärenden?
– Man ser dem aldrig ute i trädgården heller.
Efter en inköpsrunda hos trädgårdsfirman är det samling på tomten.
– Ebba och Daniel, nu har vi köpt hem planteringslådor, ni får vara med och fylla dem med jord och så får ni sätta ner lökar och lite annat smått och gott som vi köpte i blomsterbutiken, kommer ni ihåg?
– Mamma, du behöver inte säga allt det där till oss, vi har koll säger Ebba.
– Jag vill också, säger Daniel, som deltar med full energi när det gäller att stoppa ner lökar och gräva små gropar i planteringslådorna med sin spade.
Det visar sig efter ett tag att den manliga grannen, som ställde så raka frågor strax efter inflytten, är läkare, han har en mottagning i källarplanet. Villan där läkaren huserar ligger i en korsning, av det skälet finns det en entré från en annan gata också.
– Kanske dags att lista oss hos läkaren?
Eva år på vippen att lista familjen hos läkaren.
– Kan vara suveränt med en läkare på mindre än en

minuts avstånd menar Eva. Innan hon hinner göra något åt läkarkontakten kommer Monica, Johans storasyster, på besök. Med sig har hon sina excellenta vaniljbullar som nu sprider sin doft i huset. Ebba och Daniel smaskar på för fullt. Monica har länge bott i villa i Smedslätten. När hon får veta namnet på läkaren håller hon upp ett varnande pekfinger. Johan blir plötsligt helt stel i ryggen, nu kommer något viktigt, den reflexen har Johan nedärvd sedan unga år. Monica började i tidig ålder med att tydligt hålla upp ett rakt pekfinger i luften framför sig när hon ville säga något viktigt.

– Undvik den läkaren för Guds skull!

Monica har en del uttryckssätt som inte alltid är up to date. Men budskapet går fram. Eva avskriver omedelbart sina tankar på att lista familjen hos grannläkaren. Det visar sig att Monica har helt rätt, Eva söker information om läkaren och hittar då en del. Den manliga läkaren har flera gånger anmälts av patienter för felbehandlingar och dåligt beteende.

Läkaren flyttar efter några år utan att säga ett ord. Paret bryter upp i dubbel bemärkelse, samtidigt som de flyttar från villan skiljer sig paret. Under de år då läkaren och hans fru var granne med Eva och Johan hade familjerna konstigt nog ingen mer kontakt med varandra utöver den inledande »frågestunden«.

– Fick aldrig tillfälle att prata med kvinnan i familjen om orsaken till flytten och hur det varit att bo i området.

– Eva, det där behöver du inte ödsla energi på, inflikar Monica.

– Tack för att du säger det, en del människor förstår man inte.

När läkarfamiljen flyttar tar Johan reda på vad de nya ägarna betalat.

– Mäklaren gav mig kvadratmeterpriset, det innebär att huspriserna stigit sen vi köpte vårt hus. En del människor är inriktade på det väsentliga i livet, den nyss flyttade läkarfamiljen gav inget utrymme för rundsnack.

– Johan, det behöver inte vara fel att ha koll på huspriserna som doktorn uppenbarligen hade, boendeekonomi är viktigt. Samtidigt talas det ofta om den stora glädjen och nyttan med goda grannkontakter i villaområden.

– Eva, oavsett om det är villa, radhus eller lägenhet så behöver man inte umgås med grannarna, det har inget med boendeformen att göra det hänger snarare samman med personkemi.

– Älsklingen, kunde inte sagt det bättre.

När den nya grannfamiljen flyttat in i den f.d. »läkarvillan« bjuder Eva in dem på välkomstkaffe.

– Nu har vi i alla fall gjort ett försök att skapa goda grannkontakter konstaterar Eva med tillfredsställelse efter den första stunden med de nya grannarna.

– Ebba och Daniel har samtidigt fått två nya kompisar, ibland går det fort, det gjorde du bra älskling.

Och så lägger Johan till: – våra nya grannar Sune och Ulla verkar inte vara den sportiga typen av familj, inte ens en cykel har de, däremot en mc och två bilar. Men du ska se att det dröjer nog inte länge förrän de skaffar sig cyklar också. Vid tillfälle kommer jag snacka med dem om glädjen med att cykla.

– Man kan fråga sig varför man har tre motorfordon på två vuxna personer, men de kan vara bra människor ändå, det klarnar nog så småningom – här dömer vi inga ohörda, konstaterar Eva lugnt.

Huset som Eva och Johan numera bor i tillsammans med Ebba och Daniel byggdes i slutet av 1930-talet. Det var andra tider då, det var innan tunnelbanan och långt innan det blev vanligt att kvinnan i familjen också arbetade.

När Lotten, Torsten och Frank är på besök pratar man om husets historik. Frank sitter och läser i mäklarens redovisningar.

– Av handlingarna som vi fick när vi köpte huset vet vi att förutom mannen och frun så sov det fyra barn på övervåningen och på bottenvåningen bodde och huserade ett hembiträde, hon bodde i jungfrukammaren som låg vägg i vägg med köket.

– Det var vad kvinnorna kallades som jobbade hemma hos välbärgade familjer.

– Tjusigt uttryck.

– Det var andra tider, då var det verkligen skillnad på folk och folk. I hembiträdets rum fanns inte mycket mer än hennes säng och ett handfat och några väggfasta skåp.

– Mamma, du såg själv när vi flyttade in, säger Eva och tittar på Lotten.

– Av handlingarna ser jag att när huset var nytt kunde en domstolsjurist, som mannen i familjen hade som yrke, få det hela att gå runt, konstaterar Frank.

– Det var verkligen andra tider än nu, inflikar Lotten.

Vid sina promenader i området har Eva och Johan lagt märke till ett äldre par, som bor inte så långt bort på gatan. På tomten har de nästan bara rhododendronbuskar.

Paret tillhör en av några få familjer som bott i området sedan begynnelsen. Eva och Johan blir stående flera gånger framför parets trädgård. Även om det är många andra tomter som också har rhododendronodlingar så kommer de inte i närheten av den tomt som Erik och Gunhild har.

– Hej, jag heter Eva och bor en bit bort, jag måste få säga att er tomt är verkligen suveränt välskött, den är så inbjudande. Ni måste lägga ner mycket tid på den, det ser man

– Tack Eva, vad roligt att du också är intresserad av trädgården.

Hela familjen bjuds in på kafferep hos Gunhild och Erik.

– Vilken blomprakt ni har.

– Jo vi har faktiskt alla färgerna på rhododendronblommor som finns.

Man har samlats på Gunhilds och Eriks altan och blickar ut över all blomsterprakt. Det liknar en välskött slottspark.

– Jag är ordförande i Föreningen för Rhododendronodlare, kan jag möjligen få plocka era ormbunkar, de är så bra för rhododendronbuskarna, undrar Erik.

– Självfallet får du det säger Eva och kramar hans hand.

Eriks ögon får extra lyster och han ler med hela ansiktet.

– Jag fick göra det för de förra ägarna också.

– Du får erbjuda dig att hjälpa till med att plantera rhododendronbuskar hemma hos Eva och Johan, säger Gunhild.

– Kära Gunhild, jag var precis på väg att säga det.

– De förra ägarna var inte så händiga med blommor,

om ni vill kan jag och Erik ge er lite tips säger Gunhild och blinkar med ögonen.

– Vi lär oss gärna mer av er, det ser vi fram emot, säger Eva.

Johan tänker plötsligt svarta tankar när han kommer att tänka på Den stora drömmen. Minnesbilden från kolonilotten som badar i vatten blixtrar till i huvudet men bilden förträngs omedelbart. Johan är lyckligtvis snabbt mentalt tillbaka efter att ha varit på blixtvisit i Traneberg på den genomblöta kolonilotten. Det var ett bra tag sedan som han fick en så negativ påminnelse av tiden med kolonilotten.

Eva ser på Johan att han ser ut att vara borta i tankarna.

– Johan, min kära älskling, lyssna nu på Erik så får du lära dig hur man sköter en trädgård i allmänhet och rhododendronbuskar i synnerhet.

– Visst, jag är idel öra. Erik, som du ser har jag en bra coach i Eva.

– Det är bra att ni är roade av att sköta trädgården, det är väl en av de främsta anledningarna till att man köper en villa, eller hur?

– Så är det, helt rätt, du läser mina tankar.

– Du ska veta att ormbunkar fungerar som jordförbättring. Här får du en påse med specialgödsel för era rhododendronbuskar. Johan, om du strör ut de här kornen i kväll och vattnar rejält kommer du se stor skillnad redan inom en månad, tro mig. Då kommer Eva undra vad du gjort för något.

Eva nickar och ler.

Samtalet glider in på villaområdets historia, Gunhild

och Erik berättar gamla minnen från tiden då de flyttade till det nuvarande huset.

– Nu är vi inte så många kvar som har bott här länge förutom vi två. Förutom oss »gamlingar« så finns en del yngre familjer där någon i familjen vuxit upp här och som sedan tagit över huset efter föräldrarna.

– Ni känner med andra ord många som bott här under alla dessa år?

Gunhild nickar.

– Vi har bara bott här ett tag säger Ebba.

– Du kommer trivas bra här, kom gärna hit, ta gärna med dig din brorsa Daniel också. Därefter räcker Gunhild fram sockerkaksfatet till Ebba.

– Ta en extra sockerkaksskiva, det kan du behöva för att växa ordentligt.

Ebba tittar på mamma som nickar glatt.

– Vad säger man Ebba?

– Tack så jättemycket, sockerkakan är den bästa jag ätit.

Gunhild skrattar och klappar Ebba på armen. Både Ebba och Daniel tar för sig av sockerkakan. När alla sitter och njuter av altanlivet i det vackra vädret visar Gunhild bilder från området när det var nytt. Till fotona avnjuts Gunhilds bakverk, förutom sockerkakan bjuds på flera sorters kakor. Särskilt nöjda med sockerkakan är Ebba och Daniel svältfödda som de är på bakverk. Allt går åt, sockerkaksfatet är rätt som det är helt tomt!

– Barn, kom med mig ut i trädgården och titta på rhododendronblommorna säger Erik och reser sig upp. Ebba och Daniel hakar omedelbart på.

Att bo in sig

– Den där läkarens underliga muttrande om lågt pris ska det bli resultatet av vårt villaköp eller blir det på sikt en god investering? Vad tror du älsklingen?

– Än så länge är det mest utgifter, vad jag kan se. Vi kan väl alltid hoppas på värdetillväxt, men Johan det var väl inte därför vi köpte huset?

– Om jag ser på Monicas erfarenheter så har hon tjänat en hel del sedan hon köpte villan, det kan aldrig vara fel.

– Det tog oss mer än två år att hitta villan som vi bor i nu, det visar väl att det inte var lätt. Väck inte massa grubblerier nu, älsklingen.

– Jag trivs i det här huset, jag tror vi gjorde helt rätt.

– När det handlar om saker som rör uppbrott, att binda sig för något så varaktigt som ett boende så är det svårt för mig. Jag trivdes i lägenheten vi bodde i. Ebba och Daniel stortrivdes med alla kompisar. Varför skulle vi flytta?

– Vi gjorde det tillsammans, därför att vi båda såg behovet o så letade vi där dina föräldrar bor, där min pappa bor och där Monica bor. Kommer ihåg att det fanns många fina hus i närheten av dem. Men uppenbarligen inte det rätta huset.

– Jag vet det där, men det viktigaste för mig, varför jag ville att vi skulle välja just HÄR i Bromma, var att jag helst av allt ville att vi skulle bo nära min moster Stina som hjälpte mig så enormt mycket när jag var liten. Inte minst stöttade hon mig med läxorna när det var stökigt hemma, allra helst när pappa var svårt sjuk under flera år.

– Vi lyckades med det, jag håller med, nu bor vi verkligen nära Stina.

– Det är jag verkligen nöjd med, tyvärr ser jag att Stina inte har så många år kvar, jag vill att våra barn ska få lära känna henne.

Eva hade som barn lässvårigheter vilket gjorde att hon behövde stöd och hjälp, den fann hon hos sin moster som alltid hade tid. Stina blev sjukpensionär i alltför unga år, hon tvingades vara hemma i sin bostad under hela Evas skoltid. Periodvis bodde Eva hos Stina.

– Med flytten hit vill jag dela familjelyckan med Stina.

När Stina kommer på besök säger Ebba spontant: – Stina, vi har det extra fett här i villan.

Stina och Eva skrattar. Eva kan inte låta bli att krama om Ebba.

– Det låter underbart att det är extra fett. Mat kan vara fet, men vad är det som är fett i en villa? Ebba, nu måste du förklara för mig vad du menar med fett, jag blir väldigt nyfiken när du pratar på det sättet.

Stina sätter sig försiktigt på rollatorn.

– Jo Stina, du var ju i vår lägenhet.

Ebba ställer sig framför Stina och tittar upp på henne.

Stina nickar och ler mot Ebba.

– I lägenheten hade vi det fett bra, men här är det ännu fetare.

– Fett, det betyder att det är bra förstår jag.

– Det är klart, men nu vill mamma att jag ska fråga dig om du vill ha kaffe och bulle?

– Jag vill inget hellre och så vill jag att du berättar om huset, jag orkar inte på egen hand gå runt överallt, du har mycket mer ork än jag. Kan du inte berätta om ditt rum och hur det är att bo här. Vill du det?

Ebba sitter bredvid Stina hela kaffestunden och berättar om sitt och Daniels rum, men när det ringer på dörren och en kompis vill leka får Ebba bråttom att hänga på.

– Ebba är väldigt lik dig när du var liten, det är nästan kusligt.

Stina fortsätter: – så roligt att få följa hur hon och Daniel utvecklas. Om Ebba skulle få lässvårigheter måste du lova mig att du ser till att hon får stöd.

– Jag lovar.

Eva kramar Stinas hand en lång stund.

– Tack för att du hjälpte mig när jag behövde det, utan dig hade jag aldrig klarat mig så bra som jag gjort. Du var och är min stora hjälte.

När man som Eva och Johan precis gjort sin kanske största affär någonsin är man extra känslig för synpunkter eller frågor. I den situationen letar man överallt efter artiklar eller reklam som stödjer ens eget beslut. Under den inledande fasen som villaägare får de höra en kommentar från en man i vänkretsen som heter Adam.

– En villaägare är glad i två dagar, den första dagen då man tillträder och den sista dagen då man lämnar ifrån sig nyckeln till den efterkommande ägaren.

– Schysst att komma med den kommentaren nu. Den typen är ingen riktig kompis.

– Men Johan, tänk så här, Adam har typ säkert ett trist ensamt liv, det är därför han tänker så dystra tankar. Det är nog så enkelt att han bara är avundsjuk.

– Tack, Eva, du är liksom så smart och medveten, som

vanligt, min stora älskling. Jag kan inte bry mig mindre om vad Adam sa.

Johan gör en illasinnad grimas för att förtränga Adam. – Nu är han raderad från min vänkrets.

Hos familjen Danielsson går Adam hädanefter under beteckningen »Typen«, han åsamkade ingen djupare skada med uttalandet men lite trist var det att få höra den bisarra kommentaren, allra helst så nära inpå köpet av villan. Dessutom från en person som vill kalla sig vän.

– En del personer säger saker utan att tänka efter, de verkar inte bry sig ifall kommentaren snarare sänker än höjer andras humör. En del producerar ord utan att tänka efter först.

– Eva du har ord för allt, tack.

En kväll är Johan tillsammans med Ebba och Daniel hemma hos Monica. Barnen sitter på golvet och tittar på barnprogram, medan Monica och Johan sitter i soffan.

– Johan nu vill jag att du lyssnar ordentligt.

– Men Monica, du vet att jag alltid har sett upp till dig, nu har jag allt fokus på dig.

– Jag har efter er flytt förstått vem Stina är och vad hon betytt för Eva. Hon berättade för mig om sin uppväxt.

– Lite har jag också uppsnappat.

– Vill egentligen säga att du måste förstå att Eva kan behöva ägna tid åt att umgås med Stina, som kanske inte lever så länge till, ha förståelse för det, min käre Johan. Säg till om du vill att jag ska stötta dig när det gäller barnen.

– Visst, men du gör redan så mycket i dag, du har ett företag också som du måste sköta.

– Men jag får hjälp av er, framför allt har Eva hjälpt

mig jättemycket, hon skulle kunna driva den här cateringrörelsen i framtiden.

– Överdriv inte.

– Hon skulle kunna bli min affärspartner. Snabb, effektiv, vänlig och kreativ när det gäller att förbättra utbudet till olika event. Utan henne skulle jag inte hunnit med alla mina åtaganden. Dessutom pratar vi om allt möjligt, nu vet jag väldigt mycket om henne och hur hon tänker, du har en väldigt fin och klok fru, glöm inte bort det.

Monica håller upp sitt berömda pekfinger framför sig. Johan inser att det är allvar.

– Jag förstår precis, stort tack till dig som alltid hjälpt mig.

Senare på kvällen när Johan och barnen åkt hem till villan kommer Eva hem väldigt sent på kvällen, barnen sover sedan länge. Hon har varit hos Stina.

– Hur är det med Stina?

– Hon är väldigt trött nu för tiden, orkar inte så mycket, men hon är väldigt fin att prata med.

– Säg till om du tror jag kan göra något.

– Johan, utan Stina hade inte livet sett ut som det gör i dag för mig. När Torsten var så sjuk och sängliggande i hemmet var mamma oerhört trött jämt, det låg sjukvårdsutrustning hemma över allt och det luktade sjukhus hemma och det kändes som att det inte fanns tid för mig. Stina var som min extramamma. Jag bodde ofta över hemma hos Stina, där var det så lugnt och tyst. Bara en sån sak som att jag fick sitta i hennes knä och att hon bjöd på varm choklad när jag kom hem från skolan, jag fick lägga ostbitar i chokladen och sedan tuggade jag dem som tuggummi. Och så hjälpte hon mig med läxorna. Hon såg mig och gav mig en massa självförtroende. Utan henne törs jag inte tänka på hur det hade gått med mamma och mig.

– Det jag vill säga egentligen är att det är klart du ska träffa Stina och hjälpa henne så mycket du vill och orkar. Glöm inte att jag kan också kan göra en insats och gå hem till Stina och ta med mig Ebba och Daniel. Barnen behöver också få träffa Stina.

– Johan, jag tror tyvärr att Stina inte blir kvar så länge i livet, men att umgås med henne och ge tillbaka för allt hon gett mig är enormt viktigt för mig, lita på mig. Om jag inte ställer upp nu kommer jag inte må bra.

En kväll ringer Monica till Johan: – Johan, under tiden Wille är ledig behöver jag hjälp av Eva.

– Prata med henne direkt. Du vet väl att hon ofta är hemma hos Stina nu för tiden.

– Jo jag vet, men det är faktiskt hon själv som kom med förslaget. Jag ville ringa dig för att berätta om mitt behov. Eva och jag arbetar så bra tillsammans och så kan jag säga till dig att det är så skönt för mig att få träffa Stina tillsammans med Eva. Det har gett mig enormt mycket för egen del att lära känna Stina.

– Jag tänker på barnen, de får knappt träffa Eva nu för tiden.

– Johan, nu måste du försöka ta lite mer ansvar, vi klarar att ta oss igenom den här pärsen om vi hjälps åt och visar omtanke om varandra.

– Barnen behöver också uppmärksamhet.

– Både Eva och jag ställer upp för barnen, Eva har kontakt med dem varje dag både morgon och kväll.

– Det är inte lätt för mig att klara barnens behov och samtidigt leva med att Eva knappt syns här hemma. Jag måste typ förklara för barnen var mamma är. Eva ger inte mycket respons för närvarande.

– Nu överdriver du. Ibland måste man ställa upp för sina medmänniskor, den stunden har kommit för dig nu, visa att du klarar det.

Efter tisdagstennisen kommer Johan hem, Monica sitter i vardagsrummet och läser en bok.

– Hur har det gått?

– Bra, du har så fina barn, du kan verkligen vara stolt. De läste sina läxor, jag förhörde dem, de kunde verkligen sina läxor.

– Känns konstigt att Eva inte är hemma.

– Livet handlar inte bara om att klara sig själv, Stina har betytt sååååå mycket för Eva. De måste ha haft en väldigt speciell relation.

– Suck, men jag klarar inte allt på egen hand.

– Eva är en klippa, det vet jag, men hon måste få sätta av tid till Stina. Du är vuxen nu Johan.

Monica håller upp sitt pekfinger.

När Johan någon dag senare sitter och äter frukost med barnen kommer Eva hem.

– Var har du varit?

– Suttit och vakat hemma hos Stina, tillsammans med Monica. Stina har blivit ännu sämre. Nu har hon inte mycket ork kvar, det är så tragiskt.

– Jag då, tänk på mig som inte får träffa dig och så är det alla aktiviteter som barnen ska gå på.

– Johan, jag orkar inte klara ut de där sakerna nu, jag vädjar till dig att ha tålamod och förståelse.

– Lätt sagt, men du måste väl förstå att det är inte så lätt att se på när du aldrig syns här hemma.

– Monica behöver mig i morgon bitti, så jag kommer inte hem i morgon natt heller, sover över hos henne.

På fredagskvällen sitter Johan och tittar på en TV-serie. Det ringer på dörren.

– Hej Johan, jag har precis ordnat med en hastigt påkommen cateringleverans till en familj inte så långt härifrån. Wille hade bokat sig för något annat så jag fick ta det själv.

– Jaha, kom in.

– Hur är det med barnen?

– De är hos kompisar och ska sova över.

– Varför är du inte hos Stina och Eva?

– Orkar inte.

De går in i vardagsrummet och slår sig ner. Monica ser whiskyflaskan och glaset.

– Sitter du och dricker i din ensamhet?

– Ett glas kan behövas i slutet av veckan.

– Johan, jag har pratat med Eva i kväll. Åkte förbi med några bullar till henne och Stina, innan jag kom hit.

– Du är en ängel.

– Eva sa att det nu handlar om dagar.

– Mmmm

– Alkohol har aldrig hjälpt någon, Johan.

– Jag vet din inställning.

– Eva växte upp med en drickande far, Evas mamma Lotten fick utstå en del.

– Vad kan jag göra åt det?

– Visa ditt engagemang och var närvarande. Drick

inget mer är du snäll. Nu måste jag åka hem, har en dag i morgon också med leveranser på förmiddagen.

Dagen därpå går Ebba, Daniel och Johan över till Stina. Eva lyser upp när de kommer.

– Vad glad jag blir.

Eva kramar Johan, kramar hans hand hårt och viskar i hans öra: – tack för att du är här, jag behöver dig.

– Mamma, ska vi spela kort?

– Gärna, vi kan spela vist, vuxna mot barnen.

– Ok, men ni kommer förlora, säger en glad Daniel.

– Lotten och Stina sover, när de vaknar kan vi äta något gott.

Stinas ork tar slut efter flera vändor till sjukhuset. Hon dör i stillhet med Lotten, Eva, Monica och Johan närvarande.

Samma morgon som begravningen äger rum går en vattenledning till den vattenburna uppvärmningen sönder hemma i villan. Det sprutar för fullt med vatten på källargolvet intill pannan. Svensson, rörmokaren, som alltid anlitas av Johan när det handlar om vattenledningar och våtrum rycker ut. Under tiden han arbetar så stängs värmen i huset av. Eva och Monica har ordnat med en mottagning hemma i villan efter begravningen, mängder av levande ljus värmer upp i vardagsrummet som substitut till pannan.

Johan går ner i källaren och kollar hur det går för Svensson. Monica som känner sin bror letar efter Johan för att se vad som är på gång, när hon kommer nära tar hon ett rejält tag i Johan och drar med honom in i garaget.

– Du har druckit, du är full, vad håller du på med?

– Jag har knappt sett Eva den senaste tiden, hon håller på att överge mig.

– Hon har ju för Guds skull haft nog med att hjälpa Stina och stötta henne, dessutom har hon varit ovärderlig för mig.

– Det har varit hemskt att se Eva så ledsen och bedrövad, tidvis har jag trott att hon skulle gå under tillsammans med Stina.

– Du tror väl inte på allvar att alkoholen kan hjälpa dig att stötta dina barn och din Eva? Min bäste Johan, tror du det?

– Nej, men …

– Nu lyssnar du på mig.

Monica håller upp sitt pekfinger framför ögonen på Johan.

– Eva och jag har pratats vid varje dag de senaste sex månaderna, hon har varit helt nere. Jag vet hur mycket Stina har betytt för Eva. Det borde du också veta!

Johan nickar och böjer ner huvudet.

– Jag trodde hon var borta och träffade en ny man, vissa nätter har hon inte kommit hem.

– Du snackar en massa dumheter. Hon har haft en kämpig tid, då ska du ta ansvar, stötta henne på alla sätt och se till att barnen har det bra.

– Hon har varit svår att nå och så har hon liksom inte varit här, var hon varit vet jag inte.

– Det borde du ha vett att förstå att om man dag för dag ser en person som man älskar nästan över allting liksom tvinar bort inför ens ögon då tar det på krafterna. Hon och jag har träffats ofta, ibland har hon sovit över hos mig. Hon har trots enorm anspänning hjälpt mig i firman när det varit många leveranser. Nu känner jag verkligen din Eva, hon har en enorm kapacitet såväl när det gäller att arbeta som när det gäller att stötta andra människor.

– Du måste förstå mig också!

– Nu får du ta dig i kragen och sluta tycka synd om dig själv.

– Vad har ni pratat om?

– Jag har bland annat berättat för henne om när min Erik gick bort och den jobbiga sjukdomsperioden. Och så har Eva och jag varit hos Stina många nätter.

– Va!

– Precis, att bli av med en nära person tar på krafterna.

– Jag som trodde Eva var på väg bort från mig.

– Johan, ibland tror du att allt i livet handlar om DIG.

– Men hur skulle jag veta vad ni gjort?

– Om du försökt sätta dig in i Evas situation och när du mött Stina kunde du ha tänkt lite själv. Empati, empati – Johan.

– Monica, som vanligt, är du så förbaskat klok och stark, ni båda två förresten är så mycket starkare än jag, både du och Eva.

– Nu kräver jag av dig att du inte dricker en droppe till. Nu får du ta dig i kragen, annars!!!

Monica hytter med pekfingret och så kramar hon om sin käre lillebror en bra stund. Det är ingen vanlig kram, greppet som Monica kopplat känns rejält. Johan får nästan ingen luft. Han får fram några ord.

– Snälla, inte så hårt Monica, släpp ner mig, jag är ingen brottare.

Om det skulle varit en brottningsmatch på gång så

skulle Johan legat på stengolvet fortare än kvickt. Monica höll på med brottning som ung. Styrkan och tekniken finns kvar. Hon släpper långsamt på greppet och ser Johan i ögonen och så avslutar hon: – gå och betala Svensson exakt så mycket som han ska, inte ett öre mer, och så går jag och tar hand om köket, uppfattat?

Ja Monica, jag lovar.

– Och när du betalat honom, vad gör du då?

– Går upp till mottagningen i vardagsrummet.

– Nästan rätt. Du DOFTAR gin, hämta en tonic med grapefruktsmak i skafferiet och drick upp den, sedan tar du det här tuggummit, fattat?

Monica ger Johan ett paket tuggummi.

Ja, syrran.

– Var stark och ställ upp nu så vi får en fin mottagning och en minnesvärd dag, för Stinas och Evas skull, men också för alla andra som är med i dag.

Det blir tyst en stund.

– Monica, du är underbar.

– Johan, gör som jag sagt nu.

Johan snörvlar och snyter sig.

– Monica, du har precis lyft många tyngder från mitt hjärta. Det är inte första gången du hjälpt mig att komma rätt i livet.

Monica håller upp pekfingret i luften framför Johans ögon.

– Nu vet du vad ska göra, eller?!

Johan nickar och försöker le en smula: – syrran, budskapet har gått fram.

Till fjällen med takbox

Kontexten är helt avgörande när man bor i villa, vintern till exempel kan se väldigt olika ut, vissa år är det skyffel och snöskottning som gäller, vid andra tillfällen är det barmark.

Den här vintern är speciell, den erbjuder ihållande kyla och mycket snö under en längre tid. Var och varannan dag skottar Johan runt bilen och vid entrén. Daniel har lärt känna en kompis som heter Rickard, som gillar att åka skidor, pappan i den familjen heter Patrik. Johan känner honom genom cyklingen, båda är frekventa cyklare till arbetet.

– Pappa, Rickard och hans familj har bjudit med mig på en resa över helgen till Dalarna för att åka skidor.

– Vad kul.

Johan går över till Patrik för att prata. När han kommer fram håller Patrik på med att montera takboxen.

– Tjena Patrik, tack för att du bjudit med Daniel på skidåkning.

– Kul att han ville åka med, det är bra för Rickard också. Vill du ha en demonstration av marknadens största och mest användarvänliga takbox? Allas skidutrustning ryms i den.

– Gärna.

– Så här står det på hemsidan »boxen tar hand om allt som man är rädd om«.

– Menar du att boxen är unik?

– Jag har inte bara läst på hemsidan om just den här boxen, jag har verkligen granskat hela utbudet av boxar.

Patrik ler och stryker med handen över boxen.

– Och så är den stöldsäker och stabil, den är så stor så man kan sitta bekvämt i den när man behöver stuva packningen för att få ut maximalt av utrymmet.

Johan följer genomgången med stora ögon när Patrik demonstrerar underverket sittande i takboxen. Johan kliver upp på stegen för att se insidan.

– Här har du verkligen utrymme.

Johan känner med handen på insidan.

– Lyxigt med foder på insidan, vad är det för knappar, en grön och en blå?

– Den ena är för belysning, den andra är för värme

– Belysning kan jag förstå poängen med, men varför värme?

– Erfarenheter från kalla platser har gjort att just den här boxen säljer bra för personer som vill kunna klara av skidäventyr i alla väder.

– Du kan givetvis det här bättre, vi är inte så vana med riktigt kalla skidäventyr. Hoppas du får glädje av den framöver.

Eva får en muntlig kortversion av takboxdemonstrationen vid middagen.

– Tänk att Daniel ville åka bort på egen hand, kul för honom, men jag är ändå förvånad att han vågade åka ensam utan oss, han känner ju knappt Rickard.

– Eva, det är ju jättekul för Daniel att komma iväg på egen hand, han kommer säkert ha det toppen.

Daniel blir hämtad på fredagsftermiddagen.

På lördagen äter man tidig frukost i fjällstugan och så åker man iväg till liftområdet. Man kommer hem framåt kvällen nöjda men rejält trötta. Daniel somnar tidigt, skidåkandet har gjort slut på alla krafterna.

På söndagen vräker snön ner utanför stugan, man går upp tidigt och far iväg till liftarna. När Patrik lassat ur skidorna upptäcker han att det är något som behöver justeras med låsanordningen på takboxen.

– Stick iväg ni så kommer jag efter, vi kan träffas om en timme vid receptionen, då hinner ni åka några vändor medan jag ordnar med det här.

– Men måste du greja med takboxen just nu?

– Susann, det är en liten detalj med låsanordningen som måste fixas till.

– Märkligt när boxen är helt ny.

– Jajaja, jag fixar det och så möts vi i snöblåsten om en stund. Ha det!

Killarna och Susann tar sig bort till liftarna och far upp.

Patrik klättrar upp och sätter sig i takboxen, han trycker på den blå knappen, tämligen omgående känner han att det blir varmt där han sitter. Han tar fram mobilen och tänder dess ficklampa och ställer den på högkant på en list som löper utmed boxens insida. Så ja, nu kan man se låsanordningen. I ett litet etui på insidan på takboxen ligger ett specialverktyg som gjort för det som nu ska fixas till. Jodå, det fungerar, allt verkar vara klart.

Patrik har jobbar på utan att lägga märke till vad som händer runt bilen. Allt är klart och fixat, nu är det bara att klättra ner från takboxen och ta sig bort till liftarna. I det ögonblicket känner Patrik av ett enormt dån, det skakar i marken och känns i hela kroppen, takboxen skakar till. Mobilen som nyss lyste så fint faller omkull, Patrik reagerar intuitivt med handen för att försöka fånga mobilen. Neeeeejjj, mobilen faller över kanten.

Patrik kastar sig fram för att se var den hamnade. I det ögonblicket märker han i ögonvrån att snöplogen närmar sig i full fart, den kommer farande med väldig kraft, snön yr runt fordonet. Här handlar det om att rädda huvudet. Patrik kastar sig bakåt och hamnar på det varma mjuka bottenfodret. Han hinner tänka att det kändes inte ett dugg, botten i takboxen är riktigt skön att ligga på. I nästa sekund far locket igen. Han trycker på den gröna knappen, lampan i boxen tänds. Med ena handen känner han efter, locket går inte att öppna, han pressar med bägge händerna mot taklocket, det hjälper inte.

– Hjälp, är jag inlåst?

Snömaskinen fortsätter sitt plogande, det dånar och skakar i bilen och boxen när den far förbi. Patrik börjar ropa, men det känns övermäktigt att överrösta motorljudet från snöplogen.

– Faaan att det ska snöa så förbannat och att man ska ploga just här och just nu!

Måtte mobilen inte ha blivit skadad när den föll över kanten. All snö på backen borde tala för att mobilen klarade sig. Men hur ska jag få kontakt med någon som kan öppna? Susann måste rimligen komma om en stund.

– Hjälp! Kom hit och hjälp. Jag ligger här inne, kom hit och öppna!

Ingen reaktion, utanför hörs snöplogen och hjullastaren. Inga röster hörs över huvud taget. Patrik ropar och tjoar för att väcka uppmärksamhet.

– Hallå, hallå, HALLÅ hör ni mig?

Utanför råder plötsligt total tystnad, nu har snöplogen uppenbarligen avslutat sitt jobb.

Patrik filosoferar för sig själv. Ingen verkar hört mina rop på grund av bullrandet och skakandet när snöplogen for fram och åter. Han börjar ropa igen.

– Jag hör knappt min egen röst längre, nu har jag legat här och ropat i säkert en halvtimme. Jag har försökt göra mig hörd för fulla muggar. Ingen tycks ha uppmärksammat min situation. Susann och barnen borde väl komma hit. De måste väl sakna mig för jösse namn!

Patrik försöker behålla lugnet.

När Patrik inte kommer till skidbacken blir Susann orolig. Hon har ringt i ett den senaste halvtimmen utan att få någon som helst kontakt. Susann säger till grabbarna att fortsätta åka.

– Patrik brukar alltid svara på direkten. Något har hänt, men, vad? Jag åker ner till bilen och ser om jag kan få tag på Patrik.

– Mamma, ska vi inte följa med dig?

– Nej åk ni, när jag hittat Patrik ringer jag er. Ha det så kul i snöyran. Åk försiktigt.

Nere vid parkeringsplatsen åker en stor hjullastare fram och tillbaka och flyttar stora mängder snö bort från parkeringsplatsen, det gör att det bullrar enormt. Susann går fram till familjens bil, ser att den är låst, ingen Patrik i sikte. När hon gör en sökning på Patriks mobil så ser hon att han är alldeles i närheten. Hon letar sig fram till den plats där hans mobil befinner sig. Men där finns ingen Patrik, däremot en gigantisk hög av snö. När hon står där kommer en hjullastare som ytterligare fyller på snöhögen. Hon tar fram mobilen och ringer Rickard.

– Se till att du och Daniel tar er ner snarast möjligt, jag är på parkeringen. Ni behövs, jag hittar inte pappa.

Under tiden går Susann bort till receptionen och frågar om möjligen Patrik varit där i dag.

När hon står där och pratar med personalen kommer grabbarna.

– Har du letat efter honom, han har ju sin mobil med sig?

– Kom med här.

De går bort till snöhögen.

– Här kan ni själva se, hans mobil är här.

– Men mamma, pappa kan väl inte ligga under snöhögen?

– Älskling, Jag vet inte vad jag ska tro. Nu börjar jag bli rejält orolig.

– Men mamma, när vi kom hit så stannade pappa kvar i takboxen och vi åkte upp i backarna. Vi vet inte vad som hänt, om det löste sig med takboxen, han kanske tappade mobilen och så plogades den bort hit till den här snöhögen.

– Men varför skulle han tappa den och inte plocka upp den?

– Ni kan det här med tekniken bättre än jag. Kan ni se hur mobilen rört sig i dag? Grabbarna ställer sig och söker.

– Mamma, han har varit i stugan tillsammans med oss, sen åkte vi bil hit, därefter var han i boxen typ en halvtimme och sen flyttade han sig till snöhögen. Där har han varit fram till nu.

– Det låter ju helt vansinnigt.

– Men har du varit vid bilen?

– Det var svårt att ta sig fram dit när man plogade och körde med hjullastare, det gick knappt att komma fram till bilen.

– Kollade du om han satt i bilen?

– Varför skulle han göra det? Stick dit ni två och kolla om han är där, jag går in till receptionen och frågar om någon kan hjälpa till.

När Rickard och Daniel kommer fram till bilen öppnar de bilen, men ingen Patrik i sikte.

– Rickard, jag lyfter upp dig, så får du försöka öppna takboxen.

Rickard känner efter på låset till takboxen, locket går inte upp.

– Nu har vi alla fall sett att han inte är i bilen och boxlocket är låst. Han måste vara någon annan stans. Vi går tillbaka till min mamma.

Väl där får de veta att receptionen ordnat med sökning.

– Vi kan inte göra så mycket mer nu, det kommer undsättning om en stund. Receptionen har mitt telefonnummer, under tiden går vi och köper något att äta och så sätter vi oss i bilen.

Med varm mat tar man sig till bilen, hoppar in i den och sitter och äter. Plötsligt hörs ett dunkande ljud från takboxen. När Rickard öppnar dörren hörs någon ropa. Susann öppnar bildörren och knackar på takboxen, Hallå!!!!

– Hjälp, jag är instängd.

– Vi hör det, vi har varit jätteoroliga. Hur är det med dig?

– Vad tror du, jag börjar bli desperat. Gå till receptionen och be dem ta fram någon som kan öppna boxen.

Strax kommer en skiduthyrare försedd med verktygslåda, han lyckas få upp boxen så Patrik kan klättra ner.

Framåt eftermiddagen ringer Susann till Eva: – vi har blivit försenade, var inte oroliga allt har gått bra, vi kör lugnt och fint, hemma runt midnatt.

Eva och Johan sitter uppe och tar emot en väldigt trött Daniel.

– Gå och lägg dig på en gång, så får vi pratas vid i morgon till frukost.

– Jag har haft jättekul, bra backar.

– Om sex timmar är det skola, nu är det nattinatti på en gång.

Vid frukostbordet hamnar Daniel i centrum.

– Vi blev försenade på grund av strul med takboxen.

– Världens mest användarvänliga box…….

– Patrik skulle fixa något med takboxen, men locket gick igen och han blev kvar där inne.

– Va, men hur gick det till?

– Rickard och jag var uppe i backen så vi såg inte vad som hände.

– Berätta från början, vi vill veta allt, säger Ebba.

– Vi åkte med bilen till skidbacken, Patrik sa att han skulle komma efteråt när han fixat med några saker.

– Kom till saken.

– Locket till takboxen gick tydligen igen när han skulle fixa med några saker.

– Såg du när det hände?

– Nej, sa ju nyss att Rickard och jag var i backen och åkte. Såg bara att Patrik var kvar vid bilen när vi tog våra skidor och stack till liften, Rickard, Susann och jag.

– Men vad sa Patrik?

– Han sa, jag stannar och fixar, ni börjar åka så kommer jag efter, vi syns om en stund.

– Så mycket har vi förstått och att det snöade rejält.

– Verkligen, det var svinsvårt att se i snöovädret så Patrik tände sin ficklampa i mobilen och så ställde han den så han skulle få ledjus för att skruva till en grej som satt löst vid låsanordningen. När han låg där i godan ro och njöt av att lära känna den nya boxen fixandes med den här lilla detaljen ....

– Hittar du på nu?

– Neeeej, han sa så när han berättade vad som hänt.....

– Det låter helt otroligt.

– Det tyckte vi också men Susann hon ställde sig och gapskrattade.

– Va!!!!!

– Vilket scenario för en som äger världens mest intelligenta och användbara takbox konstaterar Eva stående vid diskbänken.

Och så fortsätter Daniel: – när han legat där, med locket igenslaget en bra stund, och ropat och försökt få omgivningen att uppmärksamma honom blev det plötsligt helt tyst, snömaskinen for tydligen iväg, men takboxen gick fortfarande inte att öppna.

Eva ser på Johan samtidigt som hon höjer sina ögonbryn, ett maner som han känner igen. Ett ljudlöst men väldigt effektivt sätt att sända en signal när det inte är läge att säga något.

– Patrick fick så småningom hjälp av skiduthyraren att komma ur boxen och klättra ner.

– Hej då, nu måste jag gå till skolan, du får berätta mer ikväll, säger Ebba som rusar iväg.

– Hur var det med Patrik, han måste ha varit genomfrusen?

– Nej, han hade som tur var satt på värmen så han var i god form, sa han. Men det är klart, först var han ganska förbannad. Han använde en del svordomar, kommer inte ihåg alla.

– Men mobilen förlorade han den, eller?

– Konstigt nog lyckades vi hitta hans mobil, vi ringde och kunde höra mobilens ringsignal i den enorma snöhögen. Bra att ha på hög volym ibland……Efteråt gick vi tillsammans till restaurangen där Patrik åt en jättehamburgare. Efter en dusch och en stund i bastun sa han nåt i stil med:

– Efter all djävla bedrövelse måste jag bara få åka skidor en stund, det innebär att vi kommer hem sent. Hoppas det är ok?

– Absolut sa Rickard och ja. På vägen hem nös och hostade Patrik hela vägen hem, Susann körde utan avbrott.

– Nu, Daniel, är det hög tid att du rusar till skolan.

– Det är ok, jag börjar inte förrän om en timme.

En bra tid framöver undviker Johan att prata med Patrik om skidresor, eftersom Patrik själv inte tar upp ämnet takboxar så väljer Johan att ligga lågt. Först efter en middag som Eva och Johan ordnar för Susann, Patrik och Rickard släpper spänningarna. Middagen och samvaron gör att man bildligt talat kan lägga takboxen åt sidan, efter den kvällen blir familjerna goda vänner.

– Älskling, även om allt ser väldigt bra ut, så tror jag att vi inte i onödan ska prata om skidboxäventyret när barnen är närvarande.

– Men under täcket i sovrummet kan vi unna oss att någon enstaka gång väldigt väldigt tyst viska om skidresan till Dalarna som satte marknadens största användarvänliga takbox på kartan.

– Det får absolut inte komma ut till barnen att vi ifrågasätter Patriks användarvänliga prylar, det kan missförstås säger Eva knappt hörbart. Hon fortsätter: – du vet det där talesättet om att av barn och hummhumm får man höra sanningen.

– Du menar att det skulle kunna falla tillbaka på oss om våra barn plötsligt skulle säga något om hur ensamt det kan vara i en användarvänlig takbox?

– Ungefär typ, med andra ord liksom, i vilket fall det här pratar vi inte om med barnen. Nu är takboxen ett ämne som vi undviker – fattat?

»Schhhhh, självfallet – nu ska vi vara snälla. Medans vi är här under täcket kan vi väl vara riktigt snälla mot varandra, klä av dig och kom intill mig, min kropp längtar efter dig här under täcket.

En hammock

Eva och Johan bor in sig i villaområdet och blir varma i kläderna, man lär känna inte bara omgivningarna utan också andra som bor i området. Johan avancerar till att bli ansvarig för samordningen av Grannsamverkan.

När familjen efter några år får skörda sina första äpplen firas evenemanget ordentligt tillsammans med Monica, Frank, Lotten och Torsten. Rabarberplantorna tar sig för varje år ju mer de trivs ju högre och godare tycks de bli. Rabarbern kräver inte så mycket arbete, de är tacksamma plantor i familjens trädgård. Rabarber- och äppelpaj visar sig bli en av barnens favoriter som intas tillsammans med vaniljglass.

Ute i trädgården frodas rhododendronbuskarna under ledning av och support från Erik, mannen med rhododendronfingrar.

När man bott in sig i huset kommer Eva och Johan fram till att »typen Adam« som sa att en villaägare har två dagar i sitt liv då man är riktigt glad – den första och den sista – hade fel.

– När »typen Adam« sa det där kändes det tungt, man visste ju inte om han skulle få rätt.

– Erfarenheten av kontakten med läkargrannen alldeles efter flytten till villan hjälpte inte direkt till att göra tillvaron ljusare, då var jag faktiskt lite nere ett tag....

– Då kommer jag också ihåg att det kändes som att vi borde bott kvar i vår fina lägenhet.....

– Du och jag tänker väldigt lika ibland.....

– Nu då, har du ångrat dig att vi flyttade?

– Nu, med lite distans till den där »typen Adam« så kan jag faktiskt helt ärligt säga att jag har kunnat njuta av villan i stort sett alla dagar som vi bott här.

– Älskling, tur att vi inte gjorde något förhastat just då.

– Inte minst har jag på den varma eller ljusa tiden på året sovit många magiska timmar utomhus i soffan på altanen med alla mysiga dynor, bara det är mycket värt.

– Till det kommer alla underbara måltider på altanen som du fixat.

– Eller dina grillkvällar tillsammans med släkten....

Ungefär samtidigt som Eva och Johan känner att de rejält bott in sig i området köper de en hammock som många i familjen snabbt lär sig uppskatta och gärna lägger sig i. Det är fler i familjen som vill kunna sova utomhus i den friska luften, det ger en helt annan känsla än att sova inomhus.

– Att ligga i hammocken är nästan som och att bo i tält, något som jag har underbara minnen av sedan barndomen.

– Du och jag har ju också fina minnen från några campingsemestrar, kommer du ihåg?

– Klart jag gör.

Att vara förälder till barn kräver ork, alla föräldrar blir trötta. Ibland har det hjälpt Eva och Johan att ha örongodis till hands, som förutom på musikfestivaler också kommer till användning när man som slutkörd förälder vill kunna slappna av från barnen. Fördelen med villan, jämfört med lägenheten, är att man lättare kan hitta en lugn vrå.

Som boende i villa kan man också ta sig friheter på ett helt annat sätt än i en lägenhet, till exempel spela den musik man tycker om utan att behöva tänka på grannar. Ibland på våren och på hösten står den nätta musikanläggningen eller högtalaren på altanen, då får också grannarna lyssna till den musik som familjen spelar för att göra trädgårdsarbetet lite mer lättsamt.

– Om det inte vore det här med hantverksberoendet och snöskottningen skulle lyckan med livet i villan vara helt fullkomlig…… Man kan inte få allt.

– Hantverkarna kommer man inte helt undan, så är det. Men hur vet man om hantverkaren är bra?

– Svår fråga, jag tänker på ordet hantverkare – det täcker det mesta.

– Om jag får gå in på en betydligt enklare fråga, snöskottandet skulle jag gärna leja ut till någon.

– Vi klarar snöskottandet, slutdiskuterat.

– Vad säger du om att anlita en städare?

– Motsätter mig bestämt att sysslor sköts av personer som kommer till villan för att göra vad vi själva bör klara av.

– När vi blir äldre då kanske svaret blir annorlunda, eller?

– Kommer du ihåg vad mäklaren berättade om änkan vi köpte huset av?

– Det har nog fallit i glömska.

– Lyssna nu, hon sa nåt väldigt tänkvärt. Den kloka gamla änkan kommenterade grannars oro för hur hon på egen hand skulle kunna klara av städningen i den stora villan »gamla människan«. Hon sa nåt i stil med eller typ: – det är möjligt att det finns en del damm och lort i huset, men det är i så fall mitt eget.

– Kunde väl knappast ha sagts på ett tydligare sätt för att få tyst på nyfikna grannar, eller?

Eva ler sitt underfundiga leende när hon sagt detta.

– Älskling, jag ger mig. Du vet var jag står. Jag är pragmatiker, man får ge och ta i äktenskapet oavsett om man bor i villa eller lägenhet.

– Så är det bara, vi är inte överens om allt, till exempel om köp av städhjälp – allt är inte Hawaii.

Evas och Johans tomt är en naturtomt och har varit det från allra första början. På de allra flesta för att inte säga alla tomter står det höga träd, det kan vara tallar, några granar och en del lövträd. De flesta fastighetsägare har valt att inte ändra karaktären på tomten. Eva och Johan har anammat det synsättet. Naturtomten har fått vara kvar man har bara dragit igång några få smärre egna projekt med ett antal rhododendronbuskar, grönsaksodlingar i några lådor, ett äppelträd, ett plommonträd och hallonbuskar, vid sidan om den mycket uppskattade rabarberplantan som tycks klara sig mer eller mindre helt på egen hand.

Allt för storslagna odlingsplaner fick Eva och Johan nog av en gång – särskilt erfarenheten av kolonilotten sitter djupt i hjärnbarken. Kolonilotten eller Den stora drömmen representerar ett minne eller en upplevelse, som ibland visar sig med sitt fula tryne, som gör att villaidyllen någon gång kan störas.

– Älskling, jag förnimmer i luften att du just nu tänker på kolonilotten, gör inte det.

– Va! Vi har väl aldrig haft en kolonilott!

På sommaren året efter inköpet av hammocken sover Eva och Johan utomhus på balkongen på övervåningen i nästan två veckor under en värmebölja. De tycker de sover bättre när de kan njuta av utomhusluften. De inte bara sover på altanen, livsandarna väcks till liv och kärleken blomstrar vilket gör att de nio månader senare kan välkomna ytterligare en familjemedlem. Flickan får namnet Lisa.

Röra på sig

Motion har blivit en vana och det är också ett av de bästa sätten att koppla av på. Ofta poppar det upp bra tankar under motionspasset, det kan beröra jobbet, huset eller barnen.

Motion på recept finns för de som ännu inte sett det tidlösa och underbara med motion. På fikarasten på Johans jobb har frågan kommit upp om inte arbetsgivaren skulle kunna göra mer och arbeta för att anställda skulle kunna få motion utskrivet på recept.

Genom jobbet får Johan ett gymkort och första gången han är på gymmet i Abrahamsberg köper han en personlig tränare för en tid framåt. I början går han dit nästan varje vardag, därefter stannar det vid tre gånger i veckan. Han lämnar hallen med gott mod.

– Bra Johan, fortsätt träna så här, berömmer den personliga tränaren.

– Men familjen och Eva behöver mig, jag måste vara hemma också förstår du inte det?

När Johan berättar för Eva så föreslår hon att han säger upp PT:n och sköter tränandet på egen hand.

– Du har klarat det där förr, det går säkert nu också.

Eva går också till gymmet och för hennes del blir det Friskis & Svettis på Kungsholmen där hon bygger muskler.

I närheten av gym finns det inte sällan butiker som säljer stärkande kost. En butik på Sturegatan i Sundbyberg väcker Johans uppmärksamhet. Första gången han ser butiken tror han att det är en måleributik allra helst när det från butiken inte sällan kommer ut välväxta personer, företrädesvis män, med ganska stora burkar.

Johan och en arbetskamrat slinker in i butiken efter ett jobbmöte i Sundbyberg. Det visar sig att butiken säljer 10-liters burkar med näringsämnen. När de granskar konsistensen i burkarna så påminner det om extrafoder till djuren på en bondgård.

Några experter på näringsämnen eller djurfoder kan man inte beskylla Johan eller hans kompis Fredrik för att vara. Men Eva och Johan samt barnen bodde faktiskt en gång på en bondgård i Frankrike där man hade mängder av gäss. Djuren »tvångsmatades« för att levern skulle växa till onormala proportioner. Vid ett tillfälle fick Eva och Johan se hur det gick till. Bonden hyrde ut stugor som en del i den franska turismen Gites de France. Familjen fick bland annat följa med bonden när de inlåsta kalvarna utfordrades. Varför var de inlåsta? Jo bonden ville leverera vitt kalvkött, »det är extra fint« vilket väl är samma sak som att bonden fick mer betalt. Dessutom lade bonden salt i fodret för att öka törsten hos kalvarna, därmed ökade vikten kvickare. Bonden fick betalt per kilo… Sedan den semestern har familjens inköp av gåslever och franskt kalvkött minskat…….

»Måleriburkarna« i näringstillskottsbutiken i Sundbyberg intill gymmet har ingen information tryckt på utsidan om extrasalt eller dylikt. Innehållet kommer säkert inte från Frankrike, men varifrån kommer det?

Fredrik och Johan går runt och känner på burkarna. Fredrik vill egentligen gå ut på en gång, men ställer ändå en fråga.

– Räcker det inte med att äta normal mat, alla dessa burkar med pulver, är det så aptitligt?

Mannen bakom disken förklarar att det ger extra näring när man tränar och tillskottet bygger upp musklerna.

– Det är allmän sanning att träningen kan minska muskelmassan om inte kroppen får tillräckligt med energitillskott.

Mannen som säger det har en rejäl bröstkorg och en ordentligt kraftig biceps.

– Man ger extra näring till djuren också men då handlar det om djuruppfödning och muskeluppbyggnad med sikte på slakt, slinker det ur Fredrik.

Mannen bakom disken höjer ögonbrynen, det ser också ut som att han spänner bröstmusklerna lite extra innanför den hårt åtsittande T-tröjan. Från att ha haft en avslappad hållning lätt lutad mot bänken bakom ställer sig mannen upp och går fram till kunddisken.

Johan känner sig kallad att hänga på Fredriks frågor.

– Vad säger Livsmedelsverket om de här kosttillskotten, rekommenderar verket några av de här burkarna? Du säljer säkert en hel del här.

– Ska någon av er köpa något, eller..... säger mannen med den kraftiga överkroppen och så tittar han Johan och Fredrik i ögonen.

Det ser nästan ut som att T-tröjan på butiksförsäljaren är på väg att spricka.

– Inte just i dag men vi läser gärna på och kommer tillbaka. Har du någon trevlig broschyr som vi kan läsa hemma, tills vi är tillbaka nästa gång för gympapass eller några vändor i simhallen?

– Kom gärna tillbaka när ni funderat. Nu har jag andra saker som jag måste förbereda.

Den kraftige, välbyggde och muskulöse mannen bakom disken vänder sig om och går iväg i riktning mot förrådet där lagret av alla burkar är staplade.

Johan vänder sig till Fredrik.

– Skulle du inte köpa något?

– Nej, jag brukar aldrig gå in här, jag följde med dig. Ska vi gå och ta en fika innan vi åker hem? Det är mysigare med en croissant än de där burkarna.

– Nu missade vi säkert nåt, det blev ju inget köp av näringstillskott den här gången. Någon folder fick vi inte heller om vi vill läsa på om kosttillskott, det blir till att leta på nätet i stället. Vi får nöja oss med croissanterna.

Väl hemma upptäcker Johan att det är helt tomt i villan. Barnen är hos kompisar några timmar till och Eva har meddelat att hon blir sen. Klockan visar att det hinns med ett joggingpass innan barnen är hemma. Han byter om till kortbyxor, en T-tröja, vita sockor, tyngdvästen och till sist knyter han sina joggingskor. Tyngdvästen består av 20 tyngder om vardera 0,2 kilogram som han fick i födelsedagspresent. Sedan dess har han varit flitig och använt den när han motionerar. Några tyngder får hänga med i dag, alla 20 blir för alldeles för mycket.

I spåret möter han både kvinnor och män som har åtsittande tights ungefär som damasker, på överkroppen har nästan alla han möter tröjor i skarpa färger. Många som joggar har sin älsklingsmusik i hörlurar. Det ligger något fysiskt i det. Musik kan för en del faktiskt öka prestationsförmågan. Johan är för sin del inte övertygad om vitsen med musik i öronen när han springer.

Är inte själva finessen med att springa eller röra sig i naturen att man fokuserar på här och nu? Är det inte underbart med tystnaden och naturen, ta del av vinden och lyssna på fåglarna vilket ger en skön ljudmatta som räcker långt. Det borde väl också ge energi? Målet med motionerandet för de flesta är säkert inte att förbereda sig för långlopp utan att försöka hålla sig i någorlunda form. Eller kort sagt att må bättre.

Precis när Johan passerat ett buskage i en tvär sväng i motionsspåret kommer en ensam hund gående långsamt emot honom.

Många älskar hundar, de är fantastiska sällskapsdjur. Men varför måste en del låta sin bästa vän gå helt lös och utan tillsyn? Johan har aldrig förstått storheten med lösspringande hundar.

– Hundar är bäst på TV.

Det finns en del vänner som har hund, så helt obekant med dem är han inte. Men just nu handlar det om en helt ensam hund som kommer gående i riktning emot Johan, den här hunden ser ut att vara ganska eller väldigt stor. Har den inte rena vakthundsdrag? Det syns ingen husse eller matte. Möjligen är det tio meter fram till hunden. Johan låter blicken möta hundens ögon precis som om han skulle hälsa på den. Han gör som han alltid gör när han möter någon människa när han är ute på promenader tillsammans med Eva eller som i dag när han möter en motionär i spåret. Samtidigt som han ser hunden i ögonen ler han en aning, hejar halvögt och så nickar han med huvudet. Det brukar uppskattas, det leder ofta till att den man möter gör likadant, nog borde hunden också se gesten som en vänlig handling? Hundpsykologi är å andra sidan inte specialgrenen, men någon gång har Johan faktiskt sett på TV och fascinerats av Mannen som talar med hundar. Just det programmet sänds återkommande på någon TV-kanal. Det rör sig om alla tänkbara hundar i programmet Mannen som talar med hundar, en del är små och andra är verkligen stora. Det verkar som att den där mannen i TV-programmet verkligen kan nå fram till och prata med alla hundar. Johan har aldrig riktigt brytt sig om att titta på programmet annat än tillfälligtvis när han zappat mellan kanalerna vid reklamavbrott, även om en del på jobbet talat sig varma för TV-programmet Mannen som talar med hundar.

På jobbet finns det en del hundägare som ofta pratar om sina bästa vänner. Det skulle förmodligen ha varit en bra investering att ha lyssnat lite bättre till arbetskamraternas berättelser om sina hundar och haft den klokskapen till hands i det här läget när Johan nu stannat till framför en mötande ganska stor hund som inte riktigt svarar på det vänliga nickandet som Johan just prövat på för att skapa en god relation.

Tystnaden breder ut sig, det hörs inga vackra fågelläten möjligen fläktar det något i trädtopparna. Fokus i Johans värld är just nu hunden som står framför. Det är inte fåglarna som rör sig fritt här i närheten som Johan tänker på. Ingen av de två säger något, hunden och Johan tittar bara på varandra. En tyst envig inleds som ingen vet hur den ska sluta.

– Schitt! hör Johan sig själv säga.

Det där TV-programmet om hunduppfostran hade förresten säkert inte varit till någon hjälp i det här läget. Nu gäller det att uppträda med säkerhet för att inte oroa eller skrämma hunden. Johan som inte är världens bästa hundkännare har slutat springa, nu står han helt stilla, vilket möjligen inte heller var så smart. Å andra sidan, det är trots allt fortfarande ett avstånd fram till den stora hunden, det kan väl aldrig vara fel.

– Jag ser hunden och den ser mig, vad göra nu? Tvåbenta vänner möter väl den här hunden varje dag, eller?

Hunden verkar inte förstå vad mannen i kortbyxor vill med sitt agerande och hunden kanske inte heller har för vana att se på den där mannen i TV som talar med hundar. Därvidlag befinner sig de två mötande i samma situation.

Antingen är det en vinthund eller så är det en dobermann, Johan är som sagt inte expert på hundar, det kan också vara en helt annan hundras, det som är klart det är att den är rejält stor. Johan har möjligen en del teoretiska kunskaper inom området som han fått efter många samtal med grannar i villaområdet när han är ute på sina rundor för att prata om grannsamverkan. Men det är som sagt endast teoretisk kunskap som inte bottnar i praktiska erfarenheter. Johan håller sig alltid på vad han själv bedömer som säkerhetsavstånd från hundarna. Vid promenader i villaområdet har han på senare tid kommit fram till att det är fler hus än någonsin som bebos av hundar. Man har också skaffat större hundar som inte bara kan vara sällskap utan också kan vara med och försvara huset om det kommer någon som man inte vill ha att göra med. Ett levande skalskydd så att säga.

Hundar är bra mot tjuvar och annat oönskat som vill ta sig in i villan. Men då måste hunden vara lite större än en chihuahua. Att påstå att det knappt finns en villa i bostadsområdet som inte har en fyrfoting är en smärre överdrift.

Många villaägare har hund, vilket borde borga för att också Johan i sin egenskap av ansvarig för grannsamverkan blivit mer van med att umgås med hundar. Utöver alla hundarna tillkommer en hel del katter som också bor i villaområdet. Kanske kaniner och marsvin också, det är mer oklart.

Familjen Danielsson har ingen hund och inte heller har storasyster Monica som bott ensam länge någon hund. När Johan växte upp hade man ingen hund i familjen, inte heller Evas föräldrar har hund. Så Johan har inte praktiska erfarenheter av att leva nära en hund, det är en brist i det här läget när han står endast en bit från den rejält stora hunden.

Hunden framför Johan ser inte så glad ut. Den viftar inte med svansen och ser närmast arg ut. Johan gör förmodligen alla fel man kan göra, han fortsätter titta hunden i ögonen precis som man gör när man är ute och promenerar i bostadsområdet och möter en bekant eller en granne. Då, när man möter en bekant, väntar man med att hälsa tills man är lagom nära, man bockar och ler vid ett lämpligt ögonblick. Ofta säger man något artigt eller fyndigt. Någon gång stannar man till och utväxlar några meningar. Omedvetet ler han igen mot hunden för att verkligen hälsa ordentligt.

Visst visar hunden tänderna precis som Johan men det hjälper inte eftersom det leende som hunden visar upp inte ser särskilt vänligt ut. Stämningen är en aning osäker, Johan brukar känna stämningsläget rent fysiskt när han möter och pratar med någon. Det osmarta i sammanhanget är att Johan är extremt rädd för hundar. Och nu börjar det höras ett dovt morrande läte från hunden, börjar det inte också rinna saliv från ena mungipan, är möjligen hunden hungrig? Johan har intet att erbjuda för att lindra hungern, kortbyxorna har inte stora fickor för sådana här oförutsedda träffar i skogen. Ser inte hunden förresten ut som en tävlingshund en sån där som han sett i Sportspegeln som springer efter konstgjorda kaniner? Fort som fan går det, en sådan där kapplöpningshund kan man definitivt inte springa ifrån, det är inget alternativ att plötsligt vända sig om och börja springa av sjutton. Även om man är snabb i starten och utrustad med tämligen nya sportskor som kostat en förmögenhet. Att gömma sig är nog inte heller helt smart, hunden har ju enorma förmågor när det gäller att söka med hjälp av näsan. Det kommer inte gå att hinna gömma sig och tro att man kan komma undan.

Stämningen försämras gradvis, börjar inte det här mötet på tu man hand till och med gå över i något obehagligt? Känner den här hunden av att mannen i kortbyxor möjligen fullständigt exploderar inombords, alla stressreaktioner är igång på en gång, pulsen slår så det känns i tinningarna, svetten kommer i handflatorna och det börjar rinna under armarna. Smilbanden börjar kännas en aning ansträngda.

Nu kontrollerar Johan inte längre den egna munnens talorgan, börjar det inte komma fram ett kvalfyllt ljud från den egna munnen ungefär som det kan låta när det gör ont eller när man ser något hemskt eller motbjudande på TV eller på bio?

– Aaaahhhhhhhhhhhhhhhoooohhhh

Det som kommer från Johans mun låter definitivt inte som en raplåt med en fyndig textremsa inte heller som en refräng från någon njutbar låt. Nej det som når Johans öron är hans eget okontrollerade missljud, ett hemskt kvidande ljud.

– Åååååhhhhhhahhhhhhh

Musikbiblioteket, om det finns något sådant gömt i hjärnbarken, är helt frånkopplat. Ljudet som kommer från den egna munnen är definitivt ett lidande ljud. Det står still i huvudet på musikfronten.

– Kan det hjälpa om jag blundar en stund?

Tanken slår honom när han nu erinrar sig saker han hört om hundar, till exempel har han hört att man inte ska titta en hund i ögonen, i alla fall inte under en längre stund, det kan missuppfattas, men hur?

– Men man vill ju som icke hundägare vara artig och hälsa det gör man ju när man möter okända i skogen, det lättar upp

Johan blundar en stund, som för att återfå kontrollen, men när han åter öppnar ögonen så har inte mycket hänt, möjligen står hunden en bit närmare även om han och hunden inte står helt nära varandra.

Ofrivilliga ljud kommer ånyo ut från Johan, – Öhhhhhhhhhneeeeeeejjjjj….

Om inte Johan pratar med hunden framför honom utan bara kvider ängsligt som om han har värk eller odefinierad skräck vad tror hunden då att Johan vill förmedla?

– Grrrrrrrrrrrr…..

Hunden morrar lite högre den här gången och så böjer den huvudet neråt, samtidigt hör Johan att det är någon som än en gång utstöter ett märkligt ljud på nära håll, det låter som ett stönande kvidande.

– Åhhhhhhhhhhh……….ehhhhhh…neeeeeeeejjjj

Är det han själv som låter? Ljudet påminner om något han hörde i en biosalong när det gick en riktig skräckfilm på bio, en sådan där film som Johan definitivt har valt bort för all framtid.

Nej, skräckfilmer vill jag inte gå på, gärna drama eller action för den delen men inte skräck med blod och elände.

Fördelen med att sitta i ett biomörker och se på film, jämfört med ett möte i skogen på tu man hand med en stor hund, är att man kan blunda när det är som hemskast på filmduken och så efter en stund när man hör en annan typ av musik så är det plötsligt dag och solsken i filmens värld och så är det fullt med glada skrattande människor på filmduken.

Här och nu i motionsspåret ser det likadant ut som för en stund sedan, likaså är stämningsläget oförändrat knepigt även efter blundandet.

Det som möjligen underlättar situationen är att Johan har motvind och att han alltjämt är varm och svettig efter löpturen. Hunden tror säkert att den svett som utsöndras kommer från en figur på två ben som älskar motion och som är ute och springer av egen fri vilja, inte från en hundrädd person som står endast några meter bort. Frågan är vad som händer härnäst? När Johan möter hundar när han ute och promenerar eller springer ensam så börjar han nästan alltid per automatik helt omedvetet nynna en sång.

Det slår honom att den här gången står han inte och nynnar någon sång, nu är det snarare ett lidandets kval... – Öhhhhhhhh..... åhhhhhhhh.........ää-hhhhhh...

Han sluter nästan ögonlocken för att inte visa att han står och tittar på den stora hunden, med kisande ögon ser han på hunden som i smyg.

– Hunden tror bergis att mina ögon är helt stängda. Den här manövern måtte väl lugna fyrfotingen framför?

Är det trots allt en dobermann som står och morrar framför honom? Hunden är stor och den agerar med pondus, den är säker på sin egen styrka. Visar inte minsta tecken på oro eller irritation snarare god självkänsla. Den kurar inte ihop sig utan snarare sträcker den på sig. Den håller huvudet högt och den tycks fokusera blicken på vad som står framför.

En minnesbild kommer farande från ingenstans. Vid entrén till en granntomt intill storasyster Monica i Smedslätten där det stadigvarande bor en enormt stor och muskulös hund kan man läsa texten på en skylt som finns bredvid grinden:

Den skylten har Johan blivit stående framför många gånger.

– Är du aldrig rädd för att hunden ska komma över till din tomt? har Johan frågat Monica ett flertal gånger.

– Menar du Totte? Han är så snäll så snäll, han kan inte göra någon förnär! Tror aldrig jag hört honom skälla ens.

Hundar väcker respekt.

Men nu där Johan står helt still på motionsspåret medan tankarna snurrar osorterat runt i huvudet, vad hjälper då Monicas försäkringar?

– Det som gäller för Totte kanske inte gäller fyrfotingen som står mitt framför i motionsspåret, Monicas grannhund Totte är snarare långhårig om minnet inte helt sviker, mycket kan man säga om den här hunden i Grimstaskogen, men långhårig är den definitivt inte. Nog är det en dobermann som lätt morrande står framför Johan, men Johan är nog inget sanningsvittne i sådana här situationer. Alltjämt ingen husse eller matte som hörs eller syns till. Kruxet i den nu uppkomna situationen är att hundar i allmänhet inte är så vana med att okända människor ler mot dem och önskar hälsa på dem genom en lätt bugning. Den här dobermannen tycks inte avvika från normalt hundbeteende. Johan är å andra sidan inte den person som kan avgöra vad som är normalt hundbeteende, här och nu är det skarpt läge och Johan är verkligen fel person på fel ställe.

– Här gäller det att inte säga något, stå helt still och hoppas att det snart dyker upp någon som känner hunden.

Än en gång morrar hunden, nu ännu mer ljudligt än tidigare. Förbereder sig hunden möjligen för en rusning, den böjer ner huvudet än mer och liksom rafsar med en ena tassen i marken.

Nu hörs ett förändrat ljud, klagoljudet som hörs högt och klart går över i ett långt utdraget »nnnnne-eeeeeeeJJJJJJJJJJ«.

Det stiger i styrka mot slutet. Johan har inte kontroll över sina egna organ, det är från hans mun ljudet kommer.

Det ser ut som om hunden inte är riktigt tillfreds med tillvaron i allmänhet och med motionären i synnerhet när det låter så där.

I samma ögonblick hörs en kvinnoröst som ropar: – Muffe! kom till matte.

Ingen person syns till men ropet leder till att dobermannen högst motvilligt och mycket mycket långsamt vänder på huvudet i riktning mot rösten. Och så dyker det upp två kvinnor från ingenstans, den ena kvinnan manar på hunden att komma.

– Muffe – kom till matte!, sååååjjjjaaa.

Hunden går väldigt väldigt långsamt nästan demonstrativt ungefär som en svårmotiverad tonåring som måste lämna kompisgänget en varm sommarkväll därför att släkten nyss kommit på besök. När hunden långsamt, den nästan drar benen efter sig, går mot den ena kvinnan vänder den huvudet mot Johan, ser den inte en aning besviken ut? När hunden nästan är framme vid kvinnorna hörs en av kvinnorna som förmodligen är matten säga: – du måste hålla dig i närheten av oss så vi kan få hjälp om det är någon löpare som är aggressiv eller elak mot oss, du måste inse att vi kan behöva hjälp av dig Muffe. Du är ju en vakthund, kom ihåg det!

Dobermannen är nu infångad med ett koppel, när den

har kopplet fastsatt vid halsbandet vrider den på huvudet och tittar ånyo på Johan. Muffe ser besviken ut, inte undra på det när envigen avbröts på ett för honom abrupt sätt, nästan som att han säger till Johan: – Nu hade du tur knäppsskalle!

– Säger en hund verkligen sådana saker?

– Du är duktig du Muffe, bra att du finns. Här finns så många konstiga varelser som springer runt i skogen. Vi behöver dig i den här skogen. Kom och gå med oss, du är så snäll.

En av kvinnorna, den förmodade matten klappar hunden och känner efter att kopplet är ordentligt fastsatt.

Än har inte Johan sagt ett ord till hundägarna. De båda kvinnorna verkar för övrigt knappt ha sett Johan, de har allt fokus på Muffe. Alltjämt är Johan mentalt fast i den situation som rådde fram tills alldeles nyss, ingen hälsning eller bugning än så länge från Johan i riktning mot de två kvinnliga räddarna. Andhämtningen är ansträngd, Johan koncentrerar sig på att andas in genom näsan och ut genom munnen för att få ned stressnivån. Hjärtat pumpar fortfarande för fullt och andhämtningen är alltjämt ansträngd. En blick på pulsmätaren visar att mätaren aldrig varit högre. Ett varningsmeddelande visar sig på pulsmätaren.

– Dags att ta det lite lugnare.

Knäna börjar darra som en efterreaktion på den stress som Johan nyss gått igenom. Som om det skulle hjälpa försöker han le mot kvinnorna med hopp om att knäna ska sluta dallra.

– Hej, stor hund ni har.

– Hej, jo det måste man ha om man ska våga gå i den här skogen.

Och så sticker Johan ner handen i fickan på kortbyxorna. Jodå handen hittar något välbekant som legat där ett tag men som aldrig använts i skarpt läge.

Johan greppar tag i sin visselpipa, en överljudspipa. Han gömmer den i den knutna näven. Det är en klassisk hundpipa tillverkad i England. Visselsignalen når långt och kan endast uppfattas av hundar inte av människor. Tonhöjden kan justeras. Den är inställd på de allra högsta tonerna. Nu är stunden kommen, nu gäller det att göra något modigt som släpper lös alla rädslor och negativ energi i kroppens inre. Johan för näven med visselpipan till munnen utan att visa vad han har i handen och så andas han in ett enormt djupt andetag, därefter blåser han ut allt vad han förmår, lungorna töms helt och hållet på all luft – allt åker in i visselpipan. Kroppen tappar all kraft, han sjunker ihop flera centimeter. Därefter händer något.

Vad som följer efter visselblåsandet är ett avledande intensivt gymnastiserande från Johans sida, ackompanjerat av en rad olika höga röstkommandon.

– Ja,ja,ja,ja oooooo uuuuuppppppp med händerna, jajajaja jajajaja jajajaja.

Orden sjungs fram av Johan samtidigt som han rör sig, han sätter sig på huk, sätter händerna i backen och hoppar bakåt med benen. I stället för armhävningar sätter han igång med att ömsom hoppa fram med vänster respektive höger fot, hela tiden i gungande mjuka rörelser. Armarna är raka. Värsta uppvisningen av gympan från Friskis & Svettis här ute i skogen.

– Skifta gunga la, skifta gunga la, ja,ja,ja,ja jajajaja.

Därefter ställer han sig upp och börjar med höga

knäuppdragningar. Till sist tar han fram två tyngder i västen som han alltid har på sig ovanpå T-tröjan när han joggar. Tyngderna är med för att alltid få ut lite extra från träningen. De två tyngderna håller han rakt upp i luften ovanför huvudet. Kroppen är helt still, och så gör han några sumoövningar följt av övningar i sidled med armarna uppsträckta ömsom till vänster och till höger.

– Sugna män ja,ja,ja,ja.

Med de här rörelserna stärks bålen, dessutom förbättras hållningen. Bra också för tennisen. Ännu ingen hund som anfallit hinner han tänka.

– Tänj, tänj, ja,ja, jajajajaja.

För sitt inre ser han hur bröstmuskulaturen blir större och kraftigare. Tennisbollarna flyger längre och hårdare. Han tar ånyo fram visselpipan gömmer den i den knutna handen och för den till munnen ånyo och så blåser han ännu en gång, möjligen än mer kraftfullt än tidigare.

NU ser han verkligen effekterna av visselblåsandet, två kvinnor som gemensamt håller i kopplet till dobermannen har fullt upp.

– Iiiiiihhhhh.

Hunden ylar högt och tydligt och så rullar den runt och så ålar den sig snabbt fram på marken. Det är ingen liten svag hund det handlar om. Muffe sliter med sig kvinnorna in i skogen en bra bit från spåret. Kvinnorna lyckas nätt och jämt hålla hunden under kontroll. Från blåbärsriset intill spåret ser hunden på Johan, saliven eller fradgan runt hundens käft riktigt skummar. Johan tittar på hunden med vetskap om att Muffe nu är under kontroll av två starka kvinnor. Pulsen har gått ner men fortfarande är kroppen på helspänn. Båda kvinnorna tycks ha fullt upp med att behålla kontrollen över hunden, det är en väldigt kraftfull och stark hund – det inser Johan nu.

– Muffe, Muffe, ta det lugnt. Här finns inget att oroa sig för.

Efter en stund när läget lugnat ner sig och Muffe inte längre drar och rycker vandrar de båda kvinnorna förbi Johan med hunden i koppel.

Än är det inte över.

– Fin hund ni har.

Samtidigt knäpper Johan händerna och ber en tyst stilla bön: – måtte kopplet hålla och måtte kvinnorna hålla Muffe i schack.

Kvinnorna ler lite snett när de går förbi Johan, i sitt stressade läge lägger han ändå märke till en detalj hos kvinnorna, båda har osedvanligt vita tänder, kan det vara tandblekning? Det riktigt gnistrar om tänderna. Kvinnorna böjer huvudena på sned när de går förbi den gymnastiserande Johan och så ler de inkännande. Den kvinna som inte är matte bär mörka solglasögon.

– Väldigt vad Muffe beter sig konstigt, säger den kortare kvinnan som inte är Muffes matte. Kan det vara mannens konstiga enmansgymnastiserande som provocerar Muffe?

– Muffe är alltid stabil, men du kan ha rätt, den här typen av enmanscirkus har jag inte sett förut, folk som springer i skogen kan vara väldigt märkliga.

I en efterreaktion till envigens anspänning och ovanliga upplösning känner sig Johan plötsligt helt tom invärtes. Kroppen är helt slut. Spänningen i kroppen börjar övergå i ett våldsamt darrande, mentalt tycks faran vara över, åtminstone för stunden, men kroppen har inte hängt med. Från att ha varit varm mjuk, vig och svettig är Johans kropp helt nerkyld och stel efter envigen med Muffe.

Hunden är kopplad vilket gör att Johan om han vill nu kan springa vidare. Som avslutning på mötet med Muffe blåser Johan två extra gånger i visselpipan. När han blåst känner han sig helt urlakad och genomtorr i munnen, han tar fram en liten flaska som sitter i midjebältet, tar en klunk och så vänder han sig om mot kvinnorna, då ser Johan att dobermannen kvirrar och ylar och drar våldsamt i hundkopplet än en gång. Muffe försöker vrida sig loss flera gånger och så lägger den sig ner på marken och ylar högt.

– Oooo vowo wow.....

Muffe gör ansatser till att hoppa men han hålls tillbaka av de båda kvinnorna som bägge två krampaktigt håller i hundkopplet.

– Muffe ta det lugnt det är ingen fara.

Kvinnorna kämpar verkligen med Muffe, det märks att dobermannen är en utomordentligt stark hund. Man ser också tydligt att kvinnorna känner sin hund, de pratar med den och klappar den allt vad de förmår.

Johan följer hunden och kvinnorna med blicken. När kvinnorna kommit en bit bort vänder sig dobermannen om igen och nu ser den en man som står och joggar lätt på stället. Hunden liksom skakar på huvudet. Har den inte lite sorgsna ögon också? Muffe sänder ett budskap: – stackare, nästa gång blir det annorlunda!

Ur ett dobermannperspektiv såg allt perfekt ut, morrandet och förspelet inför en rejäl kraftmätning, skulle givetvis i normalfallet lett till en helt förkrossande hundseger. I stället slutade det i ett kvalfyllt avslut ackompanjerat av ett hundöronbedövande ljud som endast uppfattades av dobermannen Muffe. Matten och hennes väninna hörde inget av ljudet från Johans visselpipa.

All kraft har gått ur Johan efter den här uppvisningen. Nu är Johan inte svettig längre, kroppen har blivit iskall och den känns orörlig och stel. Innan damerna, med hunden i koppel, försvinner runt hörnet i motionsspåret ser han något som han inte uppfattade från början, kvinnorna trippar fram på höga klackar.

Väl hemma i villan ser Johan att Eva står inne i duschen, helt frankt klär han av sig mycket snabbt och smiter in i duschen bakom henne.

– Snälla älskling, fråga mig inte vad jag gjort, spak som jag är efter en dråplighet på min joggingrunda önskar jag att du schamponerar mig, det räcker med huvudet. Märkligt nog är hela kroppen som en spänd fiolsträng efter löprundan. Jag vet inte varför kroppen är så spänd. Prata lite vänligt med mig, berätta gärna om något som du sett i trädgården, när du schamponerar mig. Det känns som jag behöver din support efter min löptur.

– Men älsklingen, kom närmare, du känns alldeles kall om ryggen, jag ökar på temperaturen på duschen.

För ovanlighetens skull smörjer Johan efter duschen in sig med ormsalva som avslutning innan han klär på sig. En extra tröja åker på den här kvällen. Med nyskrubbat hår går Johan in i köket och tar för sig av diverse proteiner så kroppens batterier får sig en snabbladdning.

De följande dagarna regnar det dag och natt, hundmötet gör att Johan avstår från sina vanliga joggingturer, mot slutet av veckan när han känner ett allt större sug efter att få röra på sig tar han fram cykeln. När garagedörren öppnats kan man se att det inte hällregnar längre, det bara duggar lite lätt allt tyder på att regnvädret håller på att dra bort. Med tanke på att det är rejält blött och många pölar där cykeln far fram håller han medvetet igen på farten i kurvorna. Cykeln är på väg västerut bort till Hässelby strand, väl framme nere vid Maltesholmsbadet är det dags att stanna. Johan blir stående en stund nere vid badet. Där syns inga människor men däremot mängder av Kanadagäss som ockuperar badstranden och badbryggorna.

– Det borde göras något åt all fågelspillning!

På hemvägen syns att det regnat rejält de senaste dagarna, på cykelbanan har det samlats enorma vattenmängder, cykeln saktar ner och glider långsamt fram. Då upptäcker Johan att det ringlar mängder av maskar på asfalten.

Vid middagsbordet berättar Johan om cykelturen.

– Maskarna hade letat sig upp från jorden på ängen och lagt sig på cykelbanan. Det såg ut som en vattenfestival för maskar.

– Pappa, var det bara du som såg alla maskarna? frågar Daniel.

– Vi är nog flera, det syntes att maskarna gillade regnet och njöt av att få komma upp ovan jord för att få röra på sig.

– Du kanske kunde fråga några av dem om de vill komma till vår komposttunna, inflikar Eva.

– Tror du mig inte?

– Tvärtom, om du vill älskling får du gärna gå dit igen tillsammans med mig och hämta så många maskar vi kan hitta och erbjuda dem plats i vår komposttunna, det skulle vara toppen älskling.

– Ni är nog de första som samlar maskar, säger Ebba.

– Ebba, maskar kan göra underverk när det gäller jordförbättring, du som är så intresserad av naturen, fråga fröken om maskarnas betydelse för skog och natur.

Väl framme hittar de snart platsen där mängder av maskar samlats. På en kort stund plockar de med sig rejält många badande maskar som nu ska få växa till sig i komposttunnan med de vegetariska matresterna.

– Johan, det här var en kul upplevelse, bra för oss och vår trädgård och för maskarna som får en ny och trygg bostadsort i vår komposttunna.

– Kul att cykelturen ledde till något nyttigt.

När de kommer hem visar Eva upp innehållet för Ebba.

– Min lilla älskling, kom med ut så får du se hur bra maskarna kommer få det i vår komposttunna.

Ebba hjälper till med att tömma burken, de står kvar och ser på när maskarna försvinner ner i tunnan.

– Hej då maskarna, ha det bra.

De följande veckorna byter Johan tid och plats för joggingturerna.

Inga hundar syns till på de nya rutterna.

En torsdag lämnar Johan kontoret extra tidigt. Inga tider att passa, barnen ska bo hos Lotten och Torsten över natten, Eva är på någon kurs och kommer hem sent i kväll. I det varma vädret är det extra hett på tunnelbanan. Han kliver av vid Abrahamsbergs station och promenerar så sakteliga hemåt. Stannar till vid torghandeln i Brommaplan och köper frukt och grönt som han stoppar i ryggsäcken. Förutom de vanliga cyklisterna som swishar förbi blir han också omsprungen av RIKTIGA joggare i solglasögon och kortbyxor som är utrustade med ryggsäckar.

– Hej Johan.

Han vänder sig om och ser en kvinna som har keps, solglasögon, kortbyxor, ett bälte med små vattenflaskor runt midjan och en nätt ryggsäck.

– Hejsan Hanna, vilken överraskning, tillhör du joggarna som joggar fram och tillbaka till stan?

– Inte riktigt, får se vad det här springandet leder till, än så länge känner jag mig för, vill få testa nya muskler och nya löparskor för det här underlaget.

Hanna steppar en stund för att verkligen visa upp de vita löparskorna som är utrustade med en särdeles tjock sula.

– Hur lång tid tar det för dig att ta sig till jobbet på det här sättet?

– Ärligt talat, vet inte, kör etapper, på vägen hem, i dag hoppade jag av tuben vid Alvik, så jag börjar lite försiktigt. Min Karl-Fredrik han joggar fram och tillbaka till Sollentuna tre gånger i veckan.

– Whow! Vadan detta?

– Dels handlar det om att testa kroppen, men främst beror det på problem med cykeln, det har varit upprepat strul, nu är den på service och uppgradering.

– Berätta mer.

– Har inte tid nu Johan, kom förbi en dag när cykeln är åter så kan jag briefa dig och dela med mig av några tips.

Hannas fötter börjar åter igen steppa, som om de gick på autopilot frikopplad från övriga delen av kroppen och så sätter hon igång med en rivstart, strax ser han hennes ryggtavla försvinna bort västerut. Johan lunkar på så sakteliga och njuter av sin glass.

Av ren nyfikenhet för att få se hur joggarna har det på sin väg till och från stan tar sig Johan för att några gånger gå av tunnelbanan på vägen hem vid olika stationer, syftet är att kolla om det är samma personer som återkommer. Så tycks det vara. Den senaste motionstrenden är uppenbarligen att springa hela vägen till och från jobbet inne i city. Där skiljs verkligen agnarna från vetet.

Cykeltur

Bor man i Bromma och gillar att cykla är det nära till hands att ta sig en tur till Ekerö kommun. I kompisen Andresz som bor i Olovslund har Johan hittat en verklig cykelfrände. Den här söndagsmorgonen kör de en cykelrunda som börjar med att de strålar samman vid Nockebybron och så trampar de vidare med god fart tillsammans över Kärsön, förbi Drottningholms slott och in på Rörbyvägen och förbi ett stängt Rörby Gård vidare bort till Lovö kyrka. På sjunde varvet förbi Lovö kyrka ser Johan att det pågår någon form av aktivitet intill kyrkan, kan det vara catering? En hel del människor rör sig inne på kyrkogården och på parkeringen framför.

– Vi stannar till här, Johan indikerar till Andresz att stanna.

Johan ser som sitt självpåtagna uppdrag att hålla sin kära syster Monica informerad om cateringaktiviteter. Monica som driver en cateringfirma från sin villa som ligger i Smedslätten klarar sig mycket bra utan Johans tips, men han ägnar sig likväl åt sin självpåtagna uppgift. Att döma av firmanamnen på bilarna så verkar det vara catering på gång. Andresz och Johan går runt kyrkan och så ser de fler evenemangstält borta vid församlingsgården. Johan går fram till en kvinna som står och dukar upp.

– Ursäkta, är det möjligen församlingen som anordnar något?

Kvinnan slutar plocka och ler vänligt.

– Birka kontrakt ska ha en eftermiddagskonsert och få en presentation av konfirmandernas resa till Luthers hemtrakter, vi har satt rubriken »Hemkomna från Lutherland«. När diakonen säger »Lutherland« markerar hon citattecken i luften med sina händer.

– Så synd att vi inte kan stanna, det blir säkert väldigt spännande.

– Ni är varmt välkomna en annan gång.

– Får vi ta några foton när ni står här och plockar, det är bara för privat bruk? Kvinnan med diakonblusen nickar gillande.

Andresz står först bredvid Johan sedan går han runt och tittar lite närmare på ett programblad, längst ner står namnet på en cateringfirma.

– Skulle uppskatta om jag kunde få ett visitkort till cateringfirman, jag ordnar mottagningar för egen del ibland.

Kvinnan tar fram ett visitkort och överlämnar det till honom.

Johan fotar den uppdukade maten, tälten och församlingsgården.

Under en stund känns det som att vädret slagit om, den blå himlen har visat sig och det har ljusnat, men så slår det raskt om igen, det börjar regna och strax känns det kallt, mörkt och blött. Musklerna får inte bli kalla och stela, det är inte bra.

– Bäst vi tackar för oss, vi behöver trampa hem, annars kanske vi blir förkylda. Kompisarna sätter sig på cyklarna och trampar iväg uppför allén som passerar Drottningholms golfbana och sedan svänger de till vänster mot Bromma. Väl framme vid Nockebybron skiljs vännerna åt.

– Tack för en fin genomkörare, bra också med kontakten med cateringfirman, avslutar Andresz.

Strax är han hemma framför villan som sedan flera år är hans och familjens hem. Han blir glad invärtes när han ser det egna huset och trädgården. Sittande på sin cykel ser han barnens lekhus som är målad i vitt precis som stora huset, lekhuset står i ett hörn på tomten. Barnen har använt det flitigt på sistone tillsammans med kompisar.

Johan kliver av sin kära racercykel och så ställer han ifrån sig den mot garagedörren. Det märks att det regnat och att han själv och cykeln inte bara är blöta utan också sandiga och en aning leriga. Ett av cykel-Sveriges viktiga budord är att tvätta sin cykel ordentligt efter en tur i blött eller lerigt väglag. Han drar fram vattenslangen och sköljer av cykeln innan han ställer den i garaget, därefter går han fram till brevlådan och fiskar upp lite reklam och dagens tidning.

I ögonvrån ser han en cyklist komma körande. Han känner igen den kraftiga cyklisten i sin knallgula lycradräkt, cykelglasögon och racerhjälm. Det går inte att röra sig i området utan att Johan stöter på cykelintresserade personer som han känner. Utan att säga något ler han brett mot den kraftige cyklisten som stannar till i regnet.

– Tjena hur är läget?

Johan har tagit av sig de nedstänkta och blöta cykelglasögonen vilket gör att han nu ser att det är Patrik som är på gång. Vännen Patrik har en stor flaska hängande runt midjan. Passar egentligen inte riktigt ihop med hans utrustning och klädsel i övrigt, dessutom är det säkert väldigt opraktiskt med flaskan som hänger och dinglar när han kommer igång med cyklandet. Men Johan säger inget om flaskan, det får Patrik upptäcka själv. Att cykla med vätskebälte runt midjan sägs vara är en dödssynd i cykelsporten, om man ska tro vad de skriver i cykeltidningarna.

– Ska du också ut och trotsa vädret?

Patrik skrattar: – cyklandet har verkligen blivit min grej på allvar, tack vare dig min gode vän.

Patrik kliver av sin cykel och visar med stora gester att han är väldigt stolt över sin nyinköpta lätta racercykel.

– Det är inte vilken cykel som helst du skaffat dig.

Patrik ler brett.

– Kostade en slant, men det var inte läge att snåla på grejorna. Cyklandet har tagit över en hel del av ett tidigare tomrum i livet.

– Vart bär det av idag?

– I dag ska det bli en tur ut på Ekerö. Nu ser jag fram emot en magisk tur på egen hand utan en massa andra trögfattade cyklister som hindrar mig. Jag behöver träning och ännu mer träning, det vet du. Jag vill bli bättre. Hänger du med?

– Ääääuummm, typ, har redan varit ute.

Johan ler sitt bästa leende samtidigt som han skakar på huvudet och så pekar han på sina blöta och sandiga skor och så drar han demonstrativt i den dyngvåta tröjan för att visa att han verkligen gjort sitt för i dag.

– Ser du möjligen mina ben bakom allt grus och sand?

Cykelturen har verkligen satt rejäla spår på de bara

benen. Den korta stund som gått sedan Johan slutade trampa har verkligen varit avkylande, det börjar bli rejält kallt om benen och överkroppen.

– Ska bli skönt med en varm dusch och bastu, måste in i värmen så jag inte blir totalt nerkyld.

Johan gör stora kramgester med armarna för att riktigt understryka hur genomkall han känner sig och så vrider han på kroppen i riktning mot huset för att börja springa mot den väntande varma bastun. Som på beställning plingar det till i telefonen, det är bastuappen som påminner om att bastun är varm och väntar på sitt första besök i dag.

– Välkommen Johan, första påminnelsen, står det på mobildisplayen.

Johan visar displayen för Patrik för att riktigt understryka att nu är det dags att sluta prata.

– Lycka till Patrik, ha en underbart skön träningstur, vi får försöka hitta en tid senare i veckan.

– En sista fråga. Min högt värderade granne och vän, vart körde du idag?

– Lovön lilla rundan, sju varv.

Patrik visslar till och så far han iväg. Johan tar av sig hjälmen och börjar halvspringa mot den väntande varma bastun.

Kompisträff

Johan är på väg till en träff med »Grabbarna«, Eva rättar honom varje gång.

– »Gubbarna« menar du väl, älsklingen?

Mödosamt har han anammat uttrycket även om han inte är riktigt bekväm med ordvalet. Han kallar t.ex. inte Evas tjejgäng för »Tanterna«. Bara för att man känner någon eller några trevliga snubbar sedan länge är de väl inte mindre värda, eller? Det rör sig om ett gäng av sex gamla kompisar. Petter är ombudsman på en facklig organisation, Björn är lärare på högstadiet, Birger är marknadssnubbe på en möbelfirma, Rolf som är yngst av kompisarna är föreståndare i en matbutik och så till sist är det Carl-Erik som är äldst, han arbetar som sjuksköterska och arbetsledare på ett av de större sjukhusen i regionen.

Den här kvällen är de hemma hos Birger. Birgers sambo Lotta är inte hemma. Det bjuds på köttgryta, till det dricker de öl. Inte vilken öl som helst i kväll är det tyskt öl. Köttgrytan passar bra så här i bistra köldtider. På vägen till Birger känns det riktigt råkallt, vinden går rätt igenom kläderna, desto skönare är det i lägenheten. Tröja behövs inte hemma hos Birger, bor man i lägenhet så är det alltid så varmt och mysigt. Ylletröjan åker av ganska raskt. Det är annat än hemma i villan, där får man alltid ha en fleece eller något annat plagg som värmer så här års, liksom tofflor på fötterna. I kväll är det dags för den årliga schacktävlingen, den består av en kombinerad schack- och ölturnering. En bra kombination av smaklökar och hjärngymnastik. Den som vinner schackturneringen får en chokladask, den som vinner ölturneringen, som går ut på att gissa vilken öl som bjuds, får 5 liter öl. Om en vinner bägge tävlingarna får vinnaren därutöver två teater- eller några biobiljetter till valfri pjäs eller film.

I kväll är det rysk öppning, alla möter alla i blixtschack, precis som vanligt.

– Och reglerna, repetera dem för säkerhets skull, säger Carl-Erik.

– Varje vinst ger en poäng, och varje rätt öl ger en poäng, dessutom det allra viktigaste, avdrag med två poäng för varje toabesök.

Den senare detaljen infördes för två år sedan när Petter vunnit schackspelandet överlägset men varit på toa ett oräkneligt antal gånger, i alla fall enligt övriga i gänget, under kvällen.

– Någon djävla måtta får det vara, fastslog Carl-Erik med stöd av alla andra.

Carl-Erik är bäst på både öl och schack i kväll men det satt långt inne. Efter tävlandet blir det utrymme för avspänt umgänge samtidigt som de äter och fortsätter dricka. Man kommer in på ishockey. För en tid sedan var Björn, Petter och Birger på hockeymatch i Globen.

– Dags för efterrätt, kom ut i köket manar Birger.

Där slår de sig ner på stolarna runt bordet. I köket är det så varmt och skönt, det är extra mysigt med de levande ljusen. Köket fylls av en underbar doft när ugnen öppnas, Petter tar fram den hemgjorda saffranspannkakan, till det serveras tillbehör i form av vispad grädde och gotländsk salmbärssylt.

– Varsågoda mina kära kompisar.

– Det behöver du inte säga två gånger säger Carl-Eric som alltid är en storätare.

– Birger du är en bra kock, förutom att det är gott får man alltid rikligt med mat när man bjuds på middag hemma hos dig, säger Petter.

– Instämmer, man behöver aldrig vara orolig för att man ska behöva gå hem hungrig, inflikar Johan.

Som avslutning sitter kompisarna och njuter av en nästan obligatorisk irish coffee. Björn avviker från övriga gänget, han dricker alltid te när de övriga tar sin specialkaffe.

Åter igen kommer man in på ishockeymatchen.

– Vi hade bra platser så allt var upplagt för en skön kväll, konstaterar Birger.

Johan som inte var med på matchen i Globen vill gärna veta mer.

– Hur var stämningen på läktaren?

– Vi satt bredvid ett gäng bestående av fyra grabbar som säkert var runt trettio. Det visade sig att gänget inte kunde sitta still, var och varannan sekund reste de sig upp och ställde sig i gången. Flera gick på muggen titt som tätt.

– De hade uppenbarligen druckit några öl innan, men de var inte alls otrevliga eller stökiga på något sätt, berättar Birger.

– Inkontinens? Skulle kunna vara det även om de är unga, inflikar Carl-Erik.

Björne som är känd för att gå på toa ofta hör ordet när han kommer tillbaka till soffgruppen från just toa.

– Här kommer den verkliga experten, lägger Carl-Erik till.

– Nu ska vi inte vara såna, bara för att du råkade vinna öl- och schackmatchen idag, säger Björne.

– Det borde väl du veta Carl-Eric, att det är helt normalt att man behöver gå på toaletten om man dricker några öl, säger Birger och tar samtidigt ett vänligt grepp om axeln på Carl-Eric.

Carl-Eric nickar och ler.

– Det är väl värre om man inte kan göra det, eller? Det är väl gamla tanter och gubbar, ursäkta farbröder, som har flest bekymmer med liten blåsa, eller vad säger du Carl-Eric? inflikar Björne.

Man skrattar.

– Bra där.

Carl-Erik som är både utbildad och kunnig inom området kör en utläggning. När han pratat på en stund om orsaken till många toabesök, samband mellan öl och andra drycker och toabesök tröttnar gänget.

– Carl-Eric, nu räcker det!

– Man kan säkert få problem även om man är yngre, försöker Johan.

– Här sägs den ena klokskapen efter den andra, fortsätter Birger.

– Någon som känner igen sig i att man blir extra nödig av öl?

Carl-Erik ser en aning stolt ut när han säger det.

– Säger han som vann i dag inte minst på grund av få toabesök. Passa dig, du är inte oövervinnerlig.

Birgers inlägg tar kål på snacket om toabesök.

Nu går det över i ett analyserande av ishockeymatchen och vad som hände runt omkring. Alla som var där är överens om att killarna som hade platser alldeles intill förmodligen hade ölat innan matchen.

– Men vad är det för konstigt med det? frågar sig Björne.

Det visar sig att det som väcker de mesta känslorna är vad som sas under matchen, inte att det var några killar som ville gå på muggen.

– Det var väl inte så farligt« säger Björne. Han fortsätter: – killarna visade engagemang, ENGAGEMANG. Det är väl bara trevligt att det är stämning. Och så svänger han med armen för att riktigt understryka att det är tillåtet att visa känslor när man tittar på ishockey.

Hans kommentar följs av instämmande hummanden. Nu vänder sig Johan till Petter som också var med och såg matchen men som inte tycks ha samma bild av vad som hände.

– Vad säger du Petter?

– Nu vet jag inte om jag kommer ihåg allt de skrek men det handlade väl om att domaren var en djävla fitta som borde dö, dessutom var han blind och köpt. Motståndarna som var Västra Frölunda var ett gäng fikusar, rövar och plantor och de borde också dö, om de här unga männen fått som de ville.

– Så kan man tydligen sammanfatta en kväll på ishockey, konstaterar Birger och ler.

– Var det någon som reagerade, det var ju många där eller hur, inflikar Johan.

– Det låter så konstigt när du Petter säger det där här och nu. De där killarna ville inte något illa med sitt hejande. De var engagerade. Visst kan det ske övertramp men, om glimten i ögat är med så är det ganska ok, tycker i alla fall jag, säger Björne.

– Var det extra hett den här gången, undrar Johan.

Roffe som suttit tyst en stund reagerar: – Har ni blivit så gamla, fast ni inte är äldre? Lyssna på Petter! En hockeymatch det är väl ingen teater där hela publiken ska sitta knäpptyst.

Björne fyller på.

– Om jag förstått rätt så brukar väl ni, han gör en konstpaus och tittar lite extra på Petter och Carl-Erik, emellanåt gå på Operan och Stadsteatern. Klart att det är skillnad mellan Globen och Operan och Stadsteatern. Det är en annan publik, det är väl inte så konstigt att yngre skriker mer. Det ingår i publikrollen på en hockeymatch. Vad ska man annars med fansen till?

– Man vill avreagera sig när man går på hockey säger Roffe.

– Det kanske är ok om alla som kommer till en hockeymatch vill ha det så. Själv trodde jag det handlade om att gå och se på en underhållande match med spänning där man också kan se att motståndarna gör något bra, menar Petter.

– Vafan, det blir bara värre och värre, säger Roffe. Och så fortsätter han: – Det går väl ut på att vinna, känslorna ger ju liv åt tillställningen. Fler borde ha tagit en öl, var det inte det som var felet?

– Mina barn har reagerat när vi gått på fotboll. Ibland har det faktiskt nästan blivit olustigt. Det har lett till att vi går på färre matcher, säger Carl-Erik.

– Ni överdriver, så farligt var det inte, säger Birger.

Han lutar sig fram över bordet och ler en aning. Och så fortsätter han med låg röst, – sååå farligt var det väl inte, eller……

Han stannar upp och ser sig omkring. Och av bara farten kommer han in på att killarna egentligen inte gjorde något annat än att skrika: – möjligen skrek de något som man inte skulle säga vid kaffebordet på jobbet och tydligen sprang de förbi en del som satt och såg matchen, inte kan väl sånt störa. Alla måste gå på muggen det kan inte vara så märkligt och att man skriker på matcher det är väl det som publiken är till för!

– Det är väl ingen som vill göra det straffbart att gå på muggen, säger Roffe. Och så ser han Carl-Eric och lägger till: – eller förbjuda inkontinenta att gå på hockey.

– För min del går jag inte på fotboll och hockey längre. Jag blir förbannad när de skriker på det där sättet om klubbar från min gamla hemstad Malmö, oavsett om det är ishockey eller fotboll, säger Carl-Erik.

– Är inte skåningarna kända för att vara dryga säger Björne. Och så tittar han på Carl-Erik.

– Utom du förstås.

När han sagt det lägger han armen på Carl-Eriks axel.

Ofta brukar samtalsämnena variera över kvällen när gänget träffas. Den här kvällen tycks det första ämnet för dagen hålla sig ända till slutet. Efter den obligatoriska irish coffeen lägger sig inte stämningen, som den brukar göra. Hockeykvällen har rört upp känslorna i kompisgänget. Kvällen har dragit upp en skiljelinje. Roffe får ett SMS, han går ut i hallen och pratar i mobilen. Han kommer tillbaka och säger att det är dags att dra sig hemåt.

– Var det Sessan?

Roffe nickar.

– Sessan har gått på hockey i tjugo år minst säger Roffe och klappar Carl-Erik på axeln.

– Det var hon som tog med mig på hockeymatcher från början. Hon kan skrika hon också, säger han och ler.

Klockan har passerat midnatt och snart är det arbetsdag. Dags för uppbrott. Gänget klär på sig för att möta den kalla natten. Roffe är snabbast klar. Han tackar Birger och går ut i trapphuset. Björne ber honom vänta. Därefter avviker Roffe och Björn ut i vinternatten.

Björn och Roffe som »försvarat« de yngre männens beteende på hockeymatchen gör sällskap till busshållplatsen.

– Inte visste jag att en del i gänget har blivit som ena riktiga gamla surgubbar eller kärringar, ursäkta uttrycket.

– Fan att de blivit så trötta och trista, det var inte kul att höra de där surkommentarerna.

Vännerna enas om att gå på en match tillsammans med Sessan och Birger, gärna med några öl innan så man inte hamnar i fel läger. Vännerna skiljs åt vid bussterminalen vid Gullmarsplan. Björn bor på söder, han vandrar över gatan i riktning mot tunnelbanan medan Roffe försvinner ut i natten mot lägenheten i Johanneshov.

Johan längtar efter att komma hem till egna villan och komma in i värmen, undrar om Eva redan somnat eller om hon ligger och läser en bok.

Rätt som det är är det dags att ta fram nycklarna, låsa upp och öppna dörren och komma in i värmen. Allt känns hemtamt, det är tyst i huset. I barnens sovrum hörs lugna snusanden.

Tennis

Tennis har varit en stor del av Johans liv under många år, numera är han med i ett gruppspel en kväll i veckan i Salk-hallen. Den här kvällen är det Salk-hallen som gäller, han möter den yngste i gruppspelet som heter Wille. Den unge killen som bor i ett utrymme i källarvåningen hemma hos Johans storasyster Monica har varit med i gruppspelet en tid. Det var ett tag sedan som Johan fortfarande kunde hoppas på att vinna mot Wille i tennis. Johan är inte lika snabb längre medan Wille med ökad träning blivit allt skickligare och taktisk i sitt spel. Även om Johan fightas så mycket han kan, inte en boll ger han upp i onödan, så hjälper det inte till sist. Wille har inte spelat tennis så länge, men han har snabbt hittat sin nivå, han har bollsinne och god fysik. Orättvist, visst men så är det när man som Johan kommit upp en bit i åldern medan Wille är några och tjugo år.

Wille och Johan fann varandra genom Johans syster Monica. De båda syskonen har alltid varit tighta och kommit väl överens. Det uppstod en glugg i gruppspelet i Salkhallen sedan en i tennisgänget flyttat. Johan nämnde det en passant för Monica som nästan omedelbart kom med förslaget Wille. Det visade sig vara väldigt lyckat. Wille är populär i tennisgruppen där hela gänget förutom Wille är i medelåldern. Männen, det är bara män i tennisgruppspelet, gillar att få känna sig unga en kväll emellanåt och försöka ge ungdomen en fight. Nu har det blivit så att det inte bara är Johan som förlorar, alla andra i gruppspelet förlorar i regel också mot Wille. Ingen vill förlora en match i gruppspelet och det kan yttra sig på många olika sätt så som att den det går dåligt för slår bort bollar, dömer ut bollar eller skriker. Men det fascinerande är att när någon i medelåldersgänget möter just Wille så har de lagt band på sig. Ingen vill riktigt visa upp sina sämsta känslor på tennisbanan just vid de tillfällena.

Johan började spela tennis när han la av med fotbollen. Det är inte ovanligt att killar som inte klarar att gå över till seniorlaget i fotboll tycker livet är trist och försöker sig på något annat. Med tennisen har Johan haft mycket kul, lärt känna kompisar på jobbet och i grannskapet och så håller han igång. Men Eva har han aldrig lyckats övertala att börja spela. Med barnen har han lyckats bättre. De har börjat.

I bastun efter matchen med Wille pratar de om Monicas eventföretag där Wille arbetar.

– Har ni några kunder den här veckan?

– Det går som tåget, vi har väldigt mycket att göra nu, Monica har nått ut till en massa företag inte bara i Västerort. Vi skulle kunna arbeta 24/7/365.

– Får du någon syl i vädret när du jobbar med Monica?

– Hon är så djävla klok och skicklig, ursäkta uttrycket, hon ger mig en massa space och ger mig mycket ansvar.

– Framöver, vad vil du göra då?

– Jag kan tänka mig något eget på sikt. Jag älskar mat och att ge bra service till kunder som uppskattar ett bra arbete.

Efter den obligatoriska stunden i bastun skjutsar Johan Wille som vanligt. Väl framme vid villan i Smedslätten säger Wille: – vänta en minut.

Och så springer Wille in i huset och kommer ut med en påse med bullar som doftar ljuvligt.

– Varsågod, ge något till de övriga i familjen också.

– Härligt, du vet vad som behövs efter en tennismatch. Hälsa och tacka Monica och tack för matchen även om jag förlorade.

På vägen hem i bilen kommer minnen farande. Det Johan aldrig sagt till någon, förutom till Monica, är att han var väldigt negativ när Monica berättade för honom att hon tänkte anställa Wille och dessutom låta honom hyra ett rum i källaren i villan där hon bor sedan länge. Wille hade oavslutad gymnasiegång på sin meritlista, dessutom var det oklart vem som är hans far, det ingav inte något förtroende.

– Willes mamma bor inte i Sverige och relationen med henne är inte den bästa, men det är han inte ensam om, många ungdomar har konflikter med sina föräldrar.

– Jag är tveksam, pröva andra först.

– Jag har gjort kartläggningar.

Monica hänvisade till svar hon fått. När Wille började hos Monica hade Johan faktiskt en rad frågetecken, egentligen var han väldigt orolig för både Monica personligen och hur det skulle gå för hennes firma, men det vågade han inte säga till Monica. Respekten för storasystern sitter i sedan barndomen.

– Grabben har dåliga betyg från gymnasiet och han är lite väl karsk med tanke på hans grunda bakgrund, undersök fler kandidater och ta in referenser.

– Jag har koll på läget Johan.

Monica stod på sig. Det var några missöden i början. Det var nästan så Monica och Johan blev ovänner på riktigt ett tag, men det slutade med att Johan gjorde patron ur. Johan har alltid sett upp till sin äldre syster Monica, hon har alltid stått för klokskap men i det här fallet gällande Wille var Johan rådvill av det enkla skälet att han inte ville att Monica skulle råka ut för något obehagligt och bli väldigt besviken.

Det gick någon månad och tongångarna från Monica blev mer och mer positiva. När Johan slank förbi lite oftare än vanligt, nyfiken som han är, och småpratade upptäckte han att Wille var riktigt social. Men kunde han vara av någon nytta för Monica?

Eva hade en helt annan bild.

– Jag förstår inte vad du snackar om Johan, Wille är fantastiskt duktig, ambitiös och villig att arbeta hårt. Monica har hittat en pärla. Du får lägga ner ditt nedåtsnack, på en gång.

Nu har det i efterhand visat sig att Wille är en baddare på att klara av saker vilket gjort att den gode Johan helt vikit ner sig och gratulerat Monica till den fina rekryteringen. Ett tag skämdes Johan rejält för sitt agerande när det gäller Wille. Innerst inne är han sååå tacksam gentemot sin kära storasyster Monica för att hon aldrig någonsin i efterhand har kritiserat honom för hans ifrågasättande när det gäller Wille.

När Wille kommer på tal nu för tiden så låter det annorlunda. Senast häromdagen sa Johan: – Min kära syster var väldigt klok när hon engagerade Wille.

– Så låter det nu, tur att Monica har ett eget bra omdöme och inte lyssnade på sin lillebror, tur att du inte är ansvarig för personalrekryteringar.

– Är mitt dåliga omdöme i det här fallet glömt nu, eller……

Johan ser på Eva med en sökande blick.

– Inte riktigt, bara nästan, min lille älsklingsgubbe.

Eva säger det med len röst och ett småleende, och så ger hon honom en lång kyss.

Plötsligt är Johan hemma och bilen parkerad, autopiloten har varit framme, han kommer inte ihåg ett dyft av själva bilåkandet bara minnena efter samtalen om Wille finns kvar i huvudet. Han tar med sig tennisväskan och de väldoftande bakverken.

– Hallå, nu är jag hemma igen!

Inget svar från någon i huset, ändå är det många hemma att döma av alla upptända rum.

Han lägger den ljuvligt doftande påsen i köket och så går han till garaget och ställer ifrån sig tennisväskan, går till tvättstugan och hänger upp de svettiga tenniskläderna och den blöta handduken.

Tillbaka i köket ser han att de små liven varit extremt snabba, som vanligt, när det gäller att söka upp läckerheter. Påsen med bakverken är redan tömd.

– Älskling, innan du gör något annat, ta hand om komposten.

Eva har ställt kompostkärlet i hallen, det går inte att missförstå budskapet, han tar det med sig ut till komposttunnan som står i ena hörnet på tomten. Rutinerna kring komposttunnan är väl inövade. Först tömmer han kompostkärlet sedan sticker han ner kompostpinnen för att röra runt i tunnan, trots mörkret ser han att det är fullt med matglada maskar som välkomnar matavfallet. Till sist tar han en skopa kvistflisor och strö från tunnor som står bredvid och brer ut det överst ovanpå komposten innan han lägger på locket. Han går bort till trädgårdsslangen och sköljer ur kompostkärlet, diskar det tömda kompostkärlet och avslutar med att lägga hushållspapper i botten. Väl inne i köket ser han på den tomma påsen som nyss innehöll bakverken från Monica och Wille. Han går fram till trappan som leder upp till övervåningen.

– Tack alla vänliga barn som sparade en bulle till pappa.

– Varsågod, ropar Ebba.

– Hahaha, hörs från övervåningen.

– Kunde du inte lagt undan en bulle till mig, säger han när han går fram till soffan i vardagsrummet där Eva ligger och läser en tidning.

– Om jag känner dig rätt så åt du säkert minst en av Monicas bullar innan du kom hem.

– Nu talar jag mer om principer och hur man bör vara mot andra familjemedlemmar.

– Du klarar dig säkert, kom och sätt dig så kan vi se en fortsättning på TV-serien vi såg på häromdagen. Om du är sugen på något, titta i kylskåpet där kan du hitta en gul box högst upp i kylen, den är inköpt av mig med tanke på dig.

– Åh en överraskning till mig, du är en pärla.

– Fixa lite te också, tack.

En katt från ingenstans

– Mamma kan inte vi skaffa katt?

Minstingen i familjen, Lisa, puffar på mamma. Mamma Eva sätter sig på huk intill sin kära dotter och kramar henne, samtidigt kan hon inte låta bli att ge Lisa en puss på köpet. Eva blir varm inombords när hon ser på Lisa som uppvisar sin mest uppfordrande min.

– Du vet min kära Lisa, en katt skaffar man inte bara så där, djur måste man ta hand om i många år, en katt kan leva i femton år eller ännu längre. Det är jättelång tid.

– Jag vet hur länge 15 år är, jag kan räkna mamma.

– Vem vet, du kanske inte bor här om 15 år hos mamma och pappa då. Vem ska ta hand om katten när du flyttar hemifrån?

– Det gör jag så klart.

– Vi vet att du är jätteduktig, men ibland är hela familjen på semester och ibland är ingen hemma på kvällen och så går du i förskolan och Ebba och Daniel i skolan och mamma och pappa arbetar.

– Jag vet allt det där.

– Katten behöver någon som klappar den och så behöver den mat och så behöver den vara ute.

– Man kan ha kattlucka det vet jag för jag har sett hur Johannas katt har det. Och så kan jag lägga fram mat till den och så kan katten sova i min säng.

– Du vet, en del människor är allergiska mot katter.

– Mamma, jag vill ha en katt!

Det sista säger hon med hög röst.

Eva håller upp händerna i luften och signalerar med hela sin kropp att hon förstått vad Lisa vill.

– Lisa, maten börjar bli klar, är du snäll och säger till övriga i familjen.

Det här samtalet var inte första gången som Lisa framfört att hon vill ha en katt. I flera månader har Lisa varit på sin mamma. Senare, samma kväll, när barnen nattats och Eva och Johan ligger i sina sängar tar Eva upp saken.

– Vad tycker du om att skaffa katt? Ska Lisa få sin efterlängtade katt?

Johan lägger boken åt sidan och tittar på Eva. Han ser lite trött ut. Djur har aldrig varit hans grej. Att han är rädd för hundar känner Eva mer än väl till, men nu handlar det om en liten katt. Johan drar på svaret. Man får bara en chans att ge en första reaktion.

– Det går över. Snart är det andra saker som gäller. Du vet lika väl som jag att det inte kommer fungera med en katt här i familjen så mycket som vi är borta på alla möjliga aktiviteter. Vem ska ta hand om katten? Dessutom kan vi få problem med allergier om vi får katthår överallt.

– Ibland tror jag att det är bara du som inte vill ha katt.

Johan vill inte erkänna sin egen avoghet, han använder hälsoskäl för att strö grus i maskineriet och få bort frågan från sin planhalva.

– TID är något som vår familj inte har, alla är så upptagna med en massa olika saker, du känner mycket väl till vår kompakta kalender säger Johan och viftar med handen.

– Du gör det så lätt för dig när du säger så där. Jag tänker på Lisa, hon är verkligen intresserad och engagerad. Hon skulle bli så glad och så är hon i rätt ålder för en katt.

– Hon är inte ensam i familjen.

Johan lägger sig närmare Eva, han kramar och smeker henne och försöker få henne att tänka på något annat. Bäst om samtalet avslutas här och nu så det inte fattas några plötsliga oönskade beslut över hans huvud. Han vet att Eva kan visa upp oanade styrkor när det är något som hon verkligen vill.

– Nu pratar vi om hur vi ska göra med en eventuell katt.

– På sistone har jag sett tecken på röda märken på Lisas hud, undrar om det är första tecken på en allergi?

– Vad säger du nu?

– Jag tycker hennes händer ser lite mer röda ut än vanligt, har hon inte börjat flåsa också?

– Du ser saker som ingen annan ser och problem där ingen annan ser problem. Jag har flera väninnor som berättat om sina husdjur när de var små och hur mycket det betydde för dem.

– Men ni hade inga djur när du var liten.

– Det berodde på Torstens sjukdomsperiod, apropå vad du sa om allergier, forskning visar faktiskt att sällskapsdjur i hemmet när man är liten minskar riskerna för allergier.

Johan suckar.

Eva inser att det här kommer aldrig bli något om inte hon själv tar tag i saken och bortser från vad livsvännen Johan tycker. Hon klappar honom på kinden och så kysser hon honom, till sist släcker hon sin sänglampa, därmed tycks det vara slut på kvällens diskussion. I mörkret lägger hon till: – dessutom vore en katt bra och kul sällskap för oss alla, tycker du inte?

Johan känner på sig att frågan är på väg att slinka ur hans grepp. I mörkret svarar han: – vi skulle kunna låta allergitesta barnen.

– Det tror jag inte, vi har inga allergier i släkten vad jag vet.

Johan grymtar något om kattvakt och svårigheter att åka på semester med en katt i bilen. Johan tänder ånyo sin läslampa och lägger sig till rätta på rygg och öppnar sin bok. Han inser att det inte är lönt att köra på mer ikväll utan konstaterar att de förmodligen kommit till ett läge där Eva snart inte längre bryr sig om vad han säger. Eva vänder sig bort från Johans nattlampa, i sitt inre konstaterar hon att om familjen ska vänta på Johans godkännande då lär det dröja……

En solig lördag inte så långt senare händer något oväntat. Det kommer in en katt i huset. Varifrån den kommit vet ingen. Entrédörren står på vid gavel i det varma vädret så katten har enkelt tagit sig in i huset utan att be om lov, den ser sig först omkring och så sätter den sig på stengolvet i mitten av hallen. Det är bara Lisa som är inne i huset, övriga delen av familjen är ute på tomten. När Lisa upptäcker den svartvita katten går hon fram till den och sätter sig på huk och börjar klappa den. Efter en stund går hon och hämtar en tallrik och slår upp vatten i den varpå hon ställer tallriken framför katten. Försiktigt sätter hon sig ner bredvid katten. Katten lapar i sig vattnet. Uppenbarligen är den törstig. Efter en stund börjar hon ånyo klappa den nya kompisen. På halsbandet står det Soffan. Lisa skiner ikapp med det nybonade stengolvet. Hon kan inte få nog av att stryka sin hand över kattens huvud. Hon börjar framifrån, handen glider över huvudet och en bit upp över ryggen. Och så gör hon det igen och igen….. Soffan ger ifrån sig ett milt välbefinnandeljud. Den trivs helt klart i Lisas närvaro och spinner så fint tack vare det varma mottagandet. Katten blir kvar i huset hela eftermiddagen och när familjen sätter sig till bords för att äta middag ställer Lisa fram en tallrik med finhackad fisk till Soffan. Fisken smakar tydligen perfekt allt försvinner på tallriken. Efter måltiden lägger sig Soffan på mattan i vardagsrummet. Vid åttatiden säger Eva till Lisa att det är dags att gå och lägga sig. Lisa sitter som klistrad vid den nya bekantskapen.

– Nu måste vi be Soffan att gå hem till sig.

– Men Soffan verkar ju trivas så bra här, kan han inte få sova här i natt, bara i natt?

– Lisa det förstår du väl att Soffan bor någon annan stans. Om den inte kommer hem i kväll så kanske det finns en flicka i din ålder inte så långt härifrån som blir jätteledsen.

Lisa som tycker livet är toppen för närvarande vill inte gärna att katten går hem till sig. Även om Lisa inte gillar vad mamma säger så förstår hon innerst inne vad som är rätt och fel. Det vore inte rätt att låta Soffan sova över hemma hos Lisa, den andra flickan där Soffan bor skulle bli jätteledsen. Mamma böjer sig ner: – Lisa nu måste du öppna ytterdörren och släppa ut Soffan.

– Mamma när vi har en egen katt kan vår katt få leka med Soffan då?

– Låter som en väldigt bra idé. Men jag tror faktiskt att katter inte leker med varandra som små flickor eller pojkar gör. Men visst, du är så klok och omtänksam lilla vännen.

Lisa går extremt långsamt fram till ytterdörren och öppnar den, Soffan följer henne.

– Nu får du säga hej då till Soffan.

Lisa klappar Soffan en gång till. Katten går långsamt ut på trappan. Lisa och mamma stänger dörren försiktigt.

Nästa dag kommer Soffan åter igen på besök, det blir samma procedur som dagen innan. Det blir ett nytt tungt avsked för Lisas del även den här kvällen. Dagen därefter kommer det ingen katt till familjen trots att Lisa så innerligt önskar det. Lisa går runt och letar i närområdet. Men ingen katt syns till. Samma sak upprepas de följande dagarna. Flera veckor senare kommer familjen hem efter en längre bilutflykt. Soffan sitter på trappan alldeles utanför dörren till villan. När Eva lyfter upp Soffan ser hon att Soffan blivit rejält rundare. Soffan är ingen hankatt det är en hona som ska ha ungar.

– Då kan väl jag få en av ungarna ropar Lisa.

Johan blir plötsligt alldeles blek om nosen, men det ser inte övriga familjen. Nu är den stora frågan, varifrån kommer katten?

– Eva, vet du var katten bor?

Hon skakar på huvudet.

– Är det en sommarkatt som kommit på villovägar, då är det läge att ringa kattstallet.

– Det är nog inte aktuellt, katten har ett halsband med namn på sig det talar för att den bor i området, men var?

Lisa kommer in i köket bärandes på Soffan.

– Mamma, vi kan väl fråga om vi kan få en kattunge, snälla mamma.

Kruxet nu är att Soffan behöver få komma hem, men Lisa gör allt för att Soffan stannar en bra bit in på kvällen den här kvällen också.

Tiden går och Lisas intresse för att få en katt minskar inte. För varje dag som går så talar hon mer och mer om att ha en katt. Hon berättar att hon kommer sköta den så fint.

Johan är mer inne på några fiskar i ett akvarium.

– Det vore väl fint med ett akvarium i källaren, försöker han.

– Vore det inte roligt med några guppies? En arbetskamrat till mig har erbjudit mig några guppies, berättar Johan.

Lisa skakar på huvudet.

– Om vi tar hand om dem kan vi åka och köpa ett akvarium, säger Johan och lutar sig fram till Lisa.

Hon skakar intensivt med huvudet.

– En katt är vad jag vill ha. Den kan jag prata med och klappa

– Och så har vi det här med allergier. Det är många som har allergi nu för tiden, det vet ni väl? Det vore grymt att ta hem en katt och så visar det sig att vi alla eller någon är allergisk mot katter. Då måste vi lämna tillbaka den.

– Så där säger du bara för att du inte vill ha en katt, säger Lisa.

– Det finns faktiskt några i släkten som har bekymmer med allergi. Tänk om familjen tar hand om en katt och så kan den inte bo kvar på grund av allergier? Och så blir resultatet att vi alla i familjen blir jätteledsna för att katten inte får vara kvar hos oss.

När detta sagts försöker Johan se så ledsen ut som bara

han kan. Han tittar på sin kära dotter. För att få fram budskapet sätter han sig på huk bredvid Lisa.

– Pappa, det finns faktiskt medicin mot astma.

– Nu är det slutpratat om det här, konstaterar Eva, alla har fått säga sitt. Hennes uppfattning är att saken är färdigdiskuterad.

– En katt kommer göra alla i familjen glada.

Lisa ler med hela ansiktet när hon hör sin mamma prata. Johan däremot ser misstroget på sin kära fru när han går tillbaka till sin stol vid matbordet. Han ber sin dotter att fundera en gång till på erbjudandet om guppies.

– Tack pappa, men jag vill inte ha några guppies.

– Inte jag heller, guppies luktar, en katt är renlig och sköter sig själv, i alla fall för det mesta säger Ebba.

En natt två veckor senare vaknar Eva av att hon hör ett ovanligt ljud. Hon kliver upp ur sängen och går in i badrummet. Eva lutar sig ut så gott det går för att se vad som händer. Badrumsfönstret som är ett vridningsfönster står öppet till en del. Natten är ljummen. Hon tittar på termometern det är temperaturmässigt en tropisk natt. Nu hör hon ett ljud från fruktträdet som står alldeles utanför badrumsfönstret. Plötsligt dunsar det till, det är en katt som försöker ta sig in i huset. Eva rycker till men lyckas samla sig. Här krävs det en insats. Hon griper vant tag i katten. Men så snubblar hon till men behåller ändå katten i famnen. Hon böjer sig ner och släpper ned katten på golvet. Och så tar hon ett nytt och bättre tag i katten. Hon kramar katten lite försiktigt. Eva sätter sig på toastolen och upptäcker att det är Soffan som ånyo kommit till familjen. Hon pratar med låg mjuk röst med den samtidigt som hon så sakteliga börjar gå ner för trappan till entrédörren. Hon kopplar ur larmet och så öppnar hon ytterdörren och ställer ner Soffan på marken utanför entrédörren och så smeker hon katten igen.

– Gå nu hem Soffan och föd dina ungar snarast möjligt. Sköt om dig nu.

Därefter skyndar hon sig in i huset och stänger dörren efter sig. Väl inne i huset återvänder hon till sovrummet. Johan sover fortfarande, han och ingen annan heller verkar ha hört något av vad som hänt. Hos Lisa hör hon inget annat än ett lugnt snusande. Eva återvänder till sängen.

Natten därpå händer något oväntat igen. Det dunsar till i badrummet. Johan vaknar och ser att Eva snusar på utan att vakna. Han går upp och in i badrummet. Uppenbarligen har katten som nu befinner sig inne i badrummet klättrat upp i trädet och hoppat in genom fönstret. Johan är trött och sömndrucken, först ser han inte vem det är som kommit. Nu ser han halsbandet som det står Soffan på. Katten är väldigt rund om magen. Eftersom Johan är rädd för att katten ska riva honom kan han inte utan vidare lyfta upp Soffan. Han vet inte riktigt vad han ska göra. Först går han ut ur badrummet och stänger dörren efter sig och så skyndar han sig ner till köket och letar fram ett snöre. Han tänker försöka locka Soffan att följa med snöret, gå ner för trappan och öppna ytterdörren och sedan stänga ute Soffan. Men inget går som han tänkt sig. Soffan nosar mycket riktigt på snöret men gör ingen ansats till att följa med när han drar snöret till sig. Soffan lägger sig till ro. Den blivande kattmamman tänker säkert att hon nu funnit en lämplig plats för att föda ungarna på. Johan lägger ut en badhandduk på golvet och hoppas att Soffan ska gå och lägga sig på handduken. Därefter tänker han vika ihop handduken så att han kan bära ut katten utan att den hinner hoppa undan, då slipper han ta i katten. Allt tycks gå enligt planerna, Soffan lägger sig på handduken men när Johan börjar vika ihop handduken och lägga en del av handduken över Soffans huvud så slår Soffan ut med tassen, Johan släpper blixtsnabbt handduken. Det var nära att han blev riven! Han stänger badrumsdörren och går ner i garaget för att hämta handskar så att han kan ta tag i Soffan och bära ut henne. För säkerhets skull sätter han på sig overallen som han brukar använda när han tvättar bilen. Soffan ligger kvar på handduken när han kommer tillbaka. Med uppbådande av all sin energi lyckas han hjälpligt få ett grepp om magen på Soffan. Han halvspringer ner för trappan ända ner till garaget. Först larmar han av och med hjälp av armbågen får han upp dörren bredvid garageporten. Väl ute stänger han dörren efter sig och så släpper han ner katten försiktigt. Johan skyndar sig bort till dörren, ingen katt i hasorna som väl är, han öppnar dörren och stänger den tyst efter sig. Inne i garaget hänger han av sig. Pust, nu kan han andas ut. Väl uppe på övervåningen stöter han på Daniel utanför badrummet.

– Daniel, toaletten är ett populärt ställe i natt tydligen

– Pappa, vad gör du uppe mitt i natten?

– Vad gör du själv?

– Varför har du handskar på dig, pappa?

– Jag vaknade och kom att tänka på helgens utflykt.

Då behöver jag handskarna. Nu ska jag bara leta reda på min favoritjacka, sedan kan jag gå och lägga mig igen. Lätt att glömma saker när man ska på utflykt.

Johan går till garderoben och låtsas leta efter jackan. När Johan spolat på toaletten går han förbi Daniels rum. Därifrån hörs nu ett lågt susande ljud. Avslutningsvis går han in i badrummet och stänger fönstret.

En månad senare när Eva och Lisa är på väg hem på cykel från en lekplats så stannar de till vid ett hus. Anledningen till att de stannar just där är en liten handskriven skylt vid tomtgränsen.

De kliver av sina cyklar och ställer ifrån sig dem vid grinden. Det visar sig att det är här Soffan bor, nu har hon fått fyra små kattungar. Ungarna är så små så små. I huset bor också en liten flicka som heter Ebba. Ebba är ett år äldre än Lisa.

– Ebba är väldigt duktig med katterna, förklarar mamma Maj.

– Är du intresserad av att ta hand om en kattunge? Frågar Ebba.

Lisa lyser med hela ansiktet och så tittar hon försiktigt på Eva som ler hon med.

– Ja, jag vill inget hellre.

De två mammorna och flickorna sitter nu på golvet intill korgen där kattmamman ligger med sina pyttesmå kattungar. När de sitter där och småpratar ställer sig kattmamman upp som om det nu är dags att göra något åt situationen. Kanske är uppmärksamheten för stor för henne. Kattmamman böjer sig ner och tar tag i nackskinnet på en av ungarna och så kliver hon med ett nätt skutt ut ur korgen och står alldeles lugnt framför flickorna och mammorna med kattungen i mungipan. I nästa sekund släpper hon försiktigt ner kattungen på golvet. Ungen ligger helt stilla. Maj lyfter upp kattmamman i famnen och stryker henne samtidigt som hon pratar vänligt om vilka fina ungar hon har fått. Nu hörs ett brummande välljud från kattmamman.

– Lisa, hör du brummandet? det betyder att hon trivs, säger Maj.

– Soffan har varit hemma hos och besökt oss flera gånger, då visste vi inte var hon bodde, men nu vet vi det, säger Lisa.

Återigen ler Lisa med hela ansiktet.

– Om ungefär tre månader är det lagom, man får inte skilja kattungen från mamman för tidigt det blir inte bra för mamman och det blir inte bra för kattungen, säger Maj.

– Jag vet redan en del om katter, men jag skulle gärna vilja komma hit igen och träffa kattmamman och kattungarna fler gånger.

– Kom så ofta du vill, säger Maj.

– Då blir det mindre traumatiskt för kattungen, säger Lisa.

Maj och Eva skrattar och ler.

– Klokt sagt, en veterinär kunde inte ha sagt det bättre, du funderar kanske på att bli veterinär, säger Maj.

Lisa nickar glatt.

– Vill du verkligen ta hand om en kattunge, det blir en del jobb förstår du, katten måste få det bra, säger Ebba.

– Jag vill gärna ha en katt och jag tycker att katter måste ha det bra, säger Lisa.

– Fint, så tycker jag med, säger Ebba.

– Om det inte blir för mycket besvär så vore det jättetrevligt om Lisa får komma hit några gånger framöver, säger Eva.

Maj och Ebba nickar och skrattar som svar.

När Lisa suttit och hållit i Soffan en stund är det dags att cykla hem.

När det gått 12 veckor kommer den nya familjemedlemmen hem till Lisa och övriga familjen. Till och med Johan är med och välkomnar den nya kompisen.

– Mamma, jag vill att den ska heta Sixten och bo hos mig.

– Låter jättefint.
– Vad liten den är, får jag hålla i den? säger Johan.
– Bara en kort stund, pappa, nu måste Sixten få lugn och ro.

Fotboll med barnbarn

Frank, Johans pappa, som alltid älskat fotboll skaffar biljetter till en fotbollsmatch. Han vill gärna stimulera barnbarnens fotbollsintresse. Även om Monica inte är en stor fotbollsfantast så hänger hon också med. Djurgården spelar hemmamatch på Stadion på lördagseftermiddagen, de tar tunnelbanan in till Hötorget och så vandrar de upp för Sturegatan. Ju närmre de kommer Stadion ju fler Djurgårdssupporters ser de. Ebba, Daniel och Lisa har dagen till ära på sig halsdukar med Djurgårdsfärgerna.

Utanför en restaurang står ganska många yngre vuxna män och ropar och skanderar. Att döma av färgerna på halsdukar och kepsar är de Djurgårdare. Några tycks ha tagit starka drycker redan innan matchen. Strax intill restaurangen ser de tre unga män som står och uträttar sina behov mot en husvägg.

– Varför står de där och kissar? frågar Lisa.

– De är nog lite förvirrade, så brukar de säkert inte göra, förklarar Johan.

– Så där gör de nog inför varje match, när man dricker öl så går vettet ur, konstaterar Monica.

– Men har man ingen toalett här?

Lisa drar i pappa Johans hand. Det syns på henne att hon riktar blicken mot sin pappa och vill ha ett svar.

– Kom med mig, så här brukar det inte gå till, säger Frank.

Samtidigt tar han tag i Lisas och Daniels händer och tar med dem bort från gänget med öldrickare, Frank vill få bort barnens fokus på drickandet. Han måste gå ut i gatan med barnbarnen för att komma förbi alla supporters som samlats utanför puben.

– Farfar, man behöver väl inte pinka mot huset, man kan väl pinka någon annan stans?

– Självfallet, du har helt rätt.

Frank håller hårt i barnens händer och så leder han dem så långt det går åt sidan för att undvika konfrontation med de unga nödiga männen.

Johan försöker sig på att byta samtalsämne: – barn, vad tror ni om dagens match? Vinner Djurgårn i dag tror ni?

– Det är klart, säger alla barnen med en röst.

Johan manar Monica genom att hålla ett finger över munnen för att hon inte ska säga något så länge de passerar puben och supportrarna. En hastig blick in i puben visar att det är knökfullt med Djurgårdare där inne. Ljudet från alla högljudda supportrar hörs ut på gatan.

– Var det detta som du ville visa oss Johan, säger en avslappad Monica när de passerat gänget av öldrickande supporters.

Hon ser med road blick på Johan.

– Kan inte du berätta för mig och dina barn vad det var vi såg nyss?

Johan låtsas som han inte hör sin storasyster, han vill inte ens försöka förklara vad de nyss passerat. Monica är helnykterist, hon är ingen stor fotbollsentusiast, men Frank han verkligen älskar fotboll, det är han som bjudit med sina barn och barnbarn för att man ska få uppleva något kul. Den här vägen till arenan var uppenbarligen inte helt optimal.

– Alla supportrar hade uppenbarligen inte tålamod att stå i toakön, säger en slokande Johan.

– En som är glad är säkert restaurangägaren, många öl får han säkert sälja inför matchen.

Monica puffar på sin bror och fortsätter filosofera kring vad de sett: – det är klart att de som bor i huset kan glädja sig åt hyresinkomsterna från restaurangen. Men vad säger de om doften från gammalt urin på husväggen alla andra dagar på året då supportrarna inte är där och konsumerar?

– Vi kan väl prata om det här en annan gång kära Monica.

– Visst min käre bror.

– Vad gör alla Djurgårdare där? undrar Ebba.

– Fattar du inte det, de laddar upp. De vill komma i stämning, säger Daniel.

Johan nickar lite vagt, han ser inte helt lycklig ut och så sneglar han på Monica.

– Som supporter vill man träffa andra som håller på samma lag, försöker Johan.

– Måste man dricka öl för att få gemenskap? undrar Ebba.

Monica lyfter upp sitt pekfinger i luften och säger: – de supportrar som vi såg utanför restaurangen var personer som gillar att dricka öl, det har inget med fotboll att göra.

– Bra sagt Monica, säger Frank och lägger till: – nu pratar vi inte mer om det för idag.

Strax är de framme vid Stadion, väl genom spärrarna köper Frank ett program för matchen till barnbarnen.

– Du vet Lisa, det har gått ganska bra för Djurgården i år, så det blir nog en bra match idag, i programmet kan man läsa mer inför matchen, säger Frank.

Inne på Stadionområdet tar de sig till sina platser på läktaren. Frank har valt en match där det normalt sett inte kommer så många åskådare, för att undvika trängsel och bråk. Platserna är på långsidan på övre delen av läktaren. De har sittplatser ungefär på mitten av ena planhalvan. Därifrån kan de få en bra överblick över spelet. Monica läser högt ur programmet för Lisa. Det är varmt i luften och som upplagt för fotbollsspel. Alla tre barnen spelar fotboll. När det är en halvtimme kvar till avspark kommer Djurgårdslaget och motståndarna in på planen för att mjuka upp inför matchen. När man räknar upp namnen på spelarna applåderar och visslar publiken, extra mycket jublas det när Djurgårdsspelarna ropas upp.

– Var spelar ni i era lag?

– Jag spelar back, högerback, förklarar Ebba. – Är det bra?

– Självfallet, säger Frank. Och så lägger han till: – man måste ha ett bra försvar för att kunna vinna matcherna. Backen är en av de viktigaste spelarna i laget.

Ebba ler med hela ansiktet och fortsätter kolla in spelarna.

Efter uppvärmningen försvinner spelarna in i omklädningsrummen. Väntan blir inte lång, snart är det dags för avspark. Domaren blåser igång matchen. Början blir trevande, inte så mycket spel utan mer sparka i väg bollen och spring. Passningarna når inte fram. Några busvisslingar hörs. Sedan börjar Djurgårdsklacken ropa och heja fram sina spelare.

– Heja Djurgår`n, heja Djurgår`n.

Dagens första riktiga anfall står Djurgården för, skottet går utanför. Besvikna röster hörs några bänkrader ovanför dem. Djurgården tar över mer och mer av spelet. Djurgården gör ett mål, allmänt jubel. Djurgården gör ytterligare ett mål, stämningen blir bättre och bättre.

Några män som ser ut att vara i 40-årsåldern hånar motståndarnas målvakt.

– Min morsa skulle tagit dom där skotten, Sållet borde bytas ut.

Lisa frågar Frank vad sållet betyder.

– Jag vet inte det. De menar nog inget illa.

Daniel som tror sig veta mer: – om en målvakt kallas för såll så är det en urkass målvakt.

Matchen väcks till liv när motståndarna gör ett mål alldeles innan paus. Målet gjordes på övertid anser Djurgårdssupporters som står på kortsidan. Djurgårdssupportrarna busvisslar och kastar in en bengalisk eld på planen. Domaren blåser av för halvtidspaus. När spelarna går mot omklädningsrummen ropar Djurgårdsklacken: – domarn dömer som en kärring!

Ordningsvakterna går in på planen och tar bort den bengaliska elden under pausvilan.

När matchen drar igång igen busvisslar Djurgårdsklacken så fort domaren blåser eller dömer till förmån för motståndarna. Man börjar kasta in mynt på planen. Domaren blåser av matchen och kallar till sig kaptenerna i lagen. Frank förklarar vad en kapten är för något.

– Varför kastar man in saker på planen, frågar Lisa.

– De är nog lite förvirrade förklarar Johan.

Strax före slutet på matchen gör motståndarna två mål, först kvitterar de och sedan gör de ett ledningsmål. Djurgårdssupportrarna blir allt mer högljudda.

– Domarn är köpt, domarn är köpt, domarn är en hora, skriker en man några bänkrader längre upp på läktaren. Mannen ställer sig upp på bänken. Johan håller sina armar runt Lisa, Daniel och Ebba som för att skydda dem.

– Han som skriker så där, var han en av dom som stod och pinkade på väggen? undrar Ebba.

Monica som hör och ser allt nickar som svar till Ebba. Mannen har en Djurgårdshalsduk och Djurgårdskeps på sig.

– Varför står han upp, vi har ju sittplatser?

– Möjligen är han förvirrad eller så engagerad i matchen att han inte tänker på vad han gör, säger Johan.

– Där sa du nåt sant, inflikar Monica.

– Han kanske vill se linjedomaren lite bättre. Han verkar ha synpunkter på domarna suckar Johan.

Efter matchen sitter Frank och hela övriga familjen kvar på läktaren en stund extra tills de flesta lämnat stadion. Långsamt går de till tunnelbanan för att undvika trängsel och gäng.

Alla åker hem till Monica där ansluter Eva, Lotten och Torsten.

– Hade ni roligt, var det en bra match? frågar Eva.

– Djurgården förlorade, säger Daniel.

– Matchen kunde varit bättre konstaterar Frank.

– Det var många förvirrade män där, säger Ebba.

– Det var första gången jag hört någon säga att det är förvirrade män på fotbollsläktaren, säger Eva och skrattar.

Hon tittar på Johan som ser plågad ut. Frank försöker le, men han ser inte heller helt glad ut.

– Att gå på fotboll är som lumpen förr i tiden, man får träffa alla slags människor på läktaren, förklarar Frank.

– Barnen, om ni vill veta mer om fotboll så kan ni alltid fråga mig, jag vet nog mer än er käre far, säger Monica.

Hon bjuder med dem in i köket: – nu är det dags för födelsedagsfirande, kom så hjälps vi åt med att ta fram tårta och kakor samt presenter!

Expert på massage

En del av det som finns med i villatidningen och TV-programmen om trädgårdar återfinns i verkligheten i villaområdet. Lokaltidningen som kom i brevlådan i dag är en källa till inspiration också för familjen Danielsson. Man skriver i senaste numret att om man som villaägare visar lite nyfikenhet kan man få mängder av tips och insikter. Bland annat står det att om villaägaren inte har kunskapen själv är det inte ovanligt att man anlitar någon hantverkare med professionell kunskap.

– Hantverkare det är ett ord som täcker det mesta, säger Eva lite halvhögt.

– Mmmmm säger Johan som ligger och läser lokaltidningen. – Brist om pengar sägs inte vara en stor sak i Bromma enligt lokaltidningen, det är tämligen vanligt med köpta tjänster. Trädgårdshjälp skriver man om den här veckan.

Johan river ur artikeln och lägger den i »villalådan« i källaren. Därefter byter han om inför kvällens cykeltur.

Från garagets mörka och tysta utrymme kommer Johan ut i den ljusa kvällssolen, och så hör han en fågel sjunga. Ljudet kommer från hustaket snett över gatan. Efter en stund ser han den lilla svarta fågeln med den typiskt gula näbben. Och så hör han fågeln sjunga igen, koltrast det är en av några få fåglar och fågelläten som han tror sig känna igen. Det sägs att den blivit vanligare också i villaområdet men nu är det inte fågelskådning som står på schemat i kväll. Johan är på väg att köra en kvällsrunda med cykeln. Cykling är populärt bland villaägarna. Det syns på vardagsmorgnar och på kvällar och på helger. Var och varannan granne har en cykel som de använder för att ta sig till jobbet med eller som de använder för att hålla sig unga och fräscha.

Precis när Johan satt sig på cykeln för att komma igång med dagens trampande hör han en kvinnoröst. Han stannar till och vänder sig om. Det är grannen Hanna som kallar på uppmärksamheten. Hon ser på honom med ett roat leende. I ena handen håller hon en vattenslang.

– Fin cykel du har Johan.

Han går fram till Hanna och så börjar han berätta basfakta om cykeln som om hon inte vet så mycket om racingcyklar. Hon lyssnar en stund.

– Vart bär det av i kväll?

– Det blir en tur åt Ekerö.

– Vad var det som gjorde att du valde just den här cykeln?

– Det var nog vikten, växlarna och pedalerna inklusive fästet för skorna. Mina skor är super, de är också nästan helt nya.

– Härligt, jag har några ord på vägen till dig, men låt mig kort få säga något om vad jag håller på med just nu. Du vet, trädgårdsmästaren som jag anlitat har ordnat med det här fruktträdet, det är i vardande. Nu vattnar jag det rejält blött. Så här ska man göra för att plantan ska få en bra start.

Johan blir stående och lyssnar in en kortversion av trädgårdsmästarens senaste tips till Hanna. Mitt i en mening ringer det i Hannas telefon. Johan bereder sig på att cykla igång. Istället för att svara kopplar hon bort samtalet. Hanna är trots en kort tid som granne redan placerad i gruppen flitigpratare av Johan. I regel när han sett henne ute på tomten har hon pratat i telefonen. I dag har hon ett brett hårband i marinblått, en röd pikétröja och marinblå shorts. Efter att ha kopplat bort ringsignalen höjer hon fingret som om hon vill säga något. Nästan som Monica tänker Johan, han håller på att börja skratta, men biter av innan skrattet kommer. Han blir stående och fascineras av fingret. Det kommer glidande i luften mot honom i inte alltför snabb fart. Han ser på fingret när det närmar sig hans kropp. Hanna tycks granska Johans ben på ett väldigt koncentrerat sätt, nästan så han känner sig uppmärksammad. Klart att man får titta på mina ben, han blir nyfiken på vad hon är ute efter. Nu pratar hon inte längre vilket är mycket ovanligt, båda är plötsligt helt tysta. Nog för att Johans ben är vackra men är de så vackra så de förtjänar denna uppmärksamhet? Eller är det något annat i faggorna. I Johans värld är de egna benen både muskulösa och välformade.

Nu är fingret nästan framme vid hans lår. Då bryter hon tystnaden: – även män bör raka sina ben när man cyklar för mer än nöjes skull, säger Hanna så där en passant.

– Jaså, ungefär som om man vore simmare då, eller?

Johan tillhör gruppen män som inte är så behårad över huvud taget, inte heller på benen.

– Nu tänkte jag på cykling, inte på simning. Epileringen hjälper dig till bättre cykelprestationer, det är allmänt erkänt.

Johan studsar till. Epilering har aldrig funnits som en del i Johans aktiva språkvärld även om han ungefär vet vad det handlar om. Epilering har aldrig varit aktuellt för Johan. Lite behårad är han men håren på benen är så ljusa och tunna så det går knappt att upptäcka på en meters avstånd om han har några hår på benen över huvud taget. Hanna står trots allt på andra sidan staketet men hon kanske har extra bra syn. Och så säger hon: – det här med massage ska inte underskattas.

När Hanna sagt det håller hon upp sitt finger nästan rakt upp i luften igen. Han skrattar till och säger: – jag brukar inte bli masserad efter cykelturen, stretchar gör jag däremot.

Hannas finger hänger kvar i luften samtidigt som Hanna med trädgårrdsslangen sprider vattnet över det nyplanterade fruktträdet. Hon vill uppenbarligen inte släppa iväg Johan än.

– Jag ska visa dig några bilder.

På bilderna i Hannas mobil syns flera muskulösa extremt håriga armar som syns bredvid ett par bara ben som inte tycks besväras av hårväxt.

– En manlig kollega?

– Nej det är mina ben som tas om hand av massörens håriga armar på jobbet.

– Får du massage på jobbet efter morgonturen?

– Han tar hand om alla cykelpendlare. Du skulle höra massören på mitt jobb, han nästan predikar för mig och kollegorna på jobbet som ägnar sig åt cyklingen. Han hävdar bestämt att resultatet av massagen inte blir bra om inte benen är rakade. Det är djupmassagen som gör skillnad.

Hanna lutar sig över staketet och så stryker hon handen utefter Johans ben uppifrån och ner.

– Det ser väldigt bra ut, säger hon efter att ha fingranskat Johans ben.

– Tackar.

– Det är inte många män som har ben som du som känns som om man i själva verket för fingrarna över personens panna. Fascinerande!

När Hanna sagt det ler hon, det hela tycks vara över för nu. Hon tar tillbaka sitt pekfinger till andra sidan staketet.

Det ringer åter igen i Hannas mobil, hon ser på displayen vem som ringer. Med en blinkning visar hon att hon tänker ta samtalet.

Johan känner sig ursäktad, grannsamtalet över staketet är över, han gör en lätt huvudbugning ler sitt bästa leende gränslar cykeln klickar i skorna i pedalerna och så bär det iväg i den underbart sköna kvällen som gjord för en tur med cykeln.

En kväll kan fyllas på många sätt, att sköta om sitt fruktträd ska inte underskattas som meningsfull och avslappnad aktivitet. Men det kan rimligen inte jämföras med känslan som infinner sig när en cykelälskare kommer upp i varv på cykeln. Grannarnas kåkar swishar förbi, i normala fall följer han tämligen noggrant vad som händer på tomterna och inte sällan växlar Johan några korta ord med pratvilliga husägare när han promenerar runt i området.

Nu när träningspasset är inlett är all fokus på vägen, pedalvarv och pulsen, inte så mycket på naturen och djuren.

Nu är det bara flåset och här och nu som gäller. Hjärnan får därmed stor hjälp med rensning av allt möjligt som ligger lagrat i minnet, motion är guld värt för hjärnan. Under cykelturen kommer all sköns problem farande, smått som stort från arbetet, oron för barnen eller något som hänt under dagen. Det mesta visar upp sig i hjärnbarken under cykelturen men lika snabbt försvinner tankarna, tänk att saker som man gått och tänkt på och som skavt under en tid nu plötsligt känns som enkla och hanterbara efter en stunds intensivt cyklande. Andresz ansluter som vanligt, de trivs med varandra och gillar sparringen som det innebär att vara två på en tur.

De far tillsammans över till Kärsön och sedan in på Lovön. Den här kvällen tar de sig till Ekerö centrum, vidare till Ekebyhovs slott och sedan tillbaka. Först på tillbakavägen lägger Johan märke till att de knappt sett några bilar. Flåset är riktigt bra i kväll, det visar sig genom att Andresz och Johan lyckas hålla uppe farten hela tiden inklusive uppförsbacken upp till krönet på Nockebybron på vägen hem. På displayen visas genomsnittsfarten som varit något mer än 40 kilometer i snitt.

– Tack för en härlig genomkörare säger Andresz.

– Tack själv, hur blir det till helgen?

– Det borde funka, vi hörs på fredag kväll.

Nu är kroppen inställd på en härlig bastu hemma i villan.

När han far framåt med god fart kommer han att tänka på vad Hanna, den nya grannen sa. Hon pratade om ett av Cykelsportens tio budord nämligen att cykelben ska vara rakade, såväl kvinnliga som manliga. Det brukar inte vara ett problem för kvinnor, och i Johans fall har det aldrig varit aktuellt. Hanna med sitt väldigt speciella sätt att prata och gestikulera underströk verkligen hans extremt tunna nätta benhår. Hanna försvinner bort ur tankarna, nu är det hemmet som hägrar.

Väl hemma framför huset och garagedörren känns allt underbart skönt. Kroppen är trött efter ansträngningen men kroppen är inte bara trött, den är också lättare och gladare på något fantastiskt sätt. Mycket har kommit på plats. Hjärnan har sköljts igenom med nytt fräscht syre. Lika påtaglig är skillnaden i välbefinnande, jämfört med hur det kändes innan cykelpasset, ungefär som när man med tungan känner sig för runt om i munnen efter en behandling hos tandläkaren då beläggningar och tandsten slipats bort, tänderna blästrats och allt avslutats med fluorpensling.

– Härligt! Vilken skillnad.

Efter cykelturen har mycket av det som man benämner problem i vardagen liksom försvunnit eller svettats bort. Tala om magisk känsla. Cykeln har blivit en riktigt fin vän. Tänk att en pryl kan fungera som en välgörare också för själen.

Men lite skumt är det med mängden cyklister som pendlar till och från arbetet. Alldeles för många tar sina pass till och från jobbet som motionspass utan att tänka på alla andra som väljer ett annat tempo. Många som cyklar gör det för att transportera sig miljövänligt som ett alternativ till bilen, de känner sig inte alltid bekväma med cykeltävlingen som pågår varje morgon på cykelbanorna vinter som sommar i riktning mot city. Framför garagedörren signalerar mobilen att bastun är varm och förberedd. Eva meddelar att hon redan tagit plats.

– Älskling har du märkt vilken flugig granne vi fått. Varifrån får hon sitt levebröd?

– Nu hänger jag inte med. Är det Hanna som du pratar om?

– Javisst, hon verkar vara en riktig kännare av cykel och massage.

– Det vet jag inget om, men hon har ju gjort en hel del stand-up-föreställningar i stan. Det är hon nog mer känd för.

– Oj, det visste jag inte, det borde jag förstås ha vetat.

– Faktiskt, det finns en kulturdel också i tidningen.

Eva ligger utsträckt på rygg på ena bänken, Johan sätter sig på andra bänken.

– Eva, vet du vad Hanna pratade med mig om? Hon pratade om massage och benhår. Behåring och epilering är dagens nya ord för mig.

– Gubben min, tänk inte för mycket på det där bara, du har ju inte något benhår att tala om. Kom lite närmare så får jag granska dina benhår som uppenbarligen väcker så stort intresse hos vår trevliga granne.

– Hon gav mig råd om hur jag skulle cykla ikväll.

– Va!

– Hon lät väldigt initierad.

– Till mig har hon sagt att trädgården är det som lockar med att bo här. Du vet väl att hennes dotter Tina och vår Lisa har funnit varandra.

– Det har jag hört Lisa säga, det är ju jättebra.

– Vad sägs om lite massage?

– Trodde aldrig du skulle komma dit, det blev plötsligt så mycket prat om mina benhår och cyklande, du vet när hjärtat är fullt.....

Johan lägger sig till rätta på handduken.

– Nu kör vi igång.

Eva böjer sig över honom, och så börjar hon massera benen, efter en stund går hon över till ryggen. Händerna arbetar på vant och ledigt, Evas händer känner av när de möter spända muskler. Johan ligger still och rånjuter.

Kök – en fråga för alla

– Dags att äntligen göra något åt köket?

Diskussionerna har gått fram och tillbaka i flera år. Först anlitades en arkitekt, eller rättare sagt det blev flera, men inte samtidigt. Den första ville planera för en köksö, det förkastades, i stället anlitades en kvinnlig arkitekt, som är känd för att planera praktiska kök.

En känsla av total eufori är på väg att infinna sig.

– Äntligen ska vi få del av något som alla andra verkar tala om – ett nytt kök säger Johan.

– Billigt är det inte.

– Flera av våra vänner har både kommit igång senare med funderandet och bestämt sig snabbare. En del kommer till skott så där bara, utan djupare funderande.

– Varför är ni så sega? frågar Ebba.

– Det handlar om att göra rätt också, menar Eva.

Efter besök hos och hembesök från flera olika köksfirmor är en beställning på gång. Det är ganska fantastiskt att det nu finns ett förslag till kontrakt framme med en köksfirma. Det är stort. En redig hantverkare som köksfirman rekommenderar ingår i upplägget. Nu finns ingen återvändo.

– Lasse är jätteduktig. Han älskar sitt jobb, säger köksförsäljaren med ett försök till säljande leende.

– Men kan han era produkter?

– Han kan våra produkter och han leder ett lag med flera duktiga hantverkare.

Men än är inte sista ordet sagt. Johan öppnar ett brev som kommit och som innehåller en alternativ köksoffert.

– In i det sista har vi faktiskt ett alternativ till hands, här är deras skriftliga offert, de erbjuder sig också att göra jobbet snabbt, konstaterar Johan.

Eva får brevet och sätter sig och läser. Under tiden går Johan till köket och gör i ordning några koppar, han kommer tillbaka med några chokladbitar och nybryggt kaffe.

– När man läser konkurrentens offert kommer man att tänka på flygbolaget från Irland som går ut billigt men som kostar extra för varje liten sak, säger Eva. Titta själv.

Johan sätter sig i soffan och läser ur offerten: – man vill ha ständig tillgång till huset/lägenheten/lokalen under uppdragets tid, vardagar 07.00 – 20.00 och helger 07.00 – 19.00. Det låter ok.

Johan bläddrar vidare i offerten.

– Är det verkligen härligt att alltid ha en hantverkare hemma hos oss kan man fråga sig, å ena sidan kommer vårt privatliv påverkas, å andra sidan är det korta startsträckor för hantverkarn.

– Njaaaa, Eva rynkar pannan en aning.

– Dessutom skriver den flyginspirerade kökskonkurrenten i sin offert att man vill ha tillgång till vatten, ström och plats för omklädning/matlagning, allt ska tillhandahållas utan kostnad.

Eva ringer firman och får tag på chefen: – hur har ni tänkt när det gäller matlagning hemma hos oss, var ska ni laga maten, vi kommer ju inte ha något kök under ombyggnationen?

En lång stund sitter Eva och lyssnar på företagets svar.

– Det var inget bra svar jag fick om det över huvud taget var ett svar, konstaterar Eva.

Johan läser vidare i offerten: – det här är också en

aning märkligt, kostnader för eventuella stilleståndstider som inte förorsakas av entreprenören kommer debiteras separat enligt gällande timtaxa.

– Du skämtar?

– Nej, dessutom ska vår faktura belastas med trängselskatt och parkeringsavgifter i Stockholm »enligt gällande taxa + 20 procent påslag« skriver det Irlandsinspirerade köksföretaget.

– Det är med andra ord leverantörens trängselskatt som vi ska få äran att betala om vi väljer dem, har du sett den varianten i något av programmen på TV om köksrenoveringar?

– Tror inte det.

– I och för sig är jag positiv till trängselskatt, av miljöskäl. Men den positiva effekten uppstår väl om det är den som kör som betalar, inte om vi betalar åt en annan, eller hur? Det upplägget går vi inte med på.

– Dessutom skriver firman att en minskning av uppdragets omfattning inte automatiskt innebär att priset minskar.

– Det låter absolut INTE fiiiiiint.

– Firman skriver också att betalning sker via banköverföring, kontant alternativt enligt överenskommelse med entreprenören.

När Eva säger till företaget att hon alltid – av princip – betalar digitalt via banken, upphör kontakten med företaget.

I stället för hantverkarfirman med flyginspirerat stuk med en massa påslag som man inte vet storleken på beslutar familjen sig för att anlita köksfirmans »lilla favoritutförare«, Lasse heter han.

– Det kommer kosta en bra slant med ett nytt kök, det kommer bli en väldig oreda ett tag, men därefter kommer vi kunna gå barfota på det nya fina köksgolvet och det kommer bli som i TV-reklamen eller i Villaägarnas tidning. Är inte det en härlig målbild att ha framför sig? säger Johan.

– Är det det bästa du kan säga pappa? undrar Ebba.

– Men Ebba, för oss föräldrar är det faktiskt ganska skönt att slippa bekymret med att välja hantverkare, i köpet INGÅR en hantverkare som ingående VET HUR man monterar det som vi köper, för mig låter det ok, konstaterar Eva.

Dagens beslut förgylls med ett glas fläderblomssaft från dryckesförrådet i källaren. Ebba och Daniel tycker det är pinsamt hur föräldrarna beter sig.

– I bästa fall blir renoveringen lönsam när vi säljer huset i framtiden, med ett nyrenoverat kök får vi mer betalt. Yngre som köper hus vill inte renovera, förr när man köpte hus då var man ofta intresserad av att gå omkring och snickra varje helg. Det gäller inte längre. Allt ska vara i toppskick från början. Nu gillar villaägare att köpa tjänster, i stället för att göra allt själv, det kan handla om städning, trädgårdsarbete, barnhämtning, läxhjälp ... Eva, har jag inte rätt?

Eva säger inget.

Efter beställningen av köket går sommarmånaderna. Arbetet påbörjas i augusti. Gamla skåp och väggar tas ner och slängs ut på garageuppfarten. Varje morgon hälsas hantverkaren Lasse välkommen.

– Du vet vad du ska göra idag?

– Jo, allt är under kontroll, ska bli skönt att komma igång efter en helg med fotboll med dottern, säger Lasse.

Han har med sig sin lilla hund som får röra sig på en plätt i trädgården. Ett koppel gör att den inte kan springa iväg.

– Härligt, nu är arbetet igång. Den gode Lasse verkar veta vad som ska göras, resultaten är redan synliga, konstaterar Johan på fredagskvällen.

– Hoppas verkligen du har rätt, säger Eva.

På lördagspromenaden möter Eva och Johan grannpappan Oskar som stolt visar upp sitt hem.

– Nu bor vi på en arbetsplats där det kommer och går hantverkare i stort sett varje dag. I dag har vi två hantverkare som är i full sving i källaren.

– Går det bra, håller de tiderna?

– Det kommer dra ut på tiden, man har aviserat förseningar.

– Oj, det låter kämpigt.

– Dels behöver hantverkarna åka bort på annat jobb en tid, dels har hantverkarna sagt att man behöver borra mer än vad som sagts från början.

– Borra? Hur då? Varför då?

– Golvvärmen och ledningarna till bastun behöver grävas ner djupare för att det ska bli bra ståhöjd i gamla källaren.

– Men hur går det för er, kan ni bo i huset när allt det här pågår?

– Det måste gå, i värsta fall får vi bo i tält. Tur att det finns ett liv utanför villan, nu ska jag köra barnen till fotbollsträning och till stallet.

– Men om det blir försenat får ni väl kompensation?

– Vi missade en sådan klausul.

Nu ler inte Oskar längre.

– Det kommer absolut bli bra, säger Eva.

När Eva och Johan fortsätter sin promenad på egen hand undrar Eva:

– älsklingen har vi i vårt avtal med köksfirman och Lasse några förseningsklausuler?

– Nej, vi har inte ens ett avtal. Vi har ju valt »favoriten«, kom ihåg det. Tänk positivt

– Det kan stå oss dyrt.

– Nu ska vi inte vara såna.

Efter helgen kommer och går golvläggaren i flera dagar i sträck. Strax har familjen ett skönt trägolv att njuta av, barfota går de runt och känner på det nya golvet. Köket känns stort och fint nu när inga skåp och vitvaror har kommit på plats.

– Det känns spännande att se köket växa fram och för varje dag går det framåt. Skönt att själv slippa hålla på med hantverksarbetet säger Johan till ungdomarna när de äter frukost på altanen.

– Hur länge kommer de hålla på, undrar Ebba.

– Det kommer gå fort, snart är det klart, vi har en snickare som inte gör annat än installerar det här köket.

I närtid poppar det upp bänkskåp och bänkskivor, leveransen från köksfirman har kommit. Skåpen och luckor mellanlagras först i garaget, strax ska de vara på plats.

Med den optimistiska anda som nu råder går det extra lätt att samlas i f.d. tvättstugan, som numera omvandlats till kök, för att tillaga middagen.

– Ett tag till får vi leva med att laga mat i källaren men redan nu kan vi försöka leva oss in i hur det kommer kännas att gå runt i och använda det nya köket, menar Johan.

Eva och Johan stod inför valet att köra iväg spisen och kylen och frysen till återvinningen eller ställa ned dem i källaren, då valde familjen en försiktig strategi nämligen att behålla vitvarorna ett tag till – för säkerhets skull.

– Det är nog bäst att ha trotjänarna kvar ett tag till utifall att……., ungefär så resonerade Eva.

Middagen tillagas i källaren och bärs upp och äts på andra platser än i köket, disken bärs ner efter måltiden för manuell diskning. Det börjar kännas hemtamt med de nya rutinerna.

– Nu ser vi att arbetet med det nya köket är på gång och provisoriet är strax över, man ser ju redan hur långt Lasse – köksfirmans lilla favorit har kommit fast det bara gått någon vecka, säger Johan uppmuntrande till övriga familjen.

Tre av fyra väggar i köket berörs av ombyggnaden. Det nya kylskåpet, frysen och spisen kommer få andra platser än de gamla vitvarorna. Utmed ena väggen där det tidigare stått kyl- och frysskåp ska det byggas om.

Enligt offerten från köksfirmans »favoritinstallatör« ska utrymmet »fixas till«. Offerten från Lasse godtas utan diskussioner och frågor, vad som egentligen menas med att »fixas till« i hans offert är inte helt klarlagt.

– Alla som arbetar som hantverkare är inte experter på att i text beskriva vad som ska göras, konstaterar Johan.

Det nya köket växer fram med kraft, allt ser fräscht och fint ut. När bänkskåpen och bänkskivan är på plats står Eva och Johan på kvällen och ser in i ett stort hål på sidoväggen som är ett resultat av rivningsarbetet. Mellan bänkskåpet och väggen glipar det dessutom nästan en centimeter. På kvällen när hantverkaren gått hem undrar Eva lite försiktigt hur han tänkt här och här och här.....

– Han HAR säkert tänkt, »Faites confience« som fransmännen säger, försöker Johan med när han ser hur Eva utstrålar tvivel.

På måndagsmorgonen tar Johan upp frågetecknen med Lasse.

– Vi har några frågor till dig. Vad tänker du göra åt hålen i väggen, du kommer väl se till att det blir en slät vägg ovanför bänkskåpen?«

Följt av: – kanske en gipsskiva skulle sitta bra?

Hantverkaren Lasse lyssnar och nickar.

– Självfallet, det kommer fixas till.

Det görs ett omtag. Den fina bänkskivan avinstalleras och bänkskåpet tas bort.

Lasse erbjuder Johan att medverka i köksrenoveringen: – ni kanske själva vill göra en insats när jag satt upp gipsskivan?

På kvällen görs ett första avsteg, Eva och Johan byter om till arbetskläder och blir extra hantverkare några timmar på kvällen när de tar sig an jobbet att klistra fast en glasfibertapet på väggen ovanför bänkskåpet för att dölja gipsskivan. Ordet »fixas till« får en lite annan innebörd än vad de tänkt sig. Nåväl under helgen sätts tapeten upp av hemmafixarna Eva och Johan, därefter målar de tapeten två gånger. Ebba blir åskådare till arbetandet.

– Har hantverkaren redan lagt av?

– NÅGOT måste man väl vara beredd att göra! Även om det är en totalentreprenad, urskuldrar sig Eva.

– Har ni inte betalt för att den där Lasse ska göra jobbet? Han är ju så fantastiskt bra.

Eva och Johan svarar inte utan tittar ner i golvet, när Ebba gått ser de sig omkring i köket en sista gång. De blir stående en stund.

– Ebba har givetvis helt rätt, vi skulle aldrig gått med på att vi ska börja arbeta med den här köksrenoveringen, säger Eva och ser på sin Johan.

– Håller med, jag borde på en gång ha motsatt mig, men mer märkligt är att han gör saker som måste göras om efter ett påpekande från oss, det gör att man kan börja fundera......

Veckan därpå löper arbetet på, bänkskåpen kommer på plats, den långa bänkskivan anländer. Förutom bänkskivan ska där också finnas utrymme för en diskbänk, totalt rör det sig om en nära 5 meter lång köksvägg som ska iordningställas.

Efter middagen på fredagskvällen och en stilla promenad på gatorna i villaområdet går Eva och Johan runt i köket bärande på var sitt glas öl. Av en tillfällighet råkar Johan titta lite närmare på slutet på bänkskivan alldeles intill ytterväggen.

– Här finns en limmad skarv!? Vad betyder det?

Eva ställer sig bredvid Johan och utbrister: – Vad har han gjort nu? Hjälp! Det är ju en limmad skarv på säkert en och en halv centimeter lång som avslutar den långa fina bänkskivan i valnötsträ. Den långa bänkskivan är för kort, den har skarvats. Särskilt snyggt är det heller inte gjort, vem som helst kan se fadäsen.

– Oj!

– Så ska det definitivt inte se ut.

Ebba och Daniel tittar in i köket, de är på väg till kompisar på kvällen.

– Tittar ni på vad favoriten Lasse har gjort?

– Ungefär.

– Är det nåt spännande?

Eva pekar med handen på bänkskivan för ungdomarna.

De går fram till bänkskivan och känner med sina händer. Eva visar dem skarven på bänkskivan.

– Så ska det VERKLIGEN INTE se ut, säger Ebba.

– Nu har ni köpt en för billig lösning igen och blivit grundlurade. Ni går på allt, säger Daniel.

Han går inte direkt hulkande ut ur köket snarare låter det som han storskrattar.

När ungdomarna försvunnit iväg uppstår en lång tystnad. Johan suckar tungt medan Eva går runt i köket och nagelfar alla saker som Lasse gjort fram till nu. Det blir en alldeles för lång lista med inte mindre än åtta punkter.

– Johan, du får ta upp det här med »favoriten« på måndag. Varför ska det här drabba just oss?

Måndag morgon inleds som vanligt med social samvaro och lättsamt utbyte av anekdoter från helgen, sedan kommer Johan in på köksrenoveringen.

– Lasse, vi har sett en del saker som vi gärna vill ta upp med dig, t.ex. hur tänker du när det gäller den här skarven?

– Jo, den bänkskivan har jag tänkt byta ut.

– Vad bra.

– En ny har redan beställts.

Den naturliga frågan om varför skivan kapats av fel ställs inte. Inte heller frågas om när den nya bänkskivan kan tänkas komma. Samma kväll när familjen sitter samlad runt matbordet kommer köket på tal igen.

– VI behöver INTE betala den nya bänkskivan.

– Vem gör det?

– Det blir tydligen lite av »trial and error« vid den här köksrenoveringen, ungefär som när ni själva gör något, konstaterar Daniel.

– Ok, priset är fast, men det verkar väldigt konstigt att flera saker ska behöva göras två gånger. Den där Lasse ska ju vara expert på det här köket, säger Ebba.

– Det handlar tydligen om att ALLT ska behöva göras minst två gånger. Så är det faktiskt hittills i det här fallet. Det verkar nästan som han gått i pappas skola, säger Daniel.

– DET var INTE snällt sagt, säger Eva.

Ungdomarna skrattar. Lisa ser ledsen ut när hon hör brorsan och storasyster kritisera pappa på det där sättet. Mamma Eva kramar om Lisa.

– Jag tror att både Ebba och Daniel tycker jättemycket om sin pappa, men de måste få säga sin mening om köket, men du har rätt Lisa, de kunde säga det på ett bättre sätt.

– Omtag brukar det bli när ni själva ska göra saker, men jag trodde ni hade köpt av proffs, säger Ebba.

– Han kan i alla fall det här köket. Vi har faktiskt anlitat en hantverkare som KAN sina produkter, försöker Johan.

– Så det är därför han måste beställa en ny bänkskiva?

– Det kanske blir så här när det är ett gammalt hus som byggs om, försöker Johan.

– Du går på allt, säger Daniel.

Bänkskiveincidensen leder till att arbetet fördröjs.

– Nåväl, någon vecka extra får man alltid räkna med

konstaterar Johan, trist men vi är säkert inte de första som råkar ut för att hantverkare gör fel och får göra om, menar Johan när han ligger i sängen och pratar med Eva.

En elektriker anländer så småningom, han har den delikata uppgiften att ta hand om en del specialiteter i köket. Där sitter till exempel en panel i mörkt trä från tiden då huset byggdes. När någon trycker på ringklockan vid köksdörren faller en siffra ner i den här panelen. En annan siffra faller ner när det kommer någon och ringer på vid huvudentrén. Tre ytterligare ringsignaler runt om i huset är också kopplade till panelen. Summa summarum fem siffror måste man ha koll på om man befinner sig i kökets sambandscentral.

Den familj som lät bygga huset bestod av 5 barn, en hemmafru, en yrkesarbetande man och ett hembiträde. Mäklaren berättade i samband med köpet att pappan till frun i familjen var byggmästare, det var han som byggde huset åt sin dotter och svärson. Mäklaren menade att det borgar för att huset byggts med noggrannhet och kvalitet.

Hembiträdet var den person som under alla år hade i uppgift att läsa av panelen, som sitter ovanför dörrposten i köket, på väggen mellan köket och hallen. Det ingick i hennes uppgift att ha koll på vem som ringde och varifrån det ringde. Eftersom den dörrpost där panelen sitter ska flyttas en bit i sidled i samband med köksrenoveringen så är det elektrikerns uppgift att på ett säkert sätt ombesörja denna lilla förflyttning och därmed rädda panelen till eftervärlden med bibehållen funktion.

– Klarar du det?

– Jodå, det fixar jag, säger elektrikern Nisse.

Eftersom Lasse inte är på plats passar Johan på att prata med Nisse om elen till vitrinskåpen och några eluttag.

– Hur länge har du och Lasse arbetat tillsammans?

– Jag har aldrig talat med honom, han mejlar mig.

– Men ingår inte du i den offert som vi fått?

– Jag offererar och fakturerar mitt jobb till slutkunden, jag gör arbeten åt alla möjliga, de ber mig komma och fixa vissa saker.

På kvällen berättar Johan om elektrikern.

– Märkligt att Lasse inte ens snackat med Nisse, vad är det här för något? Vi köpte trodde jag en tjänst av ett team bestående av olika hantverkare. Hur tänker köksfirman?

– Köksförsäljaren talade så stolt om ett helt lag bakom favoriten Lasse. Laget tycks uppenbarligen ha interna kommunikationsproblem, om det är så uppstår frågan vem som sköter samordningen. Är det vi?

Senare samma kväll efter middagen och kvällspromenaden samlas familjen i vardagsrummet.

– Nisse har monterat tre nya vägguttag, märkligt nog är det tre OLIKA modeller, konstaterar Eva.

– Det kanske var vad som fanns i lager? Vårt hus fick ta hand om det som låg kvar i elektrikern Nisses bil, säger Daniel.

– Har ni inte hört talas om »just in time«, ni måste beställa andra kontakter, säger Ebba.

Daniel och Ebba skrattar så de nästan ramlar av stolarna. Johan går diskret ner till kylen i källaren och hämtar två stora starköl.

Dagen därpå tar Johan upp saken med köksfirmans älsklingshantverkare.

– Lasse, jag fick det intrycket av köksfirman att du och elektrikern Nisse hade arbetat ihop länge.

– Nisse och jag har inget avtal, när jag behöver en elektriker sänder jag ett mejl till honom, det är ingen stor sak, man kan jobba ihop utan att känna varandra.

Johan ringer Nisse: – vi vore extremt tacksamma om du ser till att installera exakta LIKADANA eluttag överallt i köket. Vi tycker att det är snyggare om det är enhetligt.

– Jag tog de uttag som jag hade i bilen, det brukar de flesta bli nöjda med.

På kvällen nämner Johan att han ringt och pratat med Nisse.

– På Nisse lät det som att han aldrig mött en kund som vill ha exakt likadana eluttag i ett rum.

– Säger inte det något om Nisse? Jag blir mer och mer bekymrad, tyvärr, över den här renoveringen, säger Eva.

– Hantverkaren Lasse har abdikerat från sin ledarfunktion till förmån för mig, säger Johan.

Det blir många möten och många tider att hålla reda på. Johan får i uppgift att vara hemma och berätta vad som ska göras för olika hantverkare. Lasse syns inte till eftersom han inte har något att göra i köket på grund av tidigare missöden och extrabeställningar. På hans front är det stillestånd, det visar sig att ingen av de olika hantverkare som dyker upp har sett ritningarna än mindre offerten. Det rör sig om nya leveranser, tilläggsbeställningar, rörmokare, golvläggaren igen…... Johan möter olika personligheter och nya fakturor kommer titt som tätt från var och en.

Äntligen kommer den efterlängtade nya långa bänkskivan i trä och när Lasse, som hållit sig borta en bra tid, får veta det kommer han tillbaka.

– Nu är bänkskivan på plats.

När familjen kommer hem på kvällen tittar de på den fina bänkskivan och den nya diskbänken.

– Det ser ok ut, säger Ebba.

– Bra jobbat, pappa, säger Daniel.

På kortväggen, samma vägg som ringpanelen sitter på, är det nu dags för installation av bänkskåp med plats för elplattor och spis, nu är det bara stenskivan som ska komma på plats. Äntligen dags för en man som heter Pecka som ska ansvara för allt kring installationen av stenskivan.

»Allt är förberett« vilket är vad prästen brukar säga när det är dags att gå fram och ta emot nattvarden på högmässan på söndagen. I fotbollstermer skulle man säga att »det är upplagt för mål« när bollen ligger på straffpunkten. Lasse har förberett allt för Pecka. Lasse har satt upp en ny gipsskiva på kortväggen som utgör rygg för spisen och hällen. För Pecka är det färdigdukat, det är bara att gå fram och mäta utrymmet där stenskivan ska ligga och ange hur håltagningen ska göras för spishällen i keramik.

En månad senare anländer stenskivan. Av allt tänkbart som kan hända så visar det sig att det minst tänkbara har inträffat.

Johan ringer köksfirman.

– Stenskivan som kom idag är trasig, vad gör vi?

– Vi kommer beställa en ny, det kan ta upp till en månad. Men jag kan garantera er att ni har högsta prioritet.

– Tänka sig! Eva, vi har högsta prioritet.

– Har du inget i avtalet med köksfirman om att det måste vara gjort på viss tid, undrar Daniel.

– Vi litade på köksfirman.

Ebba skakar på huvudet.

– Ring köksfirman och klaga. Vi bör kräva att vi får rabatt på priset, säger Eva.

Ebba och Daniel skrattar på sina stackars föräldrars bekostnad. Det börjar nästan bli en vana när det gäller ombyggnaden av köket.

– Vilken röta att vi inte körde iväg spisen till återvinningen, säger Johan.

– Det är nog min förtjänst.

– Härligt med föräldrar som ser till att behålla gamla vitvaror, när man inte kan upphandla, säger Daniel.

Under väntetiden när man som prioriterad kund undrar hur lång väntan kommer bli får familjen fortsätta med sin matlagning och diskning i källaren. Den gamla spisen visar sig från sin allra bästa sida, den fixar till den ena festmåltiden efter den andra.

– Måltiderna blir ett slags tröst för att vi lever i ett provisorium, för hur länge vet ingen, konstaterar Eva.

– Tänk om ni följt den första instinkten och kastat ut allt det gamla nu när allt skulle bli nytt i köket. Då skulle det inte varit så kul för närvarande, säger Ebba.

– Vi får tacka Eva för det. Nu gäller det att försöka leva på hoppet att det ska bli klart någon gång, försöker Johan.

– Snart kanske vi ser ljuset i tunneln, säger Lisa.

– Bra sagt Lisa, säger Eva.

In i rummet kommer Sixten, han jamar och viftar glatt med svansen. Han hoppar upp i knät på Lisa.

– Vi behöver dig extra mycket nu Sixten, tack för att du finns.

– Det är väl Sixten som drabbas hårdast av den här utdragna renoveringen, säger Ebba.

– Varför då? frågar Lisa.
– Han har ju alltid haft sin matlåda i köket.
– Ja, men nu äter ju han i mitt rum, säger en glad Lisa.
Sixten ser på Johan och överför ett tyst meddelande: »kompis, glöm inte min matlåda, jag vill ha tillbaka min ordinarie plats«
»Självfallet, kompis« nickar Johan som svar till Sixten.
»Bra Johan, du är en av mina bästa kompisar«
– Pappa nu måste du faktiskt köra hårt med hantverkarna, de borde varit klara för länge sen, säger Daniel.
– Vi får alla bita ihop ett litet tag till, försöker Johan.
– Till jul måste det väl vara klart? inflikar Daniel.
Frågan blir hängande kvar i luften. Johan har slutat sätta upp datum för återinvigningen.
– Ska vi någonsin kunna laga mat i köket igen?
»Då går jag ner i min källare där lever jag sällare.......« skivan med Pierre Isacsson snurrar emellanåt som en bisarr påminnelse om livets skiftningar.
När Johan går ner i källaren för att se efter om kattlådan behöver göras rent stöter han på Sixten.
– Johan, kan inte du titta på kattluckan, den gnisslar. Du förstår säkert bättre än någon annan här i huset att en katt lever på att röra sig vigt och tyst, fåglarna ska inte höra mig när jag kommer ut för att jaga.
– Fattar precis, ska ba ..... liksom, ähhhhmmmm du vet Lisa vill ha hjälp med ett dataspel och jag måste liksom skjutsa Ebba till fotbollen, när jag gjort det så kommer din lucka i tur, då när jag lagat den kommer den fungera fett bra, lita på mig.
– Tack kompis.
Den hela stenskivan kommer i november. Äntligen, nu

är det slutspurt. Inom någon vecka har vi ett färdigt kök konstaterar Johan förtröstansfullt.

MEN, stenskivan passar inte!

Stenskivemannen Pecka har alla möjliga spännande förklaringar. Han har olika förslag på lösningar(?!).

– Man kan flytta den fastskruvade diskbänken så att den inte går dikt an till väggen bakom kranen

– Va!

– En annan möjlighet är att ugnen inte behöver vara placerad rakt under spishällen

– Hjälp!

– Som ett annat alternativ kan man montera stenskivan så det blir en glipa mellan diskbänken och bänkskivan.

– Skämtar du om så allvarliga saker? Vi ska bo här med det som du föreslår, menar du verkligen allvar med vad du säger?

– Så gör man ibland!

– Inte hos oss, tack!

Ett medlingsmöte kommer till stånd på själva brottsplatsen, hemma i köket. Köksfirmans företrädare, Uffe, säger: – detta måste lösas. Visst ska ugnen vara rakt under hällen. Nej det är inte acceptabelt att det blir en glipa mellan väggen och diskbänken, så brukar det definitivt INTE vara.

Pecka som mätt och beställt stenskivan ser mer och mer skrynklig ut i ansiktet.

– Det här måste lösas så att kunden blir nöjd, säger Uffe.

Johan lämnar köket med jämnmod och åker till jobbet. När han kommer hem på eftermiddagen ligger det enorma högar av sågspån och flis överallt i hela köket. Han får vada fram. Pecka verkar vara på hugget, han har sågat sig rejält in i ytterväggen, frågan är om man inte snart kan se putsen.

– Hjälp, vad gör karln?

På kortväggen bakom spishällen har Pecka också sågat sig in rejält, där kan man ana trappan ned till källaren bakom den nu lövtunna återstående delen av väggen. Johan tar fram plastsäckar och fyller tre stora sopsäckar med sågspån och träull. Alltjämt pågår Pekkas »utgrävningsarbete«. När de första tre säckarna är fulla går Johan ner i källaren och hämtar några säckar till. Också den fjärde säcken fylls utan vidare.

– Nu ska det väl vara fulla fan om inte stenskivan får plats! Satan!

Tydligen återstår passningsarbete. Än en gång tas elverktyget fram och än mer sågspån och träull sprids ut på golvet. Dammsugarpåsen måste bytas ut för att ge plats åt sågspån och flisor.

När det är dags att testa går stenskivan så djupt in i väggen att överhänget blir så litet så underskåpet nätt och jämt täcks.

– Det här blir inte fint, nu är alla anständighetsgränser passerade!

Eva är rejält upprörd.

Pecka har lämnat köket i en enda oreda. Johan suckar och biter ihop och så tar han hand om allt uppstädningsarbete.

– Har inte hantverkare ett ansvar för att städa upp efter sig?

– Jag vill INTE träffa honom, säger Eva.

Det blir en väldigt sen middag.

– Nu måste det väl snart vara klart, eller?

– Säg upp avtalet och låt någon annan göra jobbet, någon som har gjort det förut, säger Daniel.

– Pappa, ring Villaägarna och fråga om man inte kan säga upp avtalet, föreslår Ebba.

– Barnen har helt rätt, NU räcker det! Säger en ilsken Eva.

Nästa dag ska Lasse lossa på skruvarna runt diskbänken för att den gode Pecka ska kunna montera stenskivan och avsluta sin del i köksprojektet. På eftermiddagen får Johan ett samtal från Lasse.

– När jag skruvade fast diskbänken igen använde jag en för lång skruv vilket gjorde att diskbänkens nya fina yta blev skadad.

– Tack för att du ringde och ärligt berättade om misstaget.

Suck! Diskbänken är dyr och extra tjock. Ändå syns skruvens märke tydligt.

Eva står och tittar på den nya diskbänken och känner med handen där den tydliga »upphöjningen« syns, platsen där skruven trängt in i den nya fina diskbänkskivan.

– Hjälp, ska det aldrig ta slut?

– Lasse erbjuder en rabatt om vi godtar och behåller den skadade diskbänken.

– Absolut inte. Vi ska givetvis kräva en ny och oskadad diskbänk.

Det är slutdiskuterat. Stämningen vid middagsbordet liknar rätt och räfsarting i gamla tider.

– Kräv skadestånd, min kompis Jonas farsa är advokat. Han älskar att sätta dit folk. Anlita honom, föreslår Daniel.

– Ni skulle avslutat det här för länge sedan, Lasse kan inte sitt jobb, säger Ebba.

Morgonen därpå ringer Johan till Lasse: – vi vill ha en ny diskbänk, har vi köpt en ny diskbänk vill vi gärna ha en hel diskbänk, ungefär som när man köper en ny bil, man vill inte ha en ny bil med lackskador.

Pecka ringer Johan flera gånger.

– Lasse är jätteledsen och han kommer förlora jättemycket pengar på att ni inte godtar den nuvarande diskbänken.

– Pecka, du bör ersätta Lasse, det är ju Du som orsakat hela problemet.

Pecka ringer flera gånger.

– Stackars Lasse drabbas.

– Men det är ju du som är upphov till problemen, du skulle mäta stenskivan och montera den – lätt som en plätt eller?

– Jag har inte gjort något fel.

Köksfirman vill gärna att man ska få pröva att snygga till diskbänken.

– Det kommer inte synas, påstår köksfirmans Uffe.

Leverantören av diskbänken ringer: – vi kan komma över och fixa till diskbänken så att det inte märks att den blivit skadad!

– Hur visste den mannen att detta ägt rum? Det är helt barockt, säger Johan.

– Skulle en bilfirma ha ringt i motsvarande situation om den nya bilens lack varit skadad? frågar sig Ebba vid middagen.

– Självfallet inte! Jag blir inte bara trött utan rent ut sagt förbannad på alla klantigheter som vi får stå ut med, säger Eva.

Nästa dag får representanten för diskbänksfirman besked: – det är en ny och fräsch diskbänk som vi ska ha, därmed basta.

Det färdiga köket skjuts på framtiden. Ny diskbänk ska beställas.

Som musik i arbetet med matlagning och diskning lyssnas på den gamla låten »Och så går vi ner i källaren ......«

– Tur att den gamla spisen är på så bra humör och att den gamla kylen och frysen trivs så bra i garaget!

En ny diskbänk kommer så småningom och nu används rätt skruvar.

Så är det dags för en ytterligare hantverkare. Inga förutfattade meningar här inte. Han heter Nisse han också precis som elektrikern och är förhoppningsvis kunnig. Han granskar plattorna som ska kaklas. Ska köksprojektet äntligen komma i mål?

Plattorna sätts upp på en dag. Nisse har jobbat fort. När lampan tänds på kvällen i villaköket så blir det först alldeles tyst. Först förvåning, sedan frågor och till sist desperation och vanmakt.

– Är alla onda krafter emot oss i detta köksprojekt? Vi borde aldrig ha beställt ett renoverat kök, säger Eva.

Plattorna har kapats av på olika sätt, en del mitt i mosaikrutorna och andra mellan mosaikrutorna. Kakel i ett kök ska fylla flera funktioner, man ska kunna vila blicken på dem och kunna njuta av symmetrin och färgen, det ska vara lätt att hålla rent och snyggt.

– Kaklandet var den sista stora uppgiften i köket, nu skulle vi äntligen få lugn och ro. Det omöjliga har hänt. Det här arbetet kan INTE godtas, säger en samlad Eva.

Eva och Johan går runt i köket och nagelfar väggarna.

– Titta på det här, här är kaklet kapat på ett annat sätt än här

– Se här hur det buktar ut. Väggen bakom är slät men kakelväggen är allt annat än slät

– Arbetet är gjort på ett sätt som närmast kan beskrivas med ordet katastrof.

– Varför drabbas vi av dessa motgångar?

– Neeeej! skriker Eva. – Jag orkar inte mer.

Köksfirmans rykte är nu nere i botten, aldrig har frustrationen varit större.

Dagen därpå ringer Johan till Lasse.

– Hur kunde det gå så här?

– Jag känner inte Nisse, tanken var att Putte, en plattsättare som jag känner skulle ha gjort jobbet. Putte hade inte tid och så bad han Nisse. Det hade inte jag klart för mig……….

– Vi trodde att du skulle samordna och hålla ihop arbetet, nu verkar det hela vara ett korthus.

– Nisse ringde mig i går, då sa han att det inte blev bra.

– Och vad gjorde du då?

Lasse blir tyst.

– Är det att ta ett helhetsansvar?

Lasse fortsätter att vara tyst.

När Johan till slut får tag på Nisse kommer nästa överraskning.

– Jag har tyvärr brutit armen.

– När då?

– I går kväll spelade jag ishockey och skadade mig i en sammanstötning

– Men du har tydligen sagt till Lasse att det inte blev bra, varför slutade du inte arbeta då?

– Öh, jag ba.........liksom, fortsatte typ, gjorde färdigt....

– Blev det bra tycker du? »Vad svarar du på det? Låter inte det lite märkligt att säga att det inte blev bra och ändå fortsätta?

– Kakelplattorna var väldigt stora.

– Men du visste ju vilka kakelplattor det handlade om, du var själv hemma hos oss och såg dem i förväg, eller hur?

Lång tystnad.

Samtalet avslutas. Efteråt känner sig Johan helt uppgiven.

– Har man ingen känsla för att vilja göra ett bra jobb i den här köksrenoveringen?

– Har man en eller två incidenter när man anlitar en hantverkare kan det kanske vara ok ändå. Men om det HELA tiden hakar upp sig och personerna som kommer hem till ens eget hem knappt ens engagerar sig i arbetet då är det motigt. Hur ska man som köpare av hantverkstjänster agera? frågar Johan.

– Anmäl köksfirman, föreslår Ebba.

– Jag undrar vad köksfirman anser om det här? Vi måste ställa dem mot väggen, säger Eva.

Det är få gånger under familjens köksrenoveringsprojekt som Johan och Eva är så arga. Hade de haft en låda för primalskrik så hade de använt den den här kvällen.

Efter middagen går Eva runt i köket och suckar och skakar på huvudet när hon känner på ojämnheterna på väggen.

Det förefaller som köksfirman inte längre tycker att det är kul att vara leverantör till familjen Danielssons kök när Johan ringer till firman och ber om ett möte.

När kontraktet undertecknades sa chefen på köksfirman: – vi gärna skulle vilja göra en artikel om köksinstallationen och ta lite bilder och göra en hemma hos artikel med vackra bilder från ert hus och kök.....

– Nu är det nog inte aktuellt längre, från oss blir det inga fina referenser, konstaterar Eva.

Johan ringer pliktskyldigast till Nisse:-när kan du göra om jobbet?

– Jag kan inte göra om, jag ska vara ledig när gipset tagits bort.

– Hur länge?

– Vet inte det i dag.

Relationen med Lasse är nere i minusläge, han har gjort så många omtag så han är inget alternativ längre. Han säger: – jag vill inte arbeta åt er mer, ni är omöjliga att tillgodose.

Köket blir stående med ofärdiga detaljer och Eva och Johan är utan energi.

Familjen sitter på fredagskvällen samlad i vardagsrummet. Stämningen är i botten.

– Kräv skadestånd och använd skadeståndet till att köpa en firma med god KVALITET, säger Daniel.

– Ring regional-TV, föreslår Ebba.

December står för dörren, ska det bli färdigt i januari?

Nu är det inte lika roligt längre att tala med köksfirman. De åker trots allt till köksfirmans kontor i Veddesta än en gång och går in i butiken.

Tidigare när de kommit till köksfirman har man rätt eller fel ändå känt någon form av värme som strålat mot dem, men den här gången uppstår en märklig tystnad när Eva och Johan uppenbarar sig i köksbutiken på lördagen. All julstämning ersätts av en kall och rå iskyla. Leenden stelnar och personalen som i juletid i normalfallet strålar med sina ögon ser nu bort eller ner i golvet. Ingen vill möta Evas och Johans blickar. De får ett samtal med Uffe.

– Nu måste ni ta ert ansvar. Lasse klarar inte sitt uppdrag

Uffe ser tveksam ut.

– Vi har anlitat er i hopp om att vi skulle få ett nytt och fint kök. Allt som har kunnat strula till sig har gjort det. Nu står vi med ett kök som inte går att använda, och om ett tag är det jul.....Har du något att komma med?

– Vi har ingen som kan riva ner och göra om, säger Uffe.

– Ni menar att ni bara släpper ert ansvar så där bara?

Uffe förblir tyst.

Stämningsläget är i botten när de går ut ur köksfirmans lokaler.

Någon dag senare ringer Uffe från köksfirman.

– Jag har ett alternativ. Picko har hjälpt oss i köksfirman med visningsmiljöer i butiken.

Motståndskraften är nere i noll. Erbjudandet accepteras.

Picko visar sig vara ett energiknippe. Träskivor köps in för att skydda golvet och bänkskivor, allt kakel rivs ned och väggarna byggs upp igen. Nya kostnader för en sak som redan gjorts en gång förut...

Nyinköpta kakelplattor sätts upp i julveckan. Och arbetet blir riktigt bra! Vad kul.

– Härligt, tack så jättemycket!

Johan ringer Lasse.

– Lasse, vi behöver hjälp med att få upp spiskåpan.

– Jag har tyvärr inte tid, förresten har jag inte fått betalt.

– Kolla ditt bankkonto, kom sedan och installera spiskåpan!

Den 23 december kommer Lasse och monterar spiskåpan under tiden går Johan ut på promenad han orkar inte vara under samma tak som köksfirmans favorit.

När Johan kommer tillbaka efter promenaden möter han en hoppande Lasse utanför huset. Han har ingen sko på höger fot. Han hoppar på vänster fot fram till bildörren. Inne i bilen skäller Lasses hund.

– När jag stod och monterade spiskåpan hade jag inga skor på mig för att inte dra in slask. Jag såg inte er vildkatt, den kom helt ljudlöst och attackerade mig. Som du ser så blöder det rejält om foten, jag måste åka till doktorn för att sy och ta en stelkrampsspruta.

– Du måste ha trampat på Sixten eller sparkat till honom, det är klart att han måste försvara sig.

Johan ser den nerblodade strumpan: – det där är inte så märkvärdigt, det är säkert bara en liten rispa, det går över på en dag.

– Helsicke heller, du ser väl hur det blöder.

Lasse öppnar dörren, kliver in i sin bil och far iväg med en rivstart.

Inne i köket möter Johan en upprymd Sixten. Han stryker sig utmed benet på Johan. Johan lyfter upp honom i famnen och smeker sin älsklingskatt. Sixten spinner fint och så möts deras blickar.

– Nu fick han så han teg, den där ohängda Lasse, som förmenat mig min matplats i nästan ett halvår. När han stod och fixade, du vet ett uttryck som han liksom brukar använda, med spiskåpan hoppade jag upp mjukt, landade på hans ena fot med utspärrade klor och rev till rejält för kung och fosterland. Tror faktiskt att jag lyckades ganska bra, det kändes att klorna fick ett rejält grepp. Det märktes om inte annat på hans oefterhärmeliga gallskrik. Han kommer nog få ta det rejält lugnt över julhelgen.

Johan blinkar och ler: – tack Sixten, det gjorde du bra.

Spisen och spiskåpan tas i bruk på kvällen den 23 december. Den ekologiska julskinkan griljeras på kvällen.

Under högtidliga former placeras Sixtens matskål åter igen i köket.

– Hur gör vi med våra trotjänare i källaren?

– Vad tror du själv? Kommer köket fungera som det är tänkt?

Efter trettonhelgen fotograferas trotjänarna innan de i slutet av januari överlämnas till återvinning.

– Tack alla fina trotjänare.

Avslutet sker under värdiga former. Vitvarorna, den stora tryggheten under renoveringens tunga månader, förs nu ut till en väntande bil för vidare transport till en hjälporganisation.

– Måtte de få leva vidare i någon form så lojala som de varit. Det känns minst sagt orättvist mot de gamla vitvarorna med tanke på alla goda insatser som de stått för under den här renoveringen.

– Det känns som att skiljas från goda vänner.

– Skriv om det här vansinniga renoveringsprojektet och lägg ut det på nätet, uppmanar Daniel.

– Ni kanske kan rädda andra husägare från en liknande skräckupplevelse, säger Ebba.

Johan ringer köksfirman efter helgerna.

– Er installatör Lasses lag liknar mest ett segel med stora hål i.

Köksfirmans chef Uffe låter oförstående: – ni har nog missförstått, vår Lasse kan vårt kök, han om någon levererar.

– Inte med hög kvalitet och i tid, tyvärr, vi kommer nog skriva om våra erfarenheter och det blir ingen bra reklam.

Kakelfirman anmäls till Allmänna Reklamationsnämnden.

– Ni vet väl att köp av tjänster i hemmet är det område som är vanligast när det handlar om klagomål bland konsumenter, det har jag precis hållit föredrag om i skolan, säger Ebba vid middagsbordet.

Johan lägger alla papper från köksrenoveringen i en mapp, han går med tunga steg ner i källaren och lägger mappen i en låda.

– Frågan är om nästa ägare till det här huset vill veta något om köksrenoveringen.....

– Kanske dags att vända blad, säger Daniel.

– Daniel, det var fiiiiiint sagt, har du kommit på det själv?

Johan lyfter sitt vinglas: – Skål min kära Eva, vi överlevde, men det tog på våra krafter....

Vinet glider ner i struparna, långsamt går makarna in i dimman med en god eftersmak i gommen.

– Bra Daniel, vi behöver skratta.

– Så mycket känslor och frustration som samlats i det renoverade köket som nu står färdigt att användas låter sig inte utplånas så lätt. Har man anlag för ångest är det möjligen läge nu för den att blomma upp, filosoferar Johan.

Så kort tid som möjligt tillbringar familjen i köket. Man är i köket när det är matförberedelser på gång, inte annars. Måltiden intas från och med nu i matrumsdelen av vardagsrummet. All väntan, frustration och ilska under många månader går inte utan vidare att vädra ut, allt har liksom krupit in i väggarna.

Efter en utflykt med bilen stannar de till i Beckombergaområdet, en gång i tiden arbetade Johans mamma på mentalsjukhuset. Eva och Johan är nyfikna på vad som är på gång.

Fasaderna och stommarna till de två stora och långa vårdbyggnaderna som användes för vård av kvinnor respektive män står kvar och kommer användas för nya bostäder. Innandömet byggs om från vårdsalar till bostadsrätter.

– Undrar om familjerna som flyttar in i de nya bostadsrätterna i de före detta vårdbyggnaderna – »kvinns« och »mans« kommer känna av ångesten som alla patienter under nästan 80 år kämpat med? funderar Johan.

– De flesta som flyttar in har säkert ingen aning om vad Beckomberga mentalsjukhus bedrev för verksamhet och vad det stod för. Men kommer de nyinflyttade ändå att påverkas? Det är som man säger en bra fråga.

När Eva och Johan går förbi utanför de stora vårdbyggnaderna ser de enorma byggkranar och informationstavlor, man kan läsa om bostadsföretagets tjusiga planer.

– Här gäller det tydligen att väcka positiva tankar. Nu erinrar jag mig att jag läste om Nelly Sachs som var patient på Beckomberga sjukhus, hon fick nobelpriset i litteratur 1966. Allt stod i en artikel i lokaltidningen.

– Sant, här bodde med andra ord stora begåvningar också, det får man inte glömma.

Åter efter dagsutflykten möter de vännerna och grannarna Oskar och Sissi. Hantverkarna håller fortfarande på för fullt i deras villa.

– Ser att hantverkarna inte är riktigt klara än, hur går det?

– Vårt källarvåningsjobb har bara hållit på i ett år, det kommer nog ta sex månader till.

– Varför då?

– För att få bra ståhöjd måste man borra mer, kruxet är att hantverkarna inte bara arbetar hos oss, ofta är de på andra platser.....

Sissi och Oskar ser riktigt glada ut trots budskapet och deras goda humör känns in i märgen.

– Vi har lite julmat kvar, känner ni för att komma över i eftermiddag vid 3-tiden, det vore trevligt, säger Eva.

– Vad mysigt vi kommer gärna, säger Sissi.

Vännerna skiljs åt.

– Förresten, Eva, kommer du ihåg vår käre »vän« eller »typ« – Adam – som sa det här om att en villaägare får bara uppleva två lyckliga dagar, den första och den sista, precis när vi flyttat in i vårt hus?

– Det har jag glömt eller förträngt för länge sen.

– Var det missriktad humor som gjorde att han fällde det där yttrandet, eller var det bara vanlig avundsjuka?

– Varför han sa så får vi aldrig veta min käre Johan, för övrigt har Adams ord för min del åkt in i glömskans garderob.

– Man kan tycker jag jämföra villalivet med en kärleksrelation som börjar med spänning och lek och som sedan övergår i himlastormande känslor, besvikelser och glädjeämnen. Utan upp- och nergångar blir det inget fullt kärleksliv. Kanske till och med ångesten kan bli något bra i en relation som inrymmer inte bara varm kärlek utan också svåra upplevelser?

– Suck. Du är så härligt romantisk min käre Johan. Livet är inte perfekt det vet de flesta, villalivet är inte heller alltid fulländat även om tidningen Villaägarna gärna vill få oss att tro det.

– Organisationen har kanske rätt att livet i villa är svårslaget, men man talar inte alltid om det här med köp av tjänster……..

– Tänkte inte på det som uppfinnaren i TV-serien Lorry brukade avsluta dialogen med kommunaltjänstemannen i Sundbyberg med.

Efter nästan ett år får Eva och Johan ett brev från Allmänna Reklamationsnämnden där det står att kakelfirman döms att betala ersättning. Strax sätts det in en slant på bankkontot.

Inför julen dimper det ner en julhälsning.

– God Jul och Gott Nytt År, önskar Uffe på köksfirman.

– Har vi beställt något från en köksfirma? Har du något minne av det, undrar Eva.

Johan ler lite snett och ruskar på huvudet. Julkortet slängs i soporna. Strax efter helgerna utkommer Villaägarnas tidning, på framsidan syns en glad familj i sitt nya kök. Eva fångar upp tidningen.

– Är det ett fotomontage eller finns familjen i verkligheten?

Oläst bärs tidningen omedelbart ner i källaren, där läggs den i en kasse för gamla tidningar som i närtid körs till en kommunal container som innehåller material som ska brännas.

Ta sig fram på cykel

Johans cykelkompis Andresz bor i Olovslund. Regelmässigt stöter de på varandra på cykelbanan på väg till eller från arbetet, inte sällan träffas de en kväll eller en stund under helgen för att trampa runt ett pass tillsammans.

Cyklandet har blivit en året runt sport, det cyklas som aldrig förr. Andresz och Johan peppar varandra och delar med sig av goda råd. I cyklandet har de ett gemensamt intresse.

Efter träningspasset på söndagen sitter de en stund på en parkbänk intill Birgittakyrkan i Nockeby.

– Varför blev det just cykling för dig Johan?

– En stor fördel med cykelträning är att man utan någon träningsbakgrund kan träna mycket med liten skaderisk

– Vad krävs av mig som vill lära mig mer om cyklandet?

– Du måste ha tålamod, ofta hävdas att löpning ger bättre kondition på kortare tid, frågan är om det stämmer!?

– Det finns väl olika sätt att träna cykel på, eller?

– Självfallet, man kan köra typ så kallad högintensiv träning med tillräckligt högt tempo, som en del kallar det, men det är klart det finns ett samband mellan hård träning på cykeln och konditionen. Jag ska leta efter mer tips till dig.

– Tack kompis.

På måndagsmorgonen trampar Andresz för fullt på egen hand, nu handlar det om att försöka hänga med och behålla ett bra läge i en klunga som tar sig fram emot Stockholms centrum.

Nyss kom han farande ner för Alviksvägen och passerade över Gustavslundsvägen vid Alviksrondellen i Bromma utan att behöva stanna vid rött ljus.

– Härligt, bra flyt i dag.

Med bibehållen hög fart kommer Andresz in på cykelbanan och slår följe med ett gäng som verkar ha högt tempo. Nu handlar det om att positionera sig inför den beramade hårnålskurvan, som är den tvära svängen på gång- och cykelbanan alldeles utanför Alviks Måleri. Här gäller det att ha tungan rätt i mun, tidigt på morgonen är det alltid många cyklister som trängs. Inget undantag den här morgonen. I lokaltidningen har det funnits mängder av artiklar om trängseln. Till och med gatuborgarrådet har manat till lugn och tålamod: – cykelbanorna kommer att breddas, då kan vi cyklister få den prioritet som vi alla förtjänar.

Andresz ser sig om. Relativt ny som cykelpendlare handlar det om att försöka hitta en säker position på den smala cykelbanan, som inte är mycket mer än en meter bred där cykelbanan är som smalast i själva kröken. Detta nålsöga ska alla trampande cyklister igenom för att komma vidare in till Stockholms innerstad. På vänster sida om cykelbanan, när man kommer på morgonen i riktning mot Stockholm, står det hårda kraftiga metallräcket som en stabil trygghet som skiljer av den oskyddade trafiken från bilister och lastbilar som i hög fart far fram på Drottningsholmsvägen. Tur att det stabila järnräcket finns där. En viktig detalj på den här platsen är den målade vita randen på asfalten i mitten av gång- och cykelbanan som ska hjälpa fotgängare och cyklister att hålla sig ifrån varandra.

Det känns i hela kroppen när man passerar den här platsen, ljudet är öronbedövande, allra helst när tunga lastbilar kör förbi bara en knapp meter bort, här gäller det att fokusera på vad som händer på cykelbanan och hålla koll inte minst på alla cyklister framför och bakom.

Att vara observant på vad som händer utan att hela tiden vrida på huvudet är själva grejen, det gäller att använda sidoseendet. Som cyklist krävs att man ser och tänker framåt för att undvika att köra in i någon som trampar på i sin egen takt utan tanke på att det är bråttom att ta sig in till kontoret och så får man inte glömma att det från ingenstans kan komma någon enstaka raketcyklist som plötsligt dyker upp bakifrån och som av någon anledning vill tränga sig före.

Andresz är inte hemtam än på den här rutten, han ser sig omkring hela tiden, inte utan oro, samtidigt som han trampar på för fullt. Några fotgängare som klungan nu passerar har valt den trygga strategin, de går så långt från den vita mittlinjen som det över huvud taget går, allt i syfte att undvika konflikter eller olyckor med alla framflygande cyklister. Fotgängarna som rör sig här så här dags på morgonen har varit med förr, de har för det mesta lärt sig att hålla sig långt ifrån cykelbanan. Än så länge syns endast fotgängare i riktning mot stan, inga mötande fotgängare.

Men ojojoj här närmar sig klungan med hög fart en ensam fotgängare, som tar sig fram på gångbanedelen i riktning mot city, hon går med breda armrörelser som ytterst syftar till att förbättra kroppshållningen. Hon har armarna utsträckta rakt ut från axlarna med tummarna uppåt och fingrarna utsträckta. På det här sättet tar hon verkligen plats.

– För jössenamn, tror människan att det är dags att i den här intensiva strömmen av cyklister och joggande medmänniskor träna skuldrorna och hållningen på gångbanan? Hjälp!

Andresz känner igen tjejens rörelser från en tidning för oss som är roade av fysisk träning. Det handlar i grunden om att kläder ska bäras upp av en välformad kropp. Att röra sig med ståtlig hållning är guld värt i dagens samhälle. Det imponerar på omgivningen. Frågan är om man behöver göra just den rörelsen här och nu när det är så trångt? Ska fotgängarna börja göra promenaden till city till ett gympapass de också? Räcker det inte med oss cyklister och joggare?

Med tanke på det höga tempot den här morgonen verkar alla i klungan se resan till arbetet som ett träningspass. Andresz upptäcker nu till fullo vad han i praktiken gett sig in på. Den fotgängare som Andresz nyss passerade gick väldigt väldigt nära mittstrecket och hennes pendlande framåt och bakåt med armarna utsträckta med handflatorna öppna och tummarna riktade uppåt var verkligen speciell. Vete tusan om hon inte med vänsterhanden passerade över strecket som skiljer gående från cykelbanan? Och så det där med hållningen, hon gick inte bara med sträckt rygg utan också med huvudet bakåtlutat med blicken upp mot himlen allt i syfte att förbättra kroppshållningen och en rak och ståtlig nacke.

– Tur att jag och klungan lyckades missa eller undgå henne även om det var med ytterst liten marginal.

Och så inleds den långa stigningen upp till krönet på Tranebergsbron. Andresz växlar när han kommit en bit upp i backen, han stämmer av med den nya klättringsappen för att säkerställa att han har rätt växel inne – tar in informationen i öronsnäckan, nu handlar allt om att inte tappa tempot, helst handlar det om att öka takten något så man kan positionera sig bättre framöver när cykelbanan först svänger höger och sedan tillbaka till vänster förbi bilavfarten som leder ner bilarna mot Traneberg. Just den här delen på stigningen upp mot krönet på Tranebergsbron har den goda vännen Johan gått igenom med Andresz. Visst har Johan hintat om trängseln, men i dag är det om möjligt mer än trångt, Andresz ser om än inte helt klart att alla runt omkring trampar på för glatta livet. Ingen brist på energi här.

Vädermässigt ser det ut som att det kan bli en fin dag, solen lyser och kroppen har börjat bli varm och musklerna känns fräscha och starka. Träningen har gett effekt.

Nu upptäcker Andresz en mycket smal och tunn person alldeles bredvid sig i cykelklungan, de är så nära varandra så han kan om han böjer huvudet något till vänster känna personens andedräkt eller höra andningen. Väl trångt kan man tycka. Knappast säkert över huvud taget. Nu går det åt allt syre som över huvud taget kan andas in för att hänga med i den fart som klungan dragit igång i början av klättringen. Benmusklerna och lungorna går på högvarv.

I ögonvrån ser Andresz smala händer på cykelstyret till vänster. Det är säkert en kvinna som nu liksom glider fram och förbi honom, det ser så lätt ut nästan orättvist lätt. Hon är helt klädd i rött och hon sitter på en svart cykel.

Fokus skiftar snabbt, nu syns en större grupp av personer på gångbanan en bit förut, klar risk för kollision om det inte sköts perfekt. Fotgängarna är på väg mot city, de rör sig som i en klunga, helt obekymrade om »Tranebergsbroklättringen« som nu ställer krav på alla som ingår i den här cykelklungan.

Fotgängarna går obekymrade och väldigt tätt så de fyller upp precis hela gångbanan, det öppnar å andra sidan upp för en klättring eller avancemang i cykelklungan om tajmingen är den rätta.

Precis när de passerat fotgängargruppen kastar Andresz om styret åt höger och så ställer han sig upp och toktrampar, förut ser han en ny grupp av fotgängare. Precis innan han kommer ifatt dem girar han in på cykelbanan igen med i stort sett ingen marginal alls precis framför andra cyklister i klungan.

– Det gick perfekt och uppenbarligen stördes inga andra cyklister som väl var.

Nu glider den tunna kvinnan upp bredvid Andresz åter igen.

– Varifrån kom hon?

Det ser ut som hon liksom flyter fram utan motstånd. Just när det är som mest kritiskt känner Andresz plötsligt av benen. Från en sekund till en annan drabbas han av ett rejält oflyt, benen känns otröstligt tunga, smärtan från mjölksockret i benen gör att det inte går att tänka på något annat än smärtan i benen. Bröstet skriker efter mer syre. Fram till alldeles nyss kändes det verkligen som cykling var det bekvämaste sättet som någonsin funnits för att ta sig fram på morgonen. Han ser underkvinnan i röd cykeldräkt glida fram utan stora åthävor, hon försvinner i hög fart långt där framme, på några ögonblick är hon redan en bra bit före Andresz och klungan. Till följd av mjölksyran i benen glider mängder av cyklister snabbt förbi Andresz på båda sidorna. Istället för att jämföra sig med cyklisterna får Andresz trösta sig med att komma upp på krönet på bron i samma modesta fart som mängder av bilar. Trots att det tar emot, orken är nästan slut, ser han i ögonvrån att han med låg fart enkelt glider förbi bilarna i körfälten till vänster, där de nu i stort sett står helt stilla.

– Tur att man inte är bilist.

Och så gäller det för Andresz att när det börjar slutta nerför att välja rätt spår. Några fotgängare rör sig på gångbanan, det är helt i sin ordning, men så upptäcker han att det krävs nya beslut, framför syns två cyklister med korg på framstyret. De är inte med i dagens träningspass för cyklister.

En av cyklisterna med cykelkorg väljer plötsligt att svänga av till höger vid en nerfart från bron. Andresz gör ett reflexmässigt val i farten och kör utan problem om den bromsande korgcyklisten på höger sida och lyckas i nästa stund snabbt komma tillbaka in på cykelbanan innan cykelbanan smalnar av. Andresz pustar ut och andas mycket mycket tungt på vägen ner från krönet på Tranebergsbron. Orken räcker inte till mer än att styra och låta cykeln rulla i nerförslutningen. Nu handlar det om att hämta andan och andas djupt genom näsan och bara glida fram, hela tiden med uppmärksamhet på cyklar som vill köra om.

Med mycket tunga ben handlar det om att generera tillräckligt med energi för att ta sig upp för kullen vid Thorildsplan. Väl uppe syns Rålambshovsparken breda ut sig.

– Vilken härlig känsla.

Nu bär det nerför igen. Tempot är betydligt lugnare nu men andningen är alltjämt tung och benen blytunga. Pulsen går ner och andningen blir successivt lugnare. Nere vid Rålambshovsparken syns Mälarens vatten en bit bort.

I den stunden tar Andresz av sig vr-glasögonen, samtidigt sätter han igång en informationsfilm om cykling.

En mörk manlig röst hörs:

»Här kommer cykelsportens tio gyllene budord:

Cykelben ska vara rakade, såväl kvinnliga som manliga

Det är inte ok att cykla med långa byxor och kortärmat, korta byxor och långärmat är däremot ok

Cykla med en najz tröja utan ärmar, ett linne, är pinsamt

Om det sitter två vattenflaskor på cykelns ram måste de vara likadana, ej för stora

Skärmar får inte finnas på hjälmen eller cykeln

Du ska ha med dig extra utrustning för en punktering, men detta ska ligga i fickan och inte sitta på cykeln

Glasögonskalmarna ska sitta utanför hjälmremmarna

Fikapausen är helig men den är endast tillåten vid längre turer

Att cykla med vätskebälte runt midjan är en dödssynd, som att äta en semla på midsommar.....«

Där stänger Andresz av filmen.

Han knäpper loss skorna från pedalerna och på sega tunga ben tar han sig ner från cykeln, böjer sig ner och tar av sig de nya cykelskorna och långsamt mycket långsamt vandrar han bort mot duschen.

Samma morgon vid frukostbordet hörs en högröstad cyklist i lokalradion berätta att han blivit undanträngd.

– Nu är fan råget måttat.

– Du menar väl måttet rågat?

– Står du och märker ord din din ...., du ba...liksom står still o glor vid sidan om o typ granskar. Inte en svettdroppe har du i pannan. Vem tror du att du är »ejenkligen«? Du har förmodligen inte trampat en endaste meter den här morgonen, det enda du gjort är att sittande babbla i en mikrofon.

– Det är mitt jobb, är det möjligen mig du EGENTLIGEN vill kommentera?

– Passa dig.

I morgonradion uppfångas också några andra röster i cykelrusningen:

– Nu får det vara nog, vi är för många cyklister på för liten yta. Dags för trängselskatt för cyklister!

En annan röst från en cyklist i söderort: – jag känner mig fullt nöjd med dagens motionspass.

I morgonradion samlas narrativen in: – har du något ord till de som inte cyklar?

– Till alla ni som mår dåligt – börja cykla.

– Äääämmmm nu har jag gjort mitt motionspass för i dag. Perfekt att slå två flugor på smällen, både ta sig till jobbet och klara av dagens motionsrunda.

– Men ökar inte riskerna i trafiken när många stressar fram på sina cyklar?

– Ingen fara, vi som har sportcyklar vi är tränade och vana att köra snabbt och effektivt, övriga får hålla sig på sin kant.

– Åter till studion från mig som är på en säker plats bredvid cykelbanan, mitt namn är Torben Dansk med specialitet att bevaka cyklande Stockholmare.

Bastubadande

Johan har joggat en timme tillsammans med kompisen Andresz, efteråt sitter de i bastun hemma hos Andresz.

– Om några veckor ska kompisgänget som jag hängt med i många herrans år ha vår årliga schack- och ölturnering.

– Vad är din inställning till schack och varför spelar ni schack?

– De flesta av oss spelade i ungdomen, så helt novisa är vi inte.

– Hur tränar du schack i dag, spelar du i en klubb eller med någon kompis?

– Jag tränar öppningar emellanåt, främst genom teoriböcker, men också på nätet.

– Vad glad jag blir, du ska veta att jag gillar verkligen att spela schack. Har hållit på länge. Är förresten internationell mästare, en titel som jag skaffade mig i unga år.

– Wow! det har du aldrig berättat. Måste verkligen be om ursäkt. Känner mig helt bortgjord med mitt snack. Nu är det min tur att fråga dig, hur kom det sig att du började spela schack?

– Är man som jag född i S:t Petersburg så är det en ganska vanlig sysselsättning att spela schack, överallt spelar man.

Andresz berättar att man i f.d. Sovjet eller Ryssland har en mycket lång tradition av att få fram starka schackspelare också på allra högsta nivån.

– Spelar alla schack i Ryssland?

– Inte riktigt, men man skriver om schack som om det vore en rysk folksport där man spelar från det att man är väldigt ung till man är äldre. Min pappa spelade mycket och lärde mig när jag var väldigt liten.

– Får jag fråga dig, senaste gången spelade vårt kompisgäng den ryska öppningen som obligatorisk spelöppning. Hur väl känner du den?

– Ryska öppningen är jag mycket väl bekant med, många tycker den är tråkig.

– Varför?

– Det blir gärna partier med låsta ställningar och inbjuder kanske inte till ett mer chansartat och kombinationsrikt spel.

Johan har svårt att hänga med i de utläggningar som Andresz gör om öppningens karaktär.

– Om du har tid skulle jag uppskatta om du tränar med mig någon gång inför nästa schackturnering med kompisarna, men då blir det en annan öppning. Det är faktiskt jag som ska välja öppningen, du kanske kan ge mig ett tips?

– Självfallet.

Andresz nickar och ler.

– Nu blir jag extra nyfiken. Du kommer från S:t Petersburg, hur kommer det sig att du är så bra på svenska?

– Min pappa mötte en svensk tjej som hette Helena på en turistmässa, de blev förtjusta i varandra, gifte sig och så småningom föddes jag.

– Var bodde ni då?

– Under uppväxtåren bodde vi i S:t Petersburg, men vi åkte till Sverige en hel del. Min mamma pratade svenska med mig hela tiden så jag lärde mig både ryska och svenska. Men jag hade nog aldrig hamnat i Sverige om inte jag senare träffat Frida.

– Hur länge har du haft firman som du driver?

– Du vet ju att jag håller på med import- och exportaffärer mellan Ryssland och Öst- och Centraleuropa och Sverige.

Johan nickar

– Jag, eller rättare sagt min fru och jag fick ta över firman helt oplanerat när båda mina föräldrar dog i en olyckshändelse när de firade sin bröllopsdag under en båtresa på floden Volga.

– Du har gått igenom en del jobbiga saker förstår jag, ber verkligen om ursäkt att jag klampar in i ditt privatliv.

– Ingen fara, jag berättar gärna. Nu är det lättare att prata om mina föräldrar Jag kunde en hel del om firman men det var kämpigt att så där från en dag till en annan ta över hela affärsrörelsen. Men Frida och jag kämpade stenhårt. Så småningom fick Frida och jag en son som heter Vladimir.

Efter bastubadandet sitter de i var sin fåtölj i vilorummet och dricker öl. Så småningom tar Andresz med sig Johan till datarummet, på väggarna hänger flera bilder på en ung kille som spelar schack. Andresz letar i bokhyllan och tar fram en tunn bok om vanliga spelöppningar.

– Börja med att bläddra i den så kan vi prata om den nästa gång vi träffas

På en av bilderna på väggen ser man två personer en liten pojke med långt hår och en person som liknar Andresz.

– Är det några från schackklubben?

– Du ser säkert att det är jag och så är det min son Vladimir som är på bilden, han var tio år då.

– Kan du inte berätta något om Vladimir?

Det knyter sig för Andresz. Han tystnar och harklar sig. Har han inte också en tår i ögonvrån? Johan känner att han klampat in i något känsligt så han förblir helt tyst, han håller sig helt lugn och avvaktar.

Det blir tyst en bra stund.

– Du vet jag växte upp i Ryssland, min pappa och min mamma drev en affärsrörelse, vi hade ett bra liv.

– Jo det sa du, men hur kom du i kontakt med Sverige?

– När pappa gjorde affärer med Sverige fick jag följa med, efter hand allt fler gånger.

– Var bodde ni?

– Vi bodde i ett fint område i St Petersburg och när jag var klar med mina universitetsstudier gifte jag mig med Frida och som jag sa så fick vi vår son. Då var allt toppen.

Andresz berättar om livet i Ryssland, Frida utbildade sig till socionom och under en tid arbetade hon i Sverige. Andresz pendlade då till Sverige med inriktningen att flytta firman till Sverige.

– Precis när allt var klart för en förflyttning till Stockholm fick jag ett fantastiskt erbjudande om att utvidga och förvärva ett annat företag i Moskva, jag kunde inte avstå även om det skapade problem. Men Frida och jag var överens om att göra så under en tid.

– Det låter som att ni hade en bra tid.

– Allt gick bra till en början men mitt i all denna framgång fick företaget plötsligt ekonomiska bekymmer och så dog mina föräldrar. Då såg det snart ut som att det bara fanns en utgång, problemen ökade.

– Gick firman i konkurs?

– Nästan, men efter hårt arbete och en del tur fick vi ordning på ekonomin och affärerna. MEN då visade det sig att Frida under tiden jag jobbat med rekonstruktionen av firman träffat en amerikan.

– Du får stoppa mig om jag lägger mig i för mycket.

– Nej det är helt ok, jag har jobbat med mina relationer och jag uppskattar att du vill lyssna.

– Hur ser det ut med kontakterna med Vladimir?

– Det värsta var att Frida från en dag till en annan bröt alla förbindelser och skyllde på att jag alltid arbetade och inte brydde mig om henne och Vladimir. Hon menade att hon under tiden då jag ägnat mig åt firman äntligen hade byggt upp ett eget liv.

Johan avvaktar.

Andresz fortsätter: – Frida sa att hon gett upp alla förhoppningar på mig och en familj, du bara arbetar och arbetar.

– Men du gjorde ju det för hela familjens skull.

– I alla fall så blev allt helt tyst. Frida gick inte att få tag på, hon svarade inte när jag ringde. Och så fick jag på omvägar veta att Frida flyttat till USA.

– Oj, hjälp.

– Först förstod jag inte vad som låg bakom flytten till USA.

– Men USA, har du inte försökt att få tag på henne där?

– Jag har fått avslag på visumansökan till USA, i Sverige har jag uppehållstillstånd men än så länge är jag inte svensk medborgare, så nu står jag utan direktkontakter med min son.

Andresz tappar rösten.

– Men, jösse namn det här visste jag inte om. Det låter helt Kafkaliknande.

– Jag har försökt på egen hand att både reda upp situationen med affärsrörelsen i Ryssland och Central- och

Östeuropa och familjelivet. Affärerna går strålande nu, om jag får säga det själv, men........

Andresz tappar rösten igen och det blir tyst igen. Han snyter sig och torkar ögonen.

– Det har gått väldigt bra med affärerna, jag har tjänat en bra slant bland annat tack vare en investering i oljetillgångar.

– Men Frida och Vladimir har du ingen kontakt med?

– När pengarna började strömma in i företaget och allt såg strålande ut var inte bara Frida utan också Vladimir utom räckhåll. Jag har sänt stora belopp och brev på alla möjliga sätt varje månad men Frida har aldrig reagerat och hört av sig.

Andresz snyftar.

– Så du vet inte vart hon åkte?

Andresz ruskar på huvudet.

– Min förhoppning var att Frida med tillgångarna som hon fått av mig skulle kunna köpa en bostad för sig och Vladimir och klara tillvaron, allt i förhoppning om en återförening i någon form.

– Det måste vara fruktansvärt.

– I stället för att ta kontakt med mig valde Frida att ta ut skilsmässa och gifta om sig med amerikanen som var helt obekant för mig.

– Va!

– En dag kom ett brev med ett budskap: – varken jag eller Vladimir vill träffa dig mer. Hälsningar Frida.

– Det här blir bara värre och värre, min käre Andresz.

Johan kramar om Andresz, de blir stående en stund.

– Tror inte att jag ska stå och plåga dig med alla mina frågor. Du måste få vila.

De blir stående en stund utan att någon säger något. Andresz snyter sig igen.

– På omvägar har jag fått höra att Frida till Vladimir sagt att jag supit ihjäl mig. Det har hon förmedlat till socialtjänsten i Sverige, det fick jag veta när jag eftersökte henne och Vladimir via kommunen. Därför har jag nästan mist allt hopp om att få träffa min son igen. Vet helt enkelt inte hur jag ska bära mig åt. Jag behärskar inte byråkratin hemma i Ryssland och ännu mindre den i Sverige och USA når jag inte.

Än en gång tappar Andresz rösten.

Johan vet inte vad han ska säga. Johan stryker sin hand över armen på Andresz och kramar till.

Efter en bra stund går vännerna tillbaka in i spinningrummet, Andresz vill visa på några nyheter. Johan sätter sig på cykeln och testar det nya mjukvaruprogrammet för Vättern runt.

– Satsar du på att köra något lopp i år?

– Om du också är intresserad av att delta så ställer jag gärna upp.

– Vi kan väl kolla, jag vill absolut cykla med dig, men vi kanske inte behöver bestämma oss i dag.

– Vätternrundan är förmodligen för krävande för mig, har inte tid att förbereda mig, det får vänta till nästa år. Vi har oerhört mycket att göra på firman nu, jag skulle behöva en ny kraft som kan hjälpa mig.

Johan nickar. – Jag måste stämma av med Eva och övriga familjen om semester och ledigheter. Tycker verkligen det vore toppen om vi kunde köra något kortare lopp tillsammans i år.

Utanför villan blir de stående en stund och småpratar.

– Jag letar efter en cateringfirma som kan hjälpa mig med några events som jag vill ha i min trädgård. Det handlar om både svenska och internationella gäster. Än är inga datum satta.

– Jag känner ett bra eventföretag som du kan pröva, du får själv kolla om det kan passa dig, men du ska givetvis också leta bland dina egna kontakter.

Johan överlämnar ett visitkortkort som avser Monicas firma. De kramas en lång stund och sedan sätter sig Johan på cykeln och drar iväg.

Spårvagnsresa

Hela familjen, Eva och Johan samt barnen, är på en restaurang för att äta måndagsmiddag. Kvällen innan hjälpte Eva Monica med ett större cateringuppdrag. Det blev sent så Eva bodde kvar över natten hos Monica.

– Vill ni höra vad som kan hända när man åker spårvagn?

Barnen ser måttligt roade ut.

– Klart vi vill, säger Johan.

– Det var mycket folk men ändå lyckades jag hitta en sittplats bredvid en ung kille som satt på fönsterplatsen i färdriktningen.

– Varför ska vi lyssna på det här, säger Daniel.

– Efter en stund upptäckte jag den unga tjejen framför mig. Jag kände igen henne men kunde inte placera henne.

– Började du prata med henne? frågar Lisa.

– Jag inledde med att le igenkännande, det brukar leda till att ett samtal kommer igång.

– Inte skulle jag bli glad om en tant som jag inte känner börjar le och prata med mig på tuben, säger Daniel.

– Mina försök ledde ingenstans, tjejen var fullt fokuserad på annat än vardagen i spårvagnen. Och så upptäckte jag ett öppnat matpaket på det tomma sätet bredvid henne.

– Så spännande, muttrar Daniel.

– Johan, vet du vad, det var Monicas företags omslagspapper!

– Du satt alltså framför en kund till syrran? Hon har

ju lanserat ett nytt paket, »läcker frukost för dig som är på väg till arbetet«

– Det skulle jag vilja pröva, säger Ebba.

– Har läst om lanseringen i Trädgårdsstadens Facebookgrupp, syrran har fått många uppskattande inlägg om matpaketet.

– Johan, vi om några borde redan ha prövat Monicas tjänst!

Eva tittar uppfordrande på Johan.

– Jag vet, har pratat med Monica flera gånger. Det är på gång. Jag hjälper henne med en del it-saker i anslutning till den här tjänsten.

– Det såg väldigt läckert ut när jag såg matpaketet på spårvagnen, dessutom doftade det smäktande.

– Pappa, du måste anstränga dig så Monica får ut det till oss också, säger Ebba.

– Hur det var så kom jag på vem det var som satt framför mig, det var en dotter till ett par i dansgänget

Johan ser frågande ut. Vem?

– Petra heter tjejen.

– Bara för att du eller pappa känner hennes päron är väl inte det samma sak som att hon känner igen dig mamma, säger Daniel.

– Jag tittade lite närmare på hennes kläder, jag såg direkt att det var en tjej som värderar kläder.

– Mamma, vad pratade ni om? undrar Lisa.

– Hon hade en mobil i ena handen och en mugg med en varm dryck i andra handen, runt handleden hade hon en rem virad, följde man remmen så gick den till en liten hund som satt tyst och snäll på golvet mellan Petras läderstövlar. Det var en Shiba som storögt tittade på mig med inbjudande ögon.

– Shiba är en jättefin hund, en i klassen har en sådan. Shiba är en hundras från Japan, den är inte jätteliten men jättesöt, säger Lisa.

– Klappade du den?

– Jag tittade på den och försökte få kontakt med den i hopp om att Petra skulle slita sig från sin display och upptäcka mig, de flesta hundägare brukar uppskatta om man visar intresse för deras ögonsten.

– Vad hände?

– Jag fick verkligen en sån lust att klappa den fina Shiban.

– Gjorde du det mamma, mamma gjorde du det? frågar Lisa.

– Var inte tillräckligt modig, ville inte störa...

– Åh vad synd, Shiban skulle nog blivit glad.

– Det är väl uppenbart att det var annat än medpassagerare som var i fokus för Petra, konstaterar Johan.

– Då slog det mig att vi båda två om några minuter skulle åka tunnelbana, då skulle jag få min chans att prata med Petra.

– Var det äntligen slut nu? Kan vi få beställa käk nu? undrar Daniel

– Vänta lite, jag såg att det i Petras knä låg en halvstor läderväska. Skinnet såg så mjukt ut att jag hade god lust att fråga Petra om väskan.

– Vad tittade hon på i mobilen, mamma? undrar Lisa.

– Det såg ut som kläder i alla möjliga stilar cirkulerade på skärmen, plötsligt fick jag en negativ tanke, vad händer om Shiban rycker till och koppens innehåll välter ut…

– Var får du alla tankar ifrån mamma?

– I alla fall tänkte jag att det kanske inte var så smart att sätta mig just där, men när jag såg mig omkring såg jag inga lediga platser.

– Den fina Shiban reste sig upp och visade vilja att gå ut i gången. Petra lyfte då upp ena foten och puttade vant tillbaka hunden, allt gjordes utan att blicken flyttades från skärmen. Shiban såg lika godmodig ut som förut.

– Mamma, nu tycker jag att du borde sagt till den där Petra, hon måste vara snäll mot Shiban, säger Lisa.

– Håller helt med.

När tåget stannade vid nästa station och släppte på fler resenärer klev det på en äldre man som såg sig om efter en sittplats. Han såg den tomma platsen snett emot Eva, fönsterplatsen bredvid Petra, och så tog han sig långsamt fram och blev stående bredvid Petra som var så intensivt upptagen med allt i den virtuella världen.

– Kan jag få slå mig ner? frågade han.

Den äldre mannen stod kvar och väntade. Inget svar och ingen reaktion över huvud taget.

– Det är klart att du ska få sitta, sa jag.

Eva fortsätter: – Innan jag hann göra något ryckte en ung gentleman ut. Killen som satt bredvid mig ställde sig upp och vände sig om för att sätta sig på platsen där matpaketet låg. Innan han satte sig lyfte han upp paketet och så puffade han till Petra som något motvilligt tog hand om paketet först sedan hon lagt ifrån sig mobilen i knät. Allt gjordes utan att blicken lämnade mobilskärmen.

– Schysst kille, säger Daniel.

När killen satt sig bredvid Petra flyttar Eva till fönsterplatsen och så vänder hon sig till den äldre stående mannen: – varsågod.

– Tack det var väldigt vänligt. När mannen säger det vänder han sig både till Eva och killen.

– Den äldre mannen ställde ner sin käpp på golvet mellan benen och så upptäckte han den lilla Shibahunden som fram till nu suttit helt stilla. Mannen började omedelbart prata med hunden och fick direkt en glad reaktion från fyrfotingen som i mannen såg en kompis

– Så där borde du ha gjort på en gång mamma.

Hunden viftade glatt med svansen och ställde sig på bakbenen och la upp frambenen på mannens knän. Från att ha varit helt still började nu Shiban se sin chans. Den började skälla glatt och så hoppade den in mellan mannens ben och så såg den något bakom mannens ena ben. Shiban lyckades med tricket att runda mannens ena ben och komma ut på andra sidan benet och så var den halvvägs på väg ut i gången, hundkopplet drog iväg. Petras hand som höll i koppen rycktes med. Koppen skakade till och innehållet for ut över Petras ben, den äldre mannens fötter och på den lilla hunden.

– Otur för gubben och Shiban men rätt åt tjejen, säger Daniel.

– Men hur gick det för Shiban, undrar Lisa.

– Den stötte ifrån sig ett klagande ljud, vätskan var ju varm, men den äldre mannen var välförsedd, han tog fram en näsduk och torkade Shiban samtidigt som han klappade och pratade med den.

– Vad bra, säger Lisa.

– Petra såg med förskräckelse på fläcken på byxan.

Nu kunde alla inblandade se att det var nudelsoppa som spillts ut.

Eva gör ett uppehåll i berättelsen när Ebba och Daniel suckar högljutt.

– Det där vet du inget om morsan!

Lisa och Johan däremot lyser av upphetsning.

– Fortsätt mamma, säger Lisa.

– Tar det aldrig slut, suckar Daniel.

– Men mamma, vad hände med Petras kläder, undrar Lisa.

– Nudlarna låg kvar en stund på Petras ben och kängor. Hon letade efter en servett. Den äldre mannen sträckte fram flera servetter som Petra tog emot utan att säga något. Den äldre mannen torkade vant av sig nudlarna på sina skor och byxbenen längst ned och så tog han bort några nudlar till från Shibans fina päls. När vi kommit så långt närmade sig spårvagnen slutstationen Alvik och övergången till tunnelbanan. Strax var det full fart och folk rusade över plattformen för att komma med t-banan. Nu är berättelsen slut!

– Äntligen, säger tonåringarna.

– Fick du ingen kontakt med Petra på tunnelbanan heller, frågar Johan.

– Icke, jag såg endast ryggen på henne, den äldre mannen log vänligt och vinkade glatt till Shiban när Petra med nudlar på kläderna och förmodligen både nudlar och nudelsoppa i kängorna trängde sig på en av vagnarna i det väntande tunnelbanetåget.

Eva vänder sig till Ebba: – vad tycker du?

– Jättefånigt, den där Petra måste vara typ gammal.

– Hon är säkert över 25, tant alltså konstaterar Eva.

En servitör kommer fram till bordet.
– Vad önskar ni äta?
– Mamma jag vill ha restaurangens favorit.
– Bra val, det är anka och ris, mycket uppskattad av gästerna.
– Vi börjar med att beställa drycker så tänker vi andra några minuter till.
Alltjämt är familjen och två tonårssiteguys de enda gästerna. Daniel som har koll på läget i området säger: – kompisarnas päron går inte till det här plejset på måndagar. Han sveper runt med handen. Antalet gäster säger väl att jag har rätt.
Väl hemma efter middagen stannar Eva och Johan till utanför Sannas hus när de ser att hon är ute på tomten.
– Kan vi få se på dina höns?
– Självfallet, kom in.
Ebba och Daniel avviker medan Lisa följer med in till hönsen. Sanna har låtit bygga ett hus för hönsen där de kan vara på natten, på dagen vandrar de runt i sin inhägnad.
– Med hönsen får vi färska ägg som smakar gudomligt. Ni kan få pröva, vill ni det?
– Det vore fantastiskt, men vi vill inte komma och ta resultatet av ditt enorma arbete.
– En del tror att det är så jobbigt eller krävande med höns, inget kan vara mer fel. Jag säger till alla som jag talar med, pröva själv.
– Tar du upp det när du är ute och showar som ståuppkomiker också?
Sanna ler sitt vackraste leende och skrattar till.
– Självfallet. Men många tänker säkert att jag bara

fabulerar. Publiken tror nog inte att det är sant att jag har mina egna höns och att jag äter mina egna ägg. Det kanske inte passar in på min image. Men det struntar jag högaktningsfullt i.

– Mamma, får jag bära hem äggen?

– Absolut.

Lisa går hem med 10 färska ägg.

När Eva och Johan kommer hem möts de av Lisa.

– Mamma kan inte vi också skaffa höns?

– Men vi har ju Sixten.

– Sixten har väl inga synpunkter på det, mamma.

– Prata ni två säger Johan, jag tror jag går och pratar med Sixten och hör med honom, han kanske har synpunkter på att bo på en hönsfarm.

Senare på kvällen när barnen gått och lagt sig återkommer Johan till valet av restaurang när de ligger i sovrummet.

– Frågan är om man gör fel eller rätt när man går på restaurang utan att stämma av med grannarna om vart man ska gå och äta, säger Johan.

– Är det så illa?

– Ibland känns det som vi blivit ett folk som vågar mindre och mindre. Alla inte bara klär sig på samma sätt, man möblerar sina hus på samma sätt, har samma gardiner, målar inomhusväggarna med samma färg, köper grillar som ser likadana ut, köper likadana stenplattor till trädgården, anlitar samma tjänster som grannen och går på samma restaurang ...... Har jag rätt, eller?

– Är det den ansvarige för Grannsamverkan som pratar nu?

– I lokaltidningen Mitt i Bromma står det i senaste

numret vilka ställen som är nya och vilka som är populära. Ibland ackompanjerat av någon känd eller halvkänd person i Bromma som gillar stället.

– Kan det verkligen vara så att man drar sig för att göra något om inte andra gör samma sak? Är det vad du säger min käre Johan?

– Ungefär. Min kollega Kalle säger till exempel att bara att skriva ett omdöme på sociala medier om något matställe som inte är i inne är knepigt. Han påstår att han fått en del gliringar. Kan det vara ett tidstecken?

Morgonen därpå får Lisa i uppdrag att leverera rabarberkräm till Sanna.

– Hon tackade och var så glad, säger Lisa när hon kommer tillbaka.

– Nu måste vi bjuda hem Sanna och hennes familj en lämplig dag och bjuda på något gott. Hon verkar vara så oerhört fin den människan. Undrar hur hon orkar hålla igång hela tiden. När jag passerar hennes hus är hon ute nästan jämt på tomten, och alltid lika tillgänglig. Vilken underbar granne, konstaterar Eva.

– Mamma, kan inte vi också skaffa höns och få färska ägg, säger Lisa.

Johan ser med förskräckt min på Eva som ler glatt tillbaka.

– Jag är positiv, MEN vi måste övertala pappa först, annars går det inte. Lisa, du måste hjälpa till – med finess.

Lisa och Eva gör en high five och skrattar.

När Johan ser deras uppspelta minspel får han en klump i magen.

– Undrar var de kommer placera hönsen, bara det inte

innebär att jag måste flytta på hammocken och hur ska Sixten hantera det? Kan han månne få stopp på Lisas ambitioner? Får nog prata allvar med Sixten.

Ljumskbråckoperation

När Johan kommer hem från sjukhuset tar han fram sina tennisracketar.

– Ungarna har redan racketar de behöver inga fler och spelar gör de redan. Wille kanske skulle behöva dem?

– Är inte dina prylar för gamla, materialutveckling och sådant gör att det kanske inte är intressant för honom?

– Mina racketar är trots allt hyfsade.

Johan stoppar ner tennisgrejorna i bilen och så kör han iväg. På vägen till Monica stannar han till i Olovslund där han stöter på Andresz som håller på att göra sig klar för sin cykeltur till arbetet.

– Hur var operationen?

– Jag överlevde, blir konvalescent i några veckor sedan är jag tillbaka. Ser att du är på gång med cykeln.

Johan går fram till Andresz där han står vid sin nya gula cykel klädd i gröna kläder och en vit hjälm, Johan går väldigt långsamt och stelt.

– Gör det ont?

– Inte nu, jag äter smärtstillande, jag ska inte klaga, det känns ganska bra. Innan du far iväg, här får du en bok som du kan läsa för att verkligen bekanta dig med cyklingens alla mysterier.

Boken som Johan har med sig handlar om cykelsportens glädjeämnen. I den kan man läsa om allt viktigt inför kommande cykellopp, t.ex. hur man tränar och vad man ska ha på sig och hur man sköter cykeln.

Andresz bläddrar försiktigt i boken och hamnar på en sida om rakning av ben.

– Är du seriös med mig nu, min gode kompis?

– Du vet att jag alltid är seriös.

Johan behåller sin allvarliga uppsyn.

Andresz synar Johan som rör sig rejält framåtböjd, efter operationen är han inte dubbelvikt men han är minst sagt lätt framåtböjd. Operationsärret och stygnen i buken gör att kroppsrörelserna är återhållsamma.

Andresz slår igen boken med en smäll.

– Tack kompis, du ska veta att det på sistone tagit emot när jag tränat. Jag känner mg inte vältränad trots att jag jobbat hårt med cyklandet.

– Vad har du gjort?

– Jag har kört på spinningcykeln var och varannan dag

– Det är nog bara träningsvärk, om man kör hårt ett tag så säger kroppen till, det är normalt.

De kommer överens om att träffas en kväll i Andresz bastu för att prata om cykelträningen som ska komma igång när Johan är återställd efter operationen.

– Ska du åka hem och vila nu, kompis?

– Du känner min syster Monica, hon hjälper mig hela tiden med allt möjligt, inte mer än rätt att jag ställer upp när hon någon enstaka gång behöver lite hjälp med it-frågor som jag kan bidra med, så jag tänkte supporta henne några timmar.

Johan går till bilen och sätter sig försiktigt medan Andresz trampar iväg till arbetet iförd sin nya cykeldress.

– Ursnygg dress, ropar Johan efter honom.

Därefter kör Johan bort till Monica. Väl framme går han långsamt runt på den stora tomten som omger villan. Hennes fruktträd är extremt bra skötta, så får hon också rikligt med frukt till sina pajer, mustblandningar och kompotter. Under tiden Monica jobbar med en beställning till kvällen tar Johan itu med datasupporten.

Lagom till fikarasten sätter Johan på kaffe. Så sätter sig de två syskonen tillsammans över var sin kopp. Monica dricker sitt kaffe svart medan Johan förberett en cafe au lait med hälften kaffe och hälften varm mjölk i en boule. Monica äter inte så mycket av sina egna skapelser, Johan däremot tar för sig av Monicas ljuvliga bakverk, dagen till ära blir det två Budapestbakelser.

– Bra input till min rehabilitering.

Det blir många frågor om operationen, Monica är extra intresserad eftersom det rör Johan, dessutom vet hon att lillebror verkligen vill berätta, själv är hon förskonad från allt vad operationer heter.

– Du kommer säkert ihåg att jag hade fått veta att jag skulle opereras av inskrivningssköterskans favoritkirurg. Hon sa till mig inför operationen att du kan vara lycklig som kommer opereras av honom.

– Därför gick det säkert väldigt bra.

– Vänta ska du få höra. När jag rakats och tvättats där snittet skulle göras kom favoriten och ritade på min buk.

– Det är väl så de gör.

– När jag låg och väntade utanför operationsrummet efter att ha fått min lugnande spruta så hände något.

Monica ser på Johan med en frågande blick.

– En man med munskydd och kirurgmössa kommer fram till mig och säger att han ska operera i stället.

– Va?

– Jag är lite groggy och säger först ingenting.

– Kunde du inte få fram ett enda ord?

– Det märkliga är att han frågar mig, på vilken sida ska du opereras?

– Det låter ju inte klokt. Menar du att först kommer favoritkirurgen och ritar på din kropp, sedan när det är dags för operation då har favoriten försvunnit?

– Så var det.

– Det här borde du anmäla.

– Favoritkirurgen går inte att få tag på nu. Jag är mest glad att allt tycks ha gått bra trots allt strul.

– Om jag skulle behöva opereras så har du inte gjort mig mindre orolig.

– En annan sak hände också.

– Du får inte skrämma upp mig, du vet att jag aldrig varit på sjukhus, utom när jag hälsade på mamma.

– Det jag kommer berätta nu kommer lugna dig.

– Ok, risken är stor att jag går på dina berättelser.

– Vill du höra?

Monica drar på det.

– Jag vill inte höra något blodigt, absolut inget blodigt.

– Det här handlar om middagen på kvällen efter operationen.

– Det låter mycket bättre, vad fick du att äta?

– En underbart god svampsoppa.

– Var det inte värre än så?

– När vi satt och åt och småpratade oss patienter emellan, så hände något.

– Vadå?

– Jag måste ha svimmat. Plötsligt ligger jag på golvet. Jag hör en sköterska säga:

Nu kommer färgen tillbaka.

– Vad gör sköterskan?

– Hon håller upp mina ben rakt upp i luften och så tar hon pulsen på mig.

– Slog du dig?

– Nej, det underliga är att jag inte kände någonting, har inget minne från fallet och stunden därefter. Är inte det konstigt?

– Jag har aldrig svimmat så jag vet inte, men är det inte så det går till? När man läst om folk som svimmat så är det väl sådana berättelser man hör.

– Jag tänker så här. Om huvudet inte vet vad som händer när man svimmar, kan det vara samma upplevelse när man lämnar jordelivet – dödsögonblicket? Det skulle betyda att man inte känner någonting, allt liv upphör och det ersätts av en stor tomhet.

– Nu känns det som att du fått en erfarenhet som jag inte förstår.

De sitter tysta en stund.

– Nu är jag bara glad över att operationen är över och att du är på bättringsvägen.

– Tack syrran för att du lyssnat så intresserat. Det är det som jag uppskattar hos dig, att du alltid stöttat mig och engagerat dig.

Johan kramar Monicas händer och så ler han.

– Från och med nu lägger jag av med tennisen, tror du Wille vill ta hand om racketarna?

Monica nickar och tar emot.

– Han blir alla gånger mycket glad.

Monica vet att Wille gillar att spela tennis med Johan och andra gubbar på tisdagskvällarna.

– Dags för mig att åka hem och vila en stund på hemmasoffan.

– Ta det försiktigt nu ett tag så inte ärret går upp, tack för hjälpen med hemsidan.

Som färdkost lägger Monica med ett nätt förråd bullar i en påse och ber honom frysa in det som inte går åt under dagen.

– Och så får du några Budapestbakelser också.

Hon överlämnar en tårtkartong.

– Se till att övriga familjen också får nåt.

När hon säger det håller hon upp sitt numera kända pekfinger i luften. Johan ler och nickar.

– Jag ska åka hem nu, du har säkert viktigare saker att göra än att lyssna på mig.

Hemma vid villan ser han sig omkring när han parkerat bilen. Han rör sig sakta med tanke på operationen, det blir en kort promenad kring kvarteret men det tar tid. Det är någon som rör sig i trädgården hos en granne som heter Charles. Han går fram till grinden och ser sig om.

Grannsamverkansådran vaknar alltid till liv när det är någon som rör sig på andras tomter. Polisens tes som Johan tagit till sig är att det alltid är bra att gå fram och visa att man sett att det är någon på tomten och så kan man alltid ställa någon artig fråga eller bara hälsa. Det verkar vara en hantverkare som håller på med något. En bil med ett företagsnamn står parkerad på gatan. Mannen ler när Johan hälsar, det tolkar Johan som en signal om att han gärna pratar en stund. Johan går in på tomten och hälsar ordentligt på hantverkaren som har en grå arbetsdress och på huvudet en keps. Att döma av stenhögen håller han på med att flytta Ölandsstenar från entréstråket till en iordningställd plats där det underst ligger en presenning utlagd. Tydligen en uppfräschning på gång. Ska man bli av med ogräs kring stenbeläggningar krävs att man tar bort stenarna och lägger en ny täckduk innan man lägger på stenar igen. Underarbete, underarbete, underarbete det är a och o för ett bra resultat.

– Har du möjligen ett visitkort?

När svaret dröjer tar Johan upp ett visitkort ur den egna plånboken.

Hantverkaren får fram ett kort ur sin väska, kortet ser luggslitet ut.

– Håller du på med att fräscha upp gångstråket?

Svaret blir en uppvisning i gester, hantverkaren använder bägge armarna och drar streck i luften. Det blir en livlig diskussion utan fullständiga meningar och oavslutade tankar. Hantverkaren verkar inte alls störd över att bli avbruten, han strålar nästan av glädje över uppmärksamheten och att få berätta vad han sysslar med. Stämningen är varm och vänlig. Mannens händer far fram i luften när han visar var plattorna ska ligga, tala om enorma händer, de har lyft sten länge. Om man skulle fastna i hans grepp då lär man inte komma loss utan vidare. Dags att sluta prata, den vänlige hantverkaren måste få arbeta också. Johan ler och tackar än en gång för visitkortet och drar sig tillbaka.

Väl inne i villan söker sig Johan till strumplådan där han lägger bråckbandet längst ner och längst in, i köket lägger han fram bakverken från Monica.

En underbar doft sprids snabbt i köket och vidare in i huset. När ingen kommer på en gång ropar han.

– Ungar, ni har bullar här nere!

Nästan omedelbart hörs det dunsar i trappan. Monicas bullar är populära som inga andra! Som inga andra bullar i hela Västerort eller i hela Stockholm förresten. Ebba sätter på kaffe och dukar fram på soffbordet. Ungdomarna har fått instruktioner av mamma Eva att vara extra duktiga gentemot sin far som nu efter operationen behöver extra uppmärksamhet.

Dagen därpå ligger Johan i soffan i vardagsrummet och rånjuter av en gammal film och till det avnjuts en café au lait samt en av Monicas Budapestskapelser. När solen kommer in i vardagsrummet nås också soffan av solstrålarna, då blir det för varmt. Dags att resa sig upp och gå ut på altanen och slå sig ner i hammocken. Det är älsklingsmöbeln över annat. Med sig har han en bok och en av syrrans vaniljbullar.

När det börjar krypa i kroppen av rastlösheten är det dags att byta om till trädgårdsbyxorna med mjukstoppade knäskydd, de är suveräna när man behöver göra lite nytta i trädgården. Intill tomtgränsen tar han ett försiktigt nappatag med ogräs. Känns som ett lagom arbete för en konvalescent att fördriva tiden med.

Tjejer som går i andraklass kommer förbi på vägen hem från skolan. En av tjejerna som heter Linda stannar och pratar, hon bor längre bort på gatan.

– Bor du här?

– Javisst, vi känner ju varandra, vi är ju nästan grannar och jag vet att du heter Linda.

– Varför arbetar du i trädgården?

– Det kan vara riktigt skönt att göra något med händerna.

– Men många som arbetar i trädgårdarna här bor inte här.

– Så är det nog, men dina föräldrar räfsar väl och klipper gräsmattan, eller hur?

– Gräsmattan klipps ju av vår nya kompis – klipparen Kurt.

– Javisst ja, honom har jag imponerats av. Hur går det för er katt när Kurt är ute och kör på gräsmattan, hänger de med varandra?

– Vår katt heter Stina, hon heter inte katten, Stina var rädd först för robotgräsklipparen Kurt och försökte riva honom, men nu verkar hon gilla Kurt.

– Det är väl bra?

– Kanske det, förresten är du pensionär?

– Vad tror du själv?

– Nä

– Helt rätt.

– Oftast är det nog bara pensionärer som jobbar i trädgården här i området säger mamma, för de har tid.

– Du då, gillar inte du att pyssla med blommorna eller hallonbuskarna?

– Vet inte, mamma tycker att jag ska läsa läxorna och hon själv vill använda tiden till att hålla sig i form, mamma är duktig på att jogga.

– Men det är väl jätteviktigt att mamma håller sig i trim?

– Hej då Johan, nu måste jag gå hem

– Hej då

Sixten kommer fram och jamar.

– Hur är det kompis? Vill du ha ett hönshus här på tomten?

– Det är väl ingen som vill ha det här i huset!?

– Jag har hört att Lisa gärna skulle vilja ha höns. Jag är negativ – ska göra vad jag kan.

– Johan, jag litar på dig.

– Tänk på att jag bestämmer inte allt, Eva är viktig när det gäller stora beslut, säg något klokt till henne.

Sixten stryker sig utmed byxbenen på Johan och går iväg på en runda för att bevaka reviret.

En del som går igenom en ljumskbråcksoperation börjar arbeta efter endast några dagar. Efter en vecka när det är dags att visa upp sig på stora sjukhuset får Johan prata om sin stora svullnad där kniven gick fram.

– Är det inte väldigt svullet?

Om Johan kommer ihåg rätt har svullnaden vid operationsärret aldrig varit så stor efter tidigare operationer, dessutom ser svullnaden väldigt röd ut. Två personer i vita kläder granskar och känner och trycker på buken. Johan antyder något om minskad känsel. En av de två i vit rock är en ganska ung läkare som deltar i ockulärbesiktningen med stort intresse. Han undrar över svullnaden och så frågar han om känseln i pungen.

– Pungen verkar ok värre där det nya ärret är.

Johan pekar på operationsärret. Läkaren som ställde frågan lyser upp och ser lättad ut.

– Svullnaden kommer gå ner ganska snart, säger den rutinerade läkaren.

En tid senare går Johan till vårdcentralen som inte vet hur man sänder en remiss eller som inte visste eller vet vad det stora sjukhuset heter som utför bråckoperationer. Från det att man konstaterade ljumskbråcket lyckades vårdcentralen inte få iväg remissen förrän Johan påminde dem efter sex månader. Sjuksköterskan som tog emot samtalet beklagade sig flera gånger och lovade dyrt och heligt att se till att remissen skulle gå iväg på en gång.

Nu är Johan tillbaka på samma vårdcentral för att få hjälp av en sjuksköterska med att ta bort stygnen.

– Du måste förstå att den som gjorde operationen måste sy ordentligt, eftersom det var fjärde gången. Du kommer aldrig mer behöva komma till vården med det här problemet. Nu är problemet över för din del.

Och när hon sagt det så slår hon ihop händerna ungefär som om hon ville oskadliggöra några såpbubblor.

– Varför är det så svullet?

– Om man som du opererats för samma sak flera gånger då blir det så. Gå nu hem och ta det lugnt. Om du sköter dig kommer du vara igång som vanligt igen om någon vecka. Ingen tackar dig om du överanstränger dig.

Hon ger honom en vänlig klapp på överarmen.

– Jag gillar att spela tennis.

– Om jag vore du skulle jag allvarligt fundera på att sluta spela tennis.

På kvällen berättar Johan för Eva om besöket på vårdcentralen.

– Sköterskan kanske har rätt?

– Du ska se att hon har rätt, och det blir bra när du slutar spela tennis. Vilken klok sjuksköterska, jag har sagt samma sak länge.

En i tennisgänget, Kurre, som också opererats för ljumskbråck började spela efter mindre än en vecka. Kurre är också mannen som alla ringer om man inte kan komma på tisdagskvällen för att delta i tennisgruppspelet. Det innebär att han i stort sett spelar nästan varje tisdag. Johan stöter på honom utanför Salkhallen.

– Hur är läget?

Kurre ser lika glad ut som vanligt.

– Jag började spela efter fyra dagar. Bråcket har kommit tillbaka, men det är ingen fara med mig. Jag ser fram emot att spela med dig snart igen.

Kurre vandrar iväg med entusiasm, medan Johan går mycket långsamt tvärs över gatan på väg till blomsteraffären för att köpa några fröpåsar.

Hög tid att göra något annat än att spela tennis. Jag vill definitivt inte hamna i samma fack som Kurre och bli patient en gång till. Det var kul så länge det varade med tennisen. Inget är för evigt. Det måste finnas något annat sätt att röra på sig tillsammans med en boll, eller?

Sjukskrivning i hemmet

Johan ställer sig framför spegeln och så drar han ner byxorna och kalsongerna och så tar han försiktigt på det röda ärret och så känner han på pungen, allt verkar vara under kontroll. Känslan runt ärret är borta men när han drar fingrarna runt pungen så känns det som vanligt. När han är i duschen tar han först av förbandet och så för han handduschen runt grenen och buken. Underbart att operationen är över, nu handlar det om att komma tillbaka. Bråckbandet som bara ledde till värme och svett behövs inte längre. Vilken härlig frihetskänsla.

I dag ska Monica få hjälp med digitala utskick. Hon är änka sedan många år och bor ensam i sin villa, bortsett från Wille som bor i ett rum i källaren. Villan är omgärdad av en för Smedslätten ovanligt stor tomt. Gången är grusad från järngrinden vid gatan upp till huvudentrén. Gräset är grönt och frodigt. Inget ogräs tillåts växa i grusgången. Gränsen mellan grusgången och gräsmattan är alltid välskött. Fruktträden är stora och lagom höga, frukterna är åtkomliga från den lätthanterliga stegen, varje år ger fruktträden rikligt med äpplen och päron. Flera hundra kilo sänds till musteri och kommer tillbaka i tjusiga kartonger med välsmakande must som används i Monicas cateringverksamhet. Blomsterrabatter med rosor kantar grusgången. Utmed husväggen mot söder står en storblommig klätterros vid en egenhändigt byggd spaljé, rosorna ger varje år ifrån sig en stark och intensiv doft. Att Monica valde att bo kvar när hon blev änka visade sig vara helt rätt. Det möjliggjorde så småningom en framtidssatsning. Nu driver hon en framgångsrik cateringfirma som har byggt upp en bred kundkrets bland villaägarna utmed spårvagnslinjen.

Det är först på senare tid hon har fått hjälp av Wille, som bor i källaren i ett avskilt utrymme i villan. Det är ett perfekt boende för en ung person som vill bo för sig själv. Sett utifrån Willes perspektiv så kan kanske det vara knepigt att ha chefen så nära inpå sig. Tänk om man haft en blöt kväll och så kommer chefen och säger på morgonen vid 5-tiden att i dag är det JÄTTEMYCKET att göra. Vad gör man då?

Johan har mer än en gång tagit tillbaka alla tveksamheter som han framförde mot Wille när Monica ville anställa honom i cateringfirman.

– Wille är magisk i sina kontakter med kunderna, de är sååååå nöjda med honom, Wille kan verksamheten lika bra som jag.

Johan nickar.

– Och så vet du att du inte någonsin får lägga dig i vad Wille gör och inte gör. Monica har uppe sitt pekfinger i luften, Johan känner mer än väl till vad det betyder.

– Yes, syrrran jag vet.

Johan skulle gärna velat veta mer om var Wille vuxit upp och han skulle vilja veta mer om Willes föräldrar. Det finns något mystiskt där som Monica inte vill ta tag i.

– Förresten har Wille sagt något om tennisracketarna?

– Jodå, han blev väldigt glad.

Monica nickar och ler.

– Jag har redan tipsat tenniskompisarna om att Wille kan ta över alla mina tider.

– Blir det något problem tror du?

– Tvärtom, kompisarna i tennisgänget kommer bli saliga, de älskar att få spela med Wille. Det behövs alltid inhoppare på tisdagskvällarna. Unga killar är uppskattade motståndare till gubbarna, allra helst en så bra spelare som Wille.

– Bra.

– Funderar på att börja spela golf, tror du jag kan övertala Eva att också börja spela?

– Tar alldeles för mycket tid. Hon är för smart för golf. Du måste vara rädd om Eva, det är inte många som har en så fin hustru. Det har jag sagt till dig minst hundra gånger, eller hur?

– Jo, men något måste jag göra. Det vore kul om både hon och jag spelade.

– Var hemma med henne och barnen på helgerna i stället för att leta golfbollar ute i högt gräs.

– Men det kan vara kul att pröva något nytt, eller hur Monica?

– Den där sporten, om det nu är en sport, är ju helt knäpp.

Till saken hör att Monica inte dricker alkohol, hon har haft ett flertal evenemang ute på golfbanor och då sett allt för många golfare som dricker för mycket.

– Kom inte och skämta om 19:e hålet med mig och dra framför allt inte in Wille i det där löjliga spelet. Jag har sett folk ramla ner i det där 19:e hålet.

När hon säger det så håller hon upp sitt raka pekfinger. Johan inser allvaret, när fingret är uppe på det där sättet. Därför väljer han att inte säga något mer. Nu är det inte läge att le och se glad ut.

I tredje veckan behöver Johan inte längre ta några smärtstillande mediciner, samtidigt börjar han röra sig i större cirklar i och utanför villaområdet.

Som områdesansvarig för grannsamverkan rör han sig obehindrat på gatorna och ibland sticker han in på en tomt och ser sig omkring. Många gillar hans sätt att hantera uppdraget. Villaföreningen har i sina mejl och på sociala medier ofta lyft fram hans engagemang. Konkurrensen om uppdraget som grannsamverkanansvarig är inte knivskarp. Inte många är beredda att ta på sig uppdraget.

Ordföranden i villaföreningen säger: – det är lätt att skriva något på sociala medier, men att ta på sig ett uppdrag för ett helt år, det sträcker sig bortom fantasin för många.

– Vi har några vakanser i grannsamverkannätverket, har du några på gång?

– När jag frågat några medlemmar på sistone så fick allihop mycket fort ont om tid.

– En tanke som väckts bland oss grannsamverkanansvariga rör möten om digital teknik, appar och övervakningsutrustning som ligger i framkant. En hel del stölder av bildelar och tillgrepp i husen har gjort att vi vill exploatera teknikens nya möjligheter för att öka tryggheten, varför inte »gated communities?

– Absolut, helt rätt tänkt Johan.

– Jag har en idé att försöka få till stånd ett större jippo i Medborgarhuset i Alvik för boende i villor i Bromma. Flera larmföretag och säkerhetsföretag är intresserade av ett kombinerat infomöte och säljträff.

– Vi måste leverera värde till medlemmarna, bra Johan!

– Förresten, har du några invändningar emot att jag tar dit en cateringfirma från Smedslätten till säkerhetsmötena?

– Det fixar du bäst på egen hand utan mig.

– Jag tror cateringfirmans matpaket kommer lyfta evenemangen till en ny nivå, får försöka få dit lokalpressen….

Ordföranden visar tummen upp.

Under sjukskrivningen ligger Johan varje dag i soffan och rånjuter en stund på morgonen tillsammans med morgontidningen och mobilen. Sedan tar han en stilla förmiddagspromenad någon gång tar han en sväng med bilen för att kolla trenderna i området. Det blir en del pratstunder med hemarbetande och seniorer som hjälper till att ha koll. Som områdesansvarig för det brottsförebyggande arbetet har Johan insyn i dubbel bemärkelse i hur det är att bo i eget boende i Bromma. Han stannar och lägger märke till vem som städar var och vilka som har något på gång i huset eller på tomten. De flesta blir glada över att någon rör sig i området och tar sig tid att prata om hur det står till, i gengäld lär man sig en del om vilka hantverkare som är bra.

Nu är det stenarbeten som är heta på många håll. Den här gången går Johan på hantverkaren när han ser att han inte har skyddsglasögon på sig när han kapar stenen. Mannen talar inte svenska och inte engelska. Johan prövar med några fraser på spanska »peligroso« och håller för händerna för ögonen. Hantverkaren nickar och ler. I nästa stund håller han för öronen, det verkar inte som hantverkaren hör vad Johan försöker säga. Hantverkaren tar ut ett välanvänt örongodis i gul färg som numera antagit färgen gulbrunt på gränsen till brunt. Johan nickar, håller upp tummen och ler.

»Gûnaydin« säger Johan i tron att mannen kan turkiska. Hantverkaren ler men ser inte ut att förstå. Johan tar fram ett visitkort ur plånboken och gestikulerar att han vill byta kort med mannen. Hantverkaren böjer sig ner och börjar rota i hantverksväskan och så får han fram ett visitkort som är rejält slitet. Alltid bra med visitkort, hantverkare som är bra är en bristvara. På kortet noterar Johan adressen. Är det goda referenser behålls visitkortet annars går det till runda arkivet.

– Bye bye.

Johan håller i visitkortet med bägge händerna när han bugande backar och drar sig tillbaka till bilen. Hantverkaren återupptar arbetet igen sedan han satt in sina örongodis igen. Inga skyddsglasögon i sikte. Johan stoppar ner visitkortet i plånboken och avvaktar tills hantverkaren satt igång kapsågen då uppstår ett läge för att ta några bilder på mannen och hans bil.

I tredje rehabveckan kommer pappa Frank och farbror Uffe över. Inför besöket åker Johan enkom till Monica för att fylla på bakverksförrådet. Bröderna och Johan slår sig ner på altanen.

– Johan, nu när du är sjukskriven ser du hur jag har det varje dag, konstaterar Frank.

– Jag lider inte. Det är skönt att få koppla av och varva ner. Jag är alltid en aning spänd inför en operation, nu passar jag på att slappna av.

– När du går tillbaka till jobbet så fortsätter Uffe och jag vår långledighet.

Uffe hakar på: – hur motiverar läkaren din långa sjukskrivning och vad säger bossen?

– Det är lugnt.

– Men hur får du tiden att gå?

– Det är nog inget problem för Johan, han har alltid varit nyfiken av sig, kan du inte berätta lite för Uffe, säger Frank.

– Grannfamiljen två hus bort har någon i huset eller på tomten nästan hela dagarna. Det är barn och hantverkare och RUT- och ROT-människor och allt möjligt. Kollat lite extra hur de löser frågor om inpassering och larm. Spännande, jag har lärt mig mycket.

– Pratar du om John och Lisa?

– Frank, du har bra minne. Städerskan och strykerskan har jag sett förut, men nu under de här veckorna har min kunskap om alla utmed gatan och närområdet ökat väsentligt.

– Du är hopplös Johan. Om grannarna visste skulle du få problem.

Uffe ler lite snett.

– När Johan var liten och bodde hemma så var det alltid Johan som var den som kom hem och berättade en massa saker om skolan men lika mycket om kompisar och vad han sett hemma hos andra.

– Men Monica då, inflikar Uffe.

– Hon kunde också berätta saker, men inte alls i den omfattningen och med sådan detaljrikedom. Johan kunde berätta om konsistensen på potatismoset, vad man skrek till varandra hos familjen Larsson tvärs över gatan, hur det såg ut i tvättstugan hemma hos herr och fru Hansson och att de gick avklädda hemma hos en av ungdomskompisarna som hette Rafael. Tror föräldrarna var konstnärer, var de inte?

Johan nickar.

– Frank du överdriver som vanligt, konstaterar Uffe.

Johan lyfter på locket till bakverksfatet och så ligger Monicas frestelser där. De berömda snäckbullarna med mycket kardemummasmak, saffranspannkaka och chokladpinnar. De tre är matglada och alltid hungriga. Frank går in på sin andra omgång, Uffe hakar på. Luften fylls av alla goda dofter från bakverken. Johan serverar en påtår.

Frank pekar på klockan.

– Vänner det är dags att fylla i tipsraderna. Det är min tur att lämna in dem den här veckan.

– Apropå spelande, jag tror en granne ett kvarter bort har något på gång.

– Frank du ska inte tro på allt han säger, konstaterar Uffe.

– Nu kommer jag berätta om något aktuellt.

Uffe skakar på huvudet. Frank viftar bort Uffes invändningar med båda händerna, nu ser han med förväntan fram emot en fortsättning och så avbyter han helt arbetet med att fylla i spelkupongerna.

– Ni vet att jag pratar om mannen som sköter spelbutiken i närheten, härom dagen var han på besök på andra sidan gatan ett antal hus bort.

– Jag råkade gå förbi på gatan när det hände. Eftersom mobilen registrerar vilken dag olika foton är tagna är det lätt att ha koll på vad som hände och när.

Johan sänker rösten och så säger han att det han hörde viskades fram.

– Men hörde du något intressant?

– Tur att jag fortfarande har bra hörsel annars hade jag missat hela poängen. Butiksägarens bil var parkerad ute på gatan så jag kunde utan att bli sedd stanna upp ganska nära på utsidan av bilen och ta del av samtalet.

I villaområdet är det normalt att boende i området har för vana att promenera ute på gatan och inte på trottoaren, Johan är inget undantag.

– Först stannade jag av det enkla skälet att ett skosnöre behövde knytas, det blev svårt att samtidigt både fixa skosnörena och höra vad som sas i samtalet på andra sidan bilen. Fick koncentrera mig. Eftersom inga bilar kom körande så jag blev kvar bakom skåpbilen mitt ute i gatan. Jag blev kvar en stund tillräckligt länge för att fånga upp stora delar av samtalet. Med tanke på att de två männen tycktes sänka rösten när de pratade så var det något extra intressant på gång det kunde vem som helst känna i luften.

Frank lutar sig framåt för att verkligen höra vad Johan säger.

– När man har en period av konvalescens så hör det till att man måste stanna upp och vila emellanåt. Ett mer lämpligt tillfälle än just då att vila sig är svårt att tänka sig. Jag hade ju precis opererats, man hade ju skurit i buken det är klart att man då måste ta det extra lugnt med motionerandet. I efterhand kan man säga att det var tur att de inte såg att jag stod helt nära på andra sidan bilen

– Hur visste du att det var butiksägaren och hans bil? undrar Uffe.

– Jag har sett honom komma och gå till bilen. Dessutom sökte jag i fordonsregistret efteråt.

– Lyssnade du, menar du det? säger Uffe.

Frank fingrar på sin penna.

– Ingen av herrarna har särskilt låg röst om man säger så….., de pratade om någon slags resa, tror det handlade om en kryssningsresa med fotbollslaget som deras pojkar spelar i. Tydligen ska männen åka med som ledare och så ska två mammor också åka med. De pratade om att boka en extrahytt där man kunde »umgås« på resan«.

Johan markerar citattecken med sina fingrar.

– Frank du tror väl inte att han hört det där, säger Uffe.

Frank rycker på axlarna småler och så växlar han spår.

– Johan, du som har koll på det mesta vad som händer, kan vi få veta något mer om den där trevliga killen Andresz. Han som flyttade till Olovslund. Du träffar väl honom fortfarande?

Johan nickar.

– Vill du veta mer om importen som han håller på med eller hans schackkunskaper eller om kvinnorna som är anställda i hans firma

– Ta nåt.

– Du ska veta att kvinnorna som hjälper honom med firman är väldigt paranta, det är inga utslitna gamla gummor, jag har sett dem på nära håll.

Johan ler och visar några foton i mobilen på kvinnor som står uppklädda i mörka festkläder.

– Kanske någon av dem skulle kunna vara något för någon av er?

Frank och Uffe vinkar först avvärjande, men sedan tittar de noga på alla fyra kvinnorna.

Uffe tar till orda: – fyll i kupongerna nu Frank så vi blir färdiga med kupongerna. När Eva och barnen kommer kan vi inte vara kvar

Medan Frank fyller i kupongerna berättar Johan om Andresz avancerade säkerhetsteknik i bostaden.

– Bland annat kommer det matkassar med stora fordon på fredag lunch. I förra veckan var jag och tog emot en leverans åt honom. Då följde jag med tjejen som kom med kassarna och pratade lite om tjänsten. Andresz har en kyl som ser ut som ett metallskåp i garaget som mattjejen öppnar och ställer in matkassarna i.

– Vad är det för grejer? undrar Uffe.

– En del matvaror är mer exklusiva än andra om man säger så, vissa ryska republiker har en del väldigt exklusiva saker som kostar multum.

Eftermiddagens samvaro har åstadkommit mirakel, pappa Frank har blivit minst fem år yngre. Under träffen har ansiktet fått mer färg än på länge, det syns att han lever upp i samvaron, diskussionerna och skratten gör honom yngre.

– Då lämnar jag in den här kupongen. Ok?

Uffe och Johan ler tacksamt.

– Inte för att sjuklingen behöver vila, utan för att vi har annat att göra, eller hur? Ska vi åka hem nu?

– Nej det ska ni inte, vi ska ha middag i kväll, det har jag sagt till er förut, hoppas verkligen inte att ni glömt bort det. Om en stund kommer Wille över och förbereder för middagen. Och så ansluter Monica. Sedan kommer resten av gänget.

– Vi stannar gärna, säger Frank.

Uffe nickar.

– Pappa, det är inget som hindrar att ni stannar så länge ni vill.

– Ska vi inte hjälpa till med något?

Johan vinkar avvärjande.

– Bara en sak till, innan Eva kommer hem. Här kan ni få ta del av verkligheten här i Bromma som en del påstår att den ser ut

Johan sänker rösten och lutar sig fram till vännerna.

– Jag har fått veta från en säker företagskälla som hävdar att hälften av alla män och kvinnor under 50 år här i Bromma har genomfört minst två av följande saker; tandblekning, ansiktslyftning, rynkbehandling, läppförstoring, hårtransplantation eller fettsugning av låren.

Uffe och Frank rycker till.

– Jag ringde och pratade med en man som i lokaltidningen och i sociala medier efterfrågat en lokal för att kunna leverera relevanta behandlingar för kroppens välbefinnande 24/7/365, som man säger i Frankrike.

– Men käre Johan, hur i jösse namn kan du veta om detta är sant eller bara påhitt? säger Frank

Nu hoppar Uffe in: – här har vi ett ytterligare exempel på Johans berättarkonst som närmar sig fria fantasier.

– Först var jag inne på att låta den här munvige entreprenören få använda kontorsdelen i källarplanet i vår villa. Men efter en stunds pratande så landade det i att det nog var bättre att entreprenören hyrde en lokal på en större genomfartsgata, jag tipsade honom om det.

– Låter klokt, säger Frank.

– Framför allt är det nog mindre social kontroll vid en större gata i en f.d. butikslokal.

– Kan du göra sådana här saker utan att involvera Eva, undrar Frank.

– När jag berättade om den här mannen tyckte hon

det var synd att vi inte kunde hyra ut en lokal i vårt hus, men samtidigt sa Eva att det var helt rätt tänkt av mig.

– Era grannar och ni själva hade haft toppennära till behandlingarna och så hade ni fått rabatt och hyresinkomster, säger Frank samtidigt som han rör på fingrarna som om han räknade sedlar.

– Helt rätt pappa, men det finns tydliga nackdelar också, t.ex. en massa bilar och buller. Inte säkert att vi blir populära i området, kanske snarare tvärtom. Det kan drabba barnen också.

Frank nickar, efter en kort stund lägger han till: – fråga Monica om det inte finns bra lokaler i Trädgårdsstaden.

– Men det vore inte lika spännande för Johan, inflikar Uffe.

– Du menar att han skulle vilja ha lite insyn i grannarnas vanor?

– Ungefär, säger Uffe och skrattar.

– Jag tog egentligen kontakten för att jag var nyfiken, ville få tillfälle att prata med en affärsman som ville exploatera affärsidéer i närområdet.

– Nu låter det som att du faktiskt ville hyra ut era lokaler i huset här, säger Uffe.

Johan skakar på huvudet: – det är svårt att komma hit utan att någon annan ser att man är på behandling här. Vi skulle nog dessutom ganska snabbt bli trötta på alla bilar som kom farande på alla möjliga tider.

– Men stålarna då, viskar Frank.

– Daniel och Ebba men säkert också Lisa skulle ha protesterat, de har redan varit på både Eva och mig om att få använda utrymmena innanför garaget för filmvisning och kompisträffar.

Samtalet avbryts av att det ringer på dörren. Utanför står Wille och Monica. De har kommit för att förbereda och vara med på middagen. Och en stund senare kommer Eva hem från jobbet. När Lotten och Torsten samt alla barnen är hemma stiger ljudnivån.

Eva går ner i vinkällaren och hämtar två flaskor fläderblomschampagne, det är en specialitet som Eva hållit på med i många år.

– Jag älskar den här drycken säger Monica, smakrik och läcker som dryck innan måltiden. Det bästa med den är att den är alkoholfri.

Hon ler med hela ansiktet och stryker med handen på Evas överarm.

– Som vanligt håller jag med min kära dotter, säger Frank.

Eva hakar på: – det är faktiskt fler här i villaområdet som också har insett vilken glädje man kan ha av Fläderblommorna. Vi är ganska många tror jag som plockar blommorna, men det är betydligt färre som plockar bären senare på hösten. Den saften är vi ännu mer exklusiva innehavare till.

Som vanligt får Eva berätta var hon hittar blommorna.

– Lite bidrar jag med också, försöker Johan.

Monica håller upp sitt berömda finger vilket gör att Johan retirerar: – men det är Eva som gör allt arbete.

Fläderblomchampagnen förvarar Eva i flaskor med patentkork i matkällaren.

Dagen till ära öppnar Eva båda flaskorna i köket i närvaro av alla som är församlade. När flaskan öppnas smäller det som det vore den dyraste champagne och så bubblar det ymnigt. Alla håller fram sina glas i ivern över att få ta del av den rara drycken. Så småningom drar sig vännerna in i matrummet där det bjuds på många rätter, nu är det Wille och Monica som står i centrum. Frank och Uffe blir kvar en lång stund in på kvällen. De sista att bryta upp är Monica och Wille.

Promenadcyklande

Det är inte bara villaboende i Broma som cyklar, hela Västerort tycks skaffat cyklar och inte vilka cyklar som helst. Cykelresan till jobbet har för många blivit ett träningspass där man ger allt eller nästan allt. Trafikregler finns inte när man tränar för fullt på cykeln i gymmet, nästan detsamma tycks gälla på cykelbanan i morgonrusningen.

Johans vardagscykel har några år på nacken, den är inte bara ok utan riktigt bra. Under vintern avstår Johan från cykeln medan de verkliga cykelentusiasterna hojar varje dag oavsett om det hällregnar, är svinkallt eller snöstorm. Cykeln är ett underbart färdmedel. Den ger en härlig känsla, dessutom utgör cykelturen till och från jobbet en naturlig gräns mellan jobbet och fritiden. När man kommer fram på morgonen börjar arbetet och när man kliver på cykeln på eftermiddagen då tar jobbet slut. Att cykla går fortare än att gå, det är lustfyllt, det fläktar och det ger motion. Vissa dagar tar Johan det extremt lugnt, då kommer han fram utan att vara vare sig varm eller svettig, andra dagar cyklar han kvickt och börjar med att ta en dusch när han kommit fram till jobbet.

Den här morgonen träffar han Patrik utanför förskolan.

– Jag har anmält mig till Vätternrundan och jag kommer klara den på mindre än 10 timmar.

– Tufft, och vad blir det i dag?

– I dag blir det en rejäl genomkörare.

När han säger det knyter han näven och håller den framför nosen på Johan.

– Men det är ett stort problem som fejsar oss som vill FRAM FORT, det är för många motionärer på cykelbanan den här veckan, säger han och tittar samtidigt ner på sin dotter.

Ser han inte lite bister ut också den gode Patrik tänker Johan.

– Då får jag passa mig, säger Johan och ler.

– Kan inte du säga till alla andra också min käre cykelkompis, och så skrattar Patrik samtidigt som han dunkar Johan i ryggen.

– Patrik, du har en fin och säkert dyr cykel ser jag. Kostar den månne 15.000 spänn?

– Det räcker inte, säkert det dubbla. Bra är den och snabb.

– Fin dress din pappa har, säger Johan och ler lite extra glatt när han ser på Patriks dotter Saga.

Hon nickar.

– Nya skor?

Nu är det Patrik som nickar.

– Mina skor gör det enklare att cykla, man ska ha bra utrustning, det hör till.

– Har du en lika fin cykel som pappa?

– Ja, den är jättefin, säger Saga och ler.

– Ha en bra dag bägge två, säger Johan och sätter sig upp på cykeln.

Patrik vandrar mot förskolan med dottern i ena handen och cykeln i den andra.

Den här dagen bjuder Stockholm sina invånare på ett underbart väder. Solen skiner, himlen är blå och temperaturen är behaglig. Johan har en tunn tröja på sig. Allt flyter på fint, men så blir det lite extra nerv när han närmar sig krönet på Tranebergsbron då cykelbanan strax blir väsentligt smalare.

Eftersom han den här dagen inte har cykeldressen på sig utan trampar på i lugn takt med sin gamla Crescent så håller han sig långt ut till höger. Det gäller att vara observant på trycket bakifrån. En del cyklister tränger sig. Det knuffas och smågnabbas, för det mesta vänligt men ibland hörs också någon svordom.

Johan har nått krönet med god fart, det märks att han har en hyfsad kondition. I ett läge mitt uppe på bron möter klungan några som kommer cyklande i motsatt riktning, de är inte många så här dags på morgonen men de finns.

Här blandas plötsligt vänster- och högertrafik hej vilt när olika farter och riktningar möts. Han försöker hålla åt sidan så att han endast kan bli omkörd på ena sidan. När Johan närmar sig platsen där cykelbanan smalnar av rejält lägger han sig bakom en annan cykelmotionär på högra sidan av cykelbanan. Nu ser han tydligt platsen där högra delen av cykelbanan upphör. Här gäller det att se sig för åt alla upptänkliga håll. Ibland kan det komma någon med rejält hög fart.

I ögonvrån ser han att det kommer en man som påminner om Patrik. Cyklisten kommer farande i hög fart utmed broräcket. Johan bromsar in något. Om det är Patrik så kommer han farande i mycket hög fart.

Plötsligt bromsar fler cyklister framför Johan, på grund av en knuff bakifrån ramlar Johan och stöter ihop med en annan cyklist.

»Dagens olycka« hinner han tänka innan han slår i backen. Väl liggande på marken känner han efter.

Benen kan röra sig och armarna känns ok, inget sår som blöder….

Johan reser sig kvickt. Inga synliga skador på byxorna. Det ligger en skadad cyklist längre fram.

»Olycka« ropar någon högt och tydligt. Fler ropar »olycka, se upp«

Johan leder cykeln åt sidan och går sedan fram för att se vad som hänt. Där står en man och ringer i sin mobil. En man i gul tröja ligger på marken. Det är inte Patrik.

Några dagar senare stöter Johan på Patrik i matbutiken.

– Det var ingen kul cykelolycka häromdagen på Tranebergsbron, tyckte jag såg dig. Du kom ifatt mig någon stans på bron.

– Jag hade inte tid att stanna, det är folk som inte kan cykla som blir inblandade.

– Det är besvärligt när det smalnar av.

– Jag kan hålla med om att det var tråkigt, men jag gjorde inget fel. Det är en massa amatörer som är ute och cyklar. De borde cykla på andra ställen och på andra tider.

I sovrummet berättar Johan om cykelolyckan.

– Jag frågade Patrik varför han inte har någon ringklocka på cykeln.

– Vad ska jag ha den till var väl svaret?

– Ungefär, jag sa att Du Patrik och några till kör väldigt fort och kör förbi många då skulle ringklockan vara bra, eller hur?

– Det är inte hans problem, menar väl Patrik.

– Eva, du är så skarpsinnig, innerst inne vet jag att du

vill så väl, även om en del kan missuppfatta din ironi någon gång.

Johan tar tag i huvudkudden och fluffar till den.

– Förresten, nu är det nog tajm att logga ut och stänga ner, älskling låt mig få se dig på lite närmare håll, kan det vara så att det är min tur att komma över till dig..................

Bromma flygplats

En av de bättre sakerna med att bo i Bromma är närheten till Bromma flygplats. Man kan ta sig dit på mindre än tio minuter. Fett bra om man ska vara borta över dagen på något event eller sammanträde en bit bort. I dag är det Göteborg som gäller.

Högtalarupprop signalerar det senaste: – Planet till Göteborg klockan 08.00 är försenat till följd av tekniska problem på Landvetter. Trafiken är snart igång igen.

Johan blir sittande i en soffa. Fredrik, en kollega ansluter och sätter sig bredvid.

– Lägger du märke till något speciellt?

Johan synar Fredrik: – nya skor?

– Sant, men nu tänkte jag på mina tänder.

Fredrik visar sina tänder med ett brett leende.

– Verkligen vita och fina tänder, när gjorde du det?

– Här på morgonen, tandspecialisten håller till i det allmänna terminalutrymmet till vänster om huvudentrén, jag kom extra tidigt idag.

– Va, tandblekning i terminalen. Om jag varit lite mer observant skulle jag sett dig med andra ord, eller?

– Jag var långt ifrån ensam, där satt både män och kvinnor, vi hade riktigt trevligt.

– Hur länge håller en tandblekning?

– Fem år kanske, jag tyckte det var dags igen, hade inte planerat det men passade på att boka en tid i går kväll.

– Är du nöjd?

Fredrik skrattar till och ler sitt allra bästa leende.

– Ska inte klaga.

Tänderna är verkligen kritvita, Johan blir bländad när solstrålarna träffar tänderna.

Ett utrop hörs i hallen: – planet till Göteborg, dags för ombordstigning.

Kollegorna reser sig och går mot utgången.

Efter en dag med sammanträde i Göteborg återkommer man till Bromma.

– Vill du ha skjuts hem? Jag ska ju ändå åt ditt håll.

Fredrik ler sitt finaste leende, tänderna tål verkligen att ses på.

– Släpp gärna av mig vid Brommaplan så får jag en promenad den sista biten.

Johan strosar på i den ljumma kvällen. När han närmar sig hemtrakter och den populära kiosken ser han att det rör sig personer vid bänkarna och bakom kiosken. Det verkar som att det hänger ett gäng ungdomar där framme, alltjämt är det för långt bort för att han ska känna igen vilka det är. Efter hand klarnar bilden. Ju närmre han kommer börjar han så smått känna igen några. Det är ett gäng tjejer som sitter och står i några klungor. Från ett annat håll närmar sig en Volvo kombi, den stannar till i närheten av kiosken. Ur bilen stiger en ung kille med långt hår och keps. Uppenbarligen känner han tjejerna. De hälsar vant på varandra. Killen går till bakluckan och lyfter ut kassar som han lämnar över till tjejerna. Ser det inte ut som kassar från Systembolaget? Klirrar det inte om dem också?

Johan hör inte vad de säger han är på för långt avstånd. Efter en stund ser han att en av tjejerna är Ebba, dessutom känner han igen några av hennes klasskompisar. Fredagskvällen ska tydligen förgyllas med alkohol. Johan svänger in på en sidogata och tar sig hemåt utan att ge sig till känna.

– Hejsan, nu är jag hemma. Är alla hemma?

– Nej, Ebba är hemma hos Frida, de skulle träna löpning i kväll, sedan skulle Fridas päron vara på något partaj det innebär som jag fattade det hela att tjejerna skulle vara ensamma i kväll och äta något fint och mysa hos Frida, bara de två.

– Låter som en härlig kväll för dem.

När Johan går in i köket för att se om det finns något gott att äta i kylen kommer Sixten jamande. Johan böjer sig ner och lyfter upp sin kompis och kramar honom.

– Hej kompis, har du gjort något spännande idag?

– Om du visste, fångade en fågel idag, det tråkiga var att när jag visade Lisa vad jag gjort så verkade hon inte gilla min framgångsrika jakt.

– Hur visade hon det?

– Hon gallskrek att jag skulle släppa bytet.

– Vad konstigt, man måste nog vara lite äldre och visare för att förstå hur en katt fungerar.

– Tack kompis.

– Tänk vad bra du har återhämtat dig efter operationen. Det var inte länge sedan som du var nersövd och däckad och nu har du idag fångat en fågel, snacka om snabb rehabilitering.

– Det är ok med mig, jag är nästan lika pigg som när jag kom hit första gången, kommer du ihåg?

Johan skrattar och kramar sin älskling en ytterligare gång innan han släpper ner Sixten på golvet.

Senare när Daniel och Lisa gått och lagt sig ligger Eva

och Johan i sovrummet och pratas vid efter en kärleksstund.

– Vet du hur det är med drickandet bland Ebbas kompisar?

– Du menar typ alkohol?

– Äääumm ungefär.

– Än har jag inte märkt något, har du hört något?

– Nej, men i kväll tror jag att jag såg något som liknade en personlig leverans med en Volvo kombi till ett gäng tjejer som stod nere vid kiosken. Har anledning att tro att Ebba känner till saken. Kanske dags att vara lite mer uppmärksam.

Golf – ett socialt spel

Efter avskedet till tennisen och avslutad rehabilitering efter bråckoperationen har Johan börjat kika på sporten golf trots Monicas varningsord. Det gäller att ha en låg profil och inte för tidigt berätta om planerna, varför väcka björnen i förväg? Bättre att överraska i efterhand när allt är förberett och utrustningen är inköpt och man redan börjat spela. För tidigt röjande av intentionerna kan omintetgöra alla planer om Monica gör stor sak av det hela. Hennes prat om golfens 19:e hål kan trigga igång en hel del och tänk om Eva hakar på.....

I och för sig är det väl ingen som vill trilla ner i det 19:e hålet, men den stora vinsten med golf är spelets sociala karaktär, sporten marknadsförs som en social sport med inslag av folkhälsa. Det marknadsförs som en sport för alla åldrar, att gå en runda klarar alla åldrar. Kan det bli bättre? Tänk att kunna idka bollsport på ålderns höst!

Kruxet är att det tar en massa tid och eftersom Eva med stor säkerhet inte kommer vilja börja spela så uppstår ett problem. Hur gör man då? Barnen kanske vill börja om en vuxen går före, då skulle läget förändras totalt.

Att en pappa engagerar sig i något som barnen vill göra det kan aldrig vara fel. Om nu inte Eva vill spela, kanske någon kompis eller släkting känner sig manad att ställa upp och spela?

Grannparet Oskar och Sissi spelar men de har hållit på och spelat med ett gäng ett bra tag. Kanske inte det mest strategiska att börja spela med några som spelat i många år? Före detta arbetskamrater kontaktas. Tyvärr, inget intresse. Flera av de före detta tenniskompisarna har spelat golf ett tag. De har fullt upp med annat också, det talar för att det borde finnas tid nu när tennisen är avvecklad.

Härligt, i dag ringde både Birger och Roffe och berättade att de också kan tänka sig att börja spela. Nu finns i alla fall några att börja lira med.

Äääääumm, om golf nu är så socialt, så kanske man lär känna någon på golfbanan också, vem vet?

Golfen kanske bara är en fluga som går förbi……i jakten på medspelare blir det uppenbart att golf inte tycks ligga högt i kurs på popularitetslistan. På en skala mellan fett och magert tycks golf snarare ligga åt det skinntorra hållet. Varför vill inte fler av vännerna i bekantskapskretsen spela? Alla möjliga invändningar framförs:

– det tar en hel dag att spela

– vem vill delta i någon slags modemässa på stora gräsmattor

– varför sätta in mängder av tusentals kronor i en klubb, de pengarna får man aldrig tillbaka

Av en granne som spelat golf länge, men som inte är så sugen längre, får Johan höra att det finns något som heter »pilsnerboll«, det inträffar om man missar så kapitalt vid Tee att bollen inte ens rullar förbi damernas utslagspunkt, då får man i regel slå en gång till utan att behöva plikta, MEN man får finna sig i att bjuda övriga som deltar i samma runda på en öl efter 18:e hålet. I det tysta kan man möjligen se det som en halvbra story att dra för kompisarna vid nästa gubbträff MEN den får inte spridas vidare till vare sig Eva eller Monica, då blir det problem.

Men vad vill kompisarna och andra vänner göra i stället för att spela golf? Hur fyller de sin tid? Svaren varierar men utfallet av Johans undersökning är att många tycks vara rejält negativa till golfen. Svaren är av typ:

– Jag vill ha något kravlöst som går snabbt och som omedelbart tillfredsställer mina behov

– Golfen passar inte mig, det är en sport med massa konstiga regler och klädkrav

– Såg du inte filmen Den ensamme golfaren? Golf är ett stort skämt

Nisse som också är med i grannsamverkan har spelat förut men det är slutspelat för hans del. Han tillhör en av många föredettingar, i stället håller han på och jagar allt från älg till ripa och fasan.

– Innebär det att du sitter på pass i skogen och väntar på att något lämpligt djur ska visa sig inom räckhåll för geväret?

– Det är underbart och något helt annat än golf, börja jaga som jag, det finns en ledig plats i vårt jaktlag!

– Jakt tar väl också tid?

– Du glömmer tiden ute i naturen, man kommer till fantastiska platser och inte minst lär du känna andra jägare och får uppleva härlig samvaro.

Sökandet efter golfpartner visar att folk snarare slutat spela golf än vill börja.

I tonåren var Johan med och festade i en stuga i koloniområdet intill Bromma flygfält och Bromma golf. En del roliga minnen väcks till liv när Johan planerar sitt framtida golfande. Då, på den tiden, var det fester till långt in på natten. Inga grannar som störde, man var ute i trädgården i sommarnatten. Alla de här underbara minnena liksom understöder tankarna på att börja spela på just Bromma golf.

Johan börjar följa golf på TV och fångas av spelet. Några på jobbet spelar. En arbetskamrat som själv inte spelar golf visar på kafferasten en tidningsannons.

– Oavsett hur de första 18 hålen går kommer du att bli nöjd med det 19:e!

På bilden sitter sex medelålders kvinnor och män med var sitt ölglas i handen. Den annonsen får inte visas för Monica, då blir det helt stopp för alla golfplaner!

Här gäller det att tänka positivt: – varför ska jag bry mig om vad alla negativa dödgrävare tycker om golf, nu gäller det att våga!

Ånyo framkallas den härliga känslan av kvällarna i ungdomskompisens kolonistuga. Dit kom man alltid visslande och skrattande släpande på ölkassarna med härliga förhoppningar om en underbar kväll och natt. Förberedelserna gick lätt som en dans, vädret var i regel bra och det var ljust långt in på nätterna. Då låg alla möjligheterna inom räckhåll. Huvudet är fullt av glada minnen. Trötthet vad är det?

»Gubbgänget« träffas hemma hos Johan. Eva är på tjänsteresa. Den här gången ska det lyckas att få med alla. Johan bjuder på extra god mat och extra mycket att dricka, stor underhållning med musik som gänget gillar, allt för att övertala. Taktiken är att bjuda på många små rätter och drycker till varje rätt och som förstärkning en liten Calvados mellan måltiderna för att hjälpa magen med nedbrytningen av alla kolhydrater. Till kaffet tas en anmälningsblankett fram.

– Fyll gärna i den här blanketten så fixar jag resten.

Inga invändningar eller diskussion om blanketten, alla i gänget viker ordentligt ihop lappen och stoppar den i fickan. Efter kaffet finns varken ork eller förmåga att föra ett samtal om något så roligt som golf. Alla vill hem och lägga sig i horisontalläge. Kvällen avslutas med allmänt glam i hallen i väntan på taxibilar, alla kliver in i bilarna, ingen gubbe orkar ta sig till tunnelbanestationen för att åka hem kollektivt.

Johan lägger sig glad i hågen, tänk om alla svarar JA? Då är lyckan total. Härligt! John Blund kommer på en gång när huvudet nuddar kudden.

En vecka senare har endast två fyllt i blanketten, samma personer som tidigare sagt sig vilja börja. Investeringen i alla rätter och drycker gav ingen utdelning, i alla fall inte på kort sikt. Tiden går och inkorgen är fortsatt tom. Till sist kommer Johan till en punkt då man måste bestämma sig. Har man sonderat tillräckligt länge krävs handling.

Johan väljer att börja samtidigt som allt fler slutar spela golf. Golfen i Sverige har tappat medlemmar fem år i rad läser han i en tidning. Johan tar sitt gröna kort och får 36 i handikapp utan att han spelat mer än EN gång på golfbanan.

Johan stoltserar med sitt gröna kort vid frukostbordet.

– Nu vet jag att man inte ska slå på bollen om det finns människor mellan bollen och flaggan på green och hamnar man i en sandbunker måste man kratta efter sig.

– Det där med bunkern är viktig information för dig pappa, där kommer du säkert hamna ofta, säger Daniel.

– Min käre son, än är det inte försent för att dig att börja spela. Du kommer gilla det, alla gånger.

En kväll efter jobbet står Johan och fixar med golfklubborna.

Grannen Fredrik kommer förbi, först lite snack om cykling sedan glider det över på golf.

– Jag slutade förra året. Jag ser att du alltjämt kämpar på.

– Har precis börjat. Har du gjort ett uppehåll?

– Sålde klubborna och väskan, nu cyklar jag i stället

– Jag älskar cyklingen, men varför slutade du med golfen?

– Nu får jag mitt träningspass på väg till jobbet, det spar tid och det ger kondition. Golfen ger inget mervärde.

– Men du får ju bollkontakt.

– Tjoho, försök med den. Mellan varje slag måste man leta boll.

Fredrik puffar lite vänligt Johan på axeln.

– Du kan cykla med mig till Bromma golf och så kör vi en golfrunda tillsammans, vad säger du om det?

– Njaa, tror inte det. Men jag vill inte komma här och negga när du precis börjat spela. Hoppas du får kul på golfbanan. Berätta för mig om ett tag hur det går, säger Fredrik och skrattar.

Tidigt på lördagsmorgonen spelar Johan på egen hand. Väl hemma efter golfen sitter Eva och Johan på altanen och äter frukost.

– Först åkte jag till golfen, sen stannade jag till vid återvinningen o slängde trädgårdsavfall för att till sist handla mat på stormarknaden.

– Kanske inte så smart att åka till butiken så tidigt på morgonen innan man hunnit plocka upp varorna.

– Eva, det var verkligen magiskt att gå en runda före alla andra och njuta av doften av nyslaget gräs och lugnet. Den enda människa jag stötte på var en hundägare som gick och luftade sin favorit på golfbanan. Det störde mig inte det minsta att hon gick där och tränade dressyr.

– En bra sak med ditt nyfunna golfande är att jag fick en skön sovmorgon.

– Men Eva, nu ryser jag nästan när jag tänker på mina fina inspel till green med min wedge på hål två och sju om jag får säga det själv. Dessutom fick jag uppleva skator som på någon meters höjd ovanför rävens huvud kraxade så högt att de förstörde alla möjligheter för räven att få sig ett skrovmål.

– Det låter snarare som du gått med i naturskyddsföreningen än i en golfklubb, älskling, tror faktiskt inte golfen blir en långvarig fluga för dig.

Att köra bil

– Eva, vad bra att vi behöll den gamla bilen, varför ska vi göra oss av med något som fungerar så bra?

– Varför köpte vi en ny bil?

– Nu så här i efterhand så förstår jag faktiskt inte varför vi gjorde det. Men vi är inte ensamma om att ha två bilar, många som bor runt omkring oss har flera bilar.

– Ok, det kan finnas en poäng med att ha två bilar NU när vi körtränar med ungdomarna. Då får vår gamle trotjänare verkligen visa upp sig, köra långsamt i backe, fickparkera och visa upp sig i alla möjliga delar av stan.

– Så vänder man ett problem till en fördel, tack älsklingen.

En vardagkväll är Daniel och Eva ute och övningskör. Man drar igång efter sena nyhetssändningen framåt tio. Det blir mörkerkörning och träning i stadstrafik. Först en sväng västerut mot Vällingby för att mjuka upp. Därifrån bär det av mot stan. Vid rondellen i Alvik slår det om till rött ljus. Det finns tre fält att välja på, Daniel håller sig till mittfältet. Det högra fältet är tillfälligt och upphör en bit bortom trafikljuset. Ytterligare en bil kommer och ställer sig i det högra fältet. När trafikljuset slår om accelererar Daniel, bilen till höger startar fortare och svänger plötsligt in i mittfältet framför Daniel utan att blinka. Daniel tvärbromsar, Eva slänger sig på signalhornet. Bilen framför stannar.

– Varför gjorde du så?

– Det var fel av mig att tuta, det är ju du som kör, jag reagerade på att han körde så vansinnigt.

Bilen framför står helt still. Tiden går. Ingen säger något. De båda bilarna står helt ensamma i kvällsmörkret, inga andra bilar syns till.

– Vad gör jag nu?

Eva ser sig om, inga bilar bakom och inte heller syns någon bil i mötande körfält.

– Bäst att ta det lugnt en stund, bilen framför drar väl iväg snart. Märkligt det känns att vara här nästan helt ensamma i Alviksrondellen. Trots allt är vi på ett ställe och en väg där det alltid rör sig mängder av fordon och människor. Men det kommer säkert andra bilar strax.

– Visst.

Lyset som signalerat grönt en stund slår nu om till rött igen.

– Daniel, det kan vara så att föraren i bilen framför är ovan, de kanske också håller på med övningskörning, vem vet?

– Ok, men i så fall har de missat att sätta upp en liten skylt om att de övningskör.

– Daniel, du har koll, det borde jag givetvis ha sett.

Tiden går, ingen aktivitet syns i bilen framför, på ytan ser allt lugnt ut.

– Hur ska vi göra mamma?

– När det slår om till grönt nästa gång då är det kanske läge att köra om.

Bilen framför börjar köra när trafikljuset slår om till grönt. Den startar långsamt.

– Blinka och kör långsamt ut i ytterfältet.

När Daniel blinkar och kör i ut i vänstra körfältet börjar bilen framför också blinka vänster och så kör bilen framför också ut i omkörningsfältet. Bilen framför är en gammal Saab. Det går inte fort, den rattas tydligen av en försiktig förare. Eva tittar på hastighetsmätaren.

– Nu kör du i trettio kilometer i timmen.

Daniel ligger bakom Saaben en stund, den visar inga tecken på att höja hastigheten.

– Blinka höger och försök köra om på höger sida, men ta det försiktigt.

När Daniel blinkar höger gör Saaben likadant. Den byter fält och lägger sig i högerfältet och blockerar.

– Avvakta ett tag och pröva sedan att köra om i omkörningsfältet.

När Daniel blinkar vänster gör Saaben likadant. Nu är åter bägge bilarna tillbaka i omkörningsfältet. Enda skillnaden är att Saaben nu sänkt hastigheten ytterligare, bilarna är nere i endast tjugo kilometer i timmen.

– Undrar hur länge den här tröglusen ska fortsätta så här, muttrar Eva.

Tiden går utan att de ser tillstymmelse till fler bilar på bron, ingen mötande trafik och inga bilar närmar sig bakifrån.

– Det är väl bara att typ gilla läget, vi får hänga bakom här ett tag. Daniel, det är verkligen märkligt ödsligt i kväll, här brukar ju bilar forsa fram. I vanliga fall är man överlycklig om det rullar över huvud taget, nu börjar det kännas jobbigt. Var är medtrafikanterna?

Eva funderar på vad föraren i Saaben har för sig, vad händer härnäst?

– Även om vi inte hade tänkt åka Essingeleden så föreslår jag att vi åker av där i dag. Det verkar vara en knepig typ framför oss.

Efter en evighet kommer de fram till avfarten söderut i

riktning mot Essingeleden. Daniel blinkar höger. Planen fungerar inte som de tänkt.

Avfarten är avstängd på grund av vägarbete, står det på en skylt.

– Inget annat att göra än att du får fortsätta köra rakt fram bakom Saaben.

I Evas huvud börjar negativa tankar uppenbara sig. Om föraren i Saab-bilen håller på på det här sättet så kan det kanske bli problem. Tänk om vi måste signalera till omgivningen? När hon ser sig omkring ser hon inga som promenerar, inte heller några bilar, märkligt. Vi vet ju heller inte om föraren i Saaben är ensam, han eller hon kan ha med sig ett helt gäng. Tänk om vi kunde se hur många som är i Saaben. Eva öppnar handskfacket och börjar leta efter en ficklampa, inget där, inte heller i stolsfacken bakom förarsätet. Ingen ficklampa någonstans. Mobilen, hur är det med den? Skönt, den är laddad!

De kommer fram till rondellen vid Thorildsplan körande i tjugo kilometer i timmen.

– Blinka och kör till höger.

Saaben gör likadant.

– Blinka höger igen så blir vi säkert av med honom.

Inte alls. Saaben gör likadant, båda åker i riktning mot Västerbroplan. Fortfarande inga fler bilar som kör åt samma håll. Inga mötande bilar heller. Eva börjar känna att det kryper något konstigt i kroppen. Daniel visar inga tecken på oro, han kör på sakta och fint efter Saaben.

– Nåväl, fortsätt kör som du gör nu Daniel, strax är det en hastighetsbegränsning på trettio kilometer i timmen.

– Mamma, den behöver vi typ inte oroa oss för.

– Håll avståndet när du kommer fram till trafikljuset, stanna en bit bakom Saaben om det är rött när vi kommer fram. Då kan du snabbt köra förbi om någon i Saaben kliver ur bilen.

Trafikljuset slår om till grönt, Daniel blinkar vänster, Saaben gör likadant. Nu kommer de båda bilarna i krypfart fram till Västerbroplan.

– Kör upp på Västerbron, blinka höger.

Saaben gör likadant.

– Markera med blinkers att du vill köra om, så får vi se vad som händer.

När Daniel blinkar vänster går också Saaben ut i omkörningsfältet. Åter igen prövar Daniel med att gå tillbaka till högerfältet, Saaben gör likadant.

– Mamma, vad gör vi nu?

I det ögonblicket händer det något. Plötsligt accelererar Saaben och drar iväg, den försvinner iväg upp mot brons höjdpunkt. Föraren i Saaben har uppenbarligen tryckt gasen i botten, det låter rejält nästan som avgasröret på Saaben är trasigt. Bilen och bullret försvinner i fjärran.

– Puh, maktdemonstrationen eller kraftmätningen är tydligen över, tack Daniel det gjorde du bra.

– Vad hände mamma? Han ba plötsligt liksom stack iväg, jobbig typ.

– En del är underliga. Bra kört Daniel, det menar jag verkligen, du kommer bli en bra bilförare. Du låter dig inte provoceras.

Efteråt kommer Eva sig på med att hon inte noterade registreringsnumret på Saaben. Lika bra kanske, men egentligen borde jag ha gjort det.

– Vi behöver väl inte åka hem på en gång, jag vill att vi

kör en stund, den här kvällsturen har inte varit till någon vidare nytta, eller vad säger du mamma?

– Visst, kör en stund på Södermalm så får vi se var vi hamnar.

På Södermalm är de långt ifrån ensamma i trafiken. Här är trafiken mer normal.

Efter en stunds rundkörning i city säger Eva: – det vore mysigt liksom om du tar dig ut på E4:an norrut och fortsätter ut mot Kista och sedan hem via E18 och vidare in på Ulvsundavägen.

– Ska bli.

– Känner du för att skaka av dig den där luspudelns demonstration?

– Nåt åt det hållet.

Väl hemma i villan berättar Eva för Johan: – märklig upplevelse i kväll. Lite skrämmande faktiskt. Påminner om den gången då vi på en riksväg blev omkörda av en motorcykel som la sig framför oss och som i flera kilometer körde provocerande lusigt alldeles framför oss.

– Nu hänger jag inte med.

– Jo det var på vår semester, kommer mycket väl ihåg det, säkert därför att det var jag som körde. MC-killen körde först om och sen la han sig framför oss och körde väldigt väldigt långsamt. När vi kom till en uppförsbacke reste han sig upp och lyfte ena benet, visuellt släppte han en brakare rätt i ansiktet på oss samtidigt som han vred på gasen så MC:n flög iväg upp för backen och försvann bakom krönet.

– Just den episoden kommer jag inte ihåg. Tur att det inte hände något trist i kväll. Hur reagerade Daniel?

– Han var lugnet själv.

Mottagning hos Andresz

När Andresz företag bjuder in till mottagning för att celebrera marknadsframgångar i Central- och Östeuropa vill han absolut att Eva och Johan också ska vara med.

Andresz har anlitat samma cateringfirma som han kom i kontakt med vid Lovö kyrka när han och Johan var ute på en av sina många cykelturer.

Yttre omständigheterna är underbara, det bjuds på varmt väder och molnfri himmel. Andresz har förberett allt för en lyckad kväll, välklippt gräsmatta och rensade rabatter, många krukor med tjusiga blommor har ställts fram, mottagningen är verkligen väl förberedd med utplacerade grupper av bord med vita dukar och kuddförsedda stolar över allt på den stora tomten, allt skapar underbara möjligheter för trevlig samvaro. Personal på plats både vid grinden och på olika ställen på tomten. Allt rullar på bra, personal går runt och bjuder på tjusiga snittar och drinkar och det spelas levande musik, ett ungdomsband från Bromma har hyrts in. Det minglas för fullt, här ges tillfälle att träffa människor som man inte mött förut. Eva och Johan samtalar med kunder till Andresz, man pratar om sådant som man ventilerar när man möter okända personer, vädret, trädgård, sommar, arbetet och affärer.

Andresz är fullt upptagen med att prata med alla gäster, Eva och Johan får också en stund med honom. Han berättar entusiastiskt att företaget nyligen träffat ett femårskontrakt med flera ambassader om matleveranser och exklusiva rättigheter rörande import av strategiska matvaror och drycker från Östeuropa och olika republiker i f.d. Sovjetunionen. Det handlar om sådant som stör, rom, vodka och champagne och en hel del annat smått och gott som vissa restauranger samt festarrangörer vill kunna erbjuda vid speciella tillställningar. Sedan har Andresz också tillkämpat sig ett avtal om export av sportcyklar och sportkläder till samma länder.

– När det gäller mat och dryck har jag inte mycket att komma med, men när det gäller sportcyklar och utrustning kan jag ge dig lite tips, säger en glad Johan.

– Tack kompis, jag räknar med dig.

När Andresz ser en grupp nyanlända gäster ursäktar han sig: – måste gå och ta hand om de som precis kom. Det är flera gamla bekanta. Mingla runt på egen hand och lär känna mina affärsbekanta. Ha det fortsatt trevligt här i kväll.

Eva och Johan slår sig ned vid ett bord och samtalar med några som arbetar på ambassader med bilaterala handelsfrågor. Flera av dem känner Andresz sedan länge. Hela tiden strömmar det till nya gäster, det börjar nästan bli fullt på gräsmattan. Sittplatserna är upptagna, många står och minglar.

I en paus mellan två låtar hörs högljudda röster från några personer som är församlade utanför villaentrén. Låter de inte arga också? Musiken sätter igång igen men den till synes animerade dialogen borta vid villan fortsätter. Eva och Johan ser på varandra, Johan nickar med huvudet i riktning mot villan. Båda reser sig upp och går så sakteliga bort till köksentrén för att närmare se vad det handlar om. Väl framme får de höra högljudda klagomål.

– Vad säger ni? Kan ni inte få fram fler drinkar och förtäring, säger Andresz med hög röst.

Andresz talar med två av cateringpersonalen.

– Johan, var snäll och gå in och kolla var den övriga personalen håller hus, vi kanske kan ge lite handräckning, säger Eva.

Han går in i huset, där är det noll aktivitet, ingen personal syns till, alla är som bortblåsta. I köket syns enbart tomma serveringsbrickor och odiskade glas.

Längre in i huset möts han av kaos, leveranslådorna från cateringfirman är helt tomma, inga ytterligare brickor med cateringmat finns tillgängliga. Flaskorna som står i köket är tomma. Vad är detta? Tillställningen har ju inte mer än börjat!

Johan är hemmastadd i Andresz hus, han går vant runt och letar efter både cateringmat och personal, nere i källaren möter Johan två till från cateringfirman. Johan berättar att han är mycket god vän med Andresz.

– Kan jag hjälpa till med något?

De som står framför honom ger egentligen inget svar. De rycker på axlarna. Det verkar som de inte har koll på läget. Johan repeterar frågan.

– Kan jag hjälpa till på något sätt?

– Vi har inget att servera, vi har inte koll på var leveranslådorna finns. Ursäkta, men nu måste vi gå upp i köket.

Personalen försvinner upp för trappan utan att säga så mycket som flaska. Eva har också sökt sig fram i huset, där konfronterar hon cateringpersonal i köket:

– kan jag hjälpa till på något sätt?

En kvinna med namnbricka ser ut att vara ansvarig för

uppdraget, hon säger med låg röst: – vi har tyvärr inget mer att servera.

– Så illa kan det väl ändå inte vara, kvällen är fortfarande ung, säger Eva.

– Både drycker och mat är slut. Jag skäms. Den som svarat för den här kvällens servering ligger pyrt till. Vi som är här kan tyvärr inte påverka leveransen nu.

Kvinnan suckar högljutt och rycker på axlarna

– Jag vet faktiskt inte vad jag ska göra.

Johan som nu kommit till köket, har också hört vad kvinnan nyss sa.

Han skyndar ut till Andresz som står i en klunga av kunder.

– Andresz, var snäll och kom med mig lite åt sidan.

De går några meter bort från en klunga av gäster.

– Eva och jag har precis förstått att cateringfirman har problem, man har dimensionerat helt fel, vi ska se vad vi kan göra för att hjälpa dig.

– Det kan inte vara möjligt, det är ju katastrof för mig.

– Ta mikrofonen och säg något för att ge gästerna hopp, Eva och jag kan åka hem till villan och hämta drycker och så ringer vi Monica, säger Johan.

– Kompis, det här är en mycket mycket viktig kväll för mig.

– Prata på en stund i nästa musikpaus så åker jag hem till villan och hämtar vinflaskor i vinkällaren så att alla gäster åtminstone kan få sig en drink. Eva ringer Monica så får vi se om hon kan bidra med något så här i brådrasket.

I nästa andetag ringer Johan hem till Ebba.

– Fixar ni det här får ni riklig belöning, ni får bestämma kosten i några veckor framöver. Fattar ni vilken chans ni har?

– Det grejar vi, säger Ebba.

Samtidigt som Johan åker hem till villan får Eva tag på Monica och frågar om hon har något passande i matväg i sin kyl. Det har hon men det är för ett evenemang i morgon.

– Var lugn Monica, om du kan rycka in som räddaren i nöden nu så kan Johan och jag hjälpa dig i natt. Det skulle vara fantastiskt om vi kan hjälpa Andresz som hamnat rejält i klistret. Johan är på väg hem till oss för att hämta dricka.

Eva får tag i en taxi och åker hem till Monica.

Monica plockar ihop brickor tillsammans med Wille som lyckligtvis är hemma. De lassar in i Monicas bil därefter åker de alla tre snabbt tillbaka till Andresz mottagning.

När Johan kommer hem till villan får han hjälp av ungdomarna som redan packat flaskor för transport till mottagningen. Ungdomarna har gjort ett utomordentligt jobb, de har tömt hela vinkällaren och ställt flaskorna i kassar.

– Som om ni inte gjort annat i era liv än att nalla flaskor ur Evas och min vinkällare.

Ebba skrattar.

Bilen fylls med underbara drycker och så far Johan tillbaka till Andresz mottagning.

Från en katastrof i vardande utvecklas partyt hos Andresz till en väldigt lyckad tillställning med många nöjda och trötta gäster som på runda fötter lämnar tillställningen i mörkret.

– Ni får absolut inte fortsätta med att vara leverantör vid kommande tillställningar hos mig.

Andresz läxar upp cateringpersonalen. Han är högröd i ansiktet och svingar med högerarmen.

Det visar sig att Andresz planerat in fem ytterligare träffar med cateringfirman.

– Den här kvällen var bara den första omgången, de viktiga personerna för handelsavtalen kommer vid kommande mottagningar. Men ändå.

Andresz meddelar cateringfirman att det blir inga mer evenemang för deras del. Avtalet sägs upp på stående fot.

– Det här är min syster Monica.

Johan introducerar Monica för Andresz och så lämnar han dem. De blir stående, Johan ser på håll att de verkar trivas med varandra. Andresz ser så enormt lättad och glatt avslappnad ut, mottagningen avslutades med flaggan i topp. Johan känner att spänningen i kroppen börjar släppa.

Han går runt och hjälper till med att plocka i ordning efter mottagningen. Under sin städrunda i trädgården kommer han fram till Wille som står och pratar om mat och catering med en gäst som blivit kvar. Johan bryter in med några ord.

Samtidigt i en annan del av trädgården står Eva och pratar med Andresz: – där borta bredvid Johan står Wille som arbetar hos Monica. Han är jätteduktig, du kanske vill hälsa på honom?

– Gärna, men först måste jag säga adjö till några gäster.

När han kommer tillbaka säger Eva att Wille var tvungen att hjälpa Monica med att packa ihop brickor och annat.

Johan går bort till Wille och frågar om han kan komma och hälsa på Andresz.

– Du kan säkert ha glädje av att lära känna Andresz,

– Strax, det är en del att göra först.

– Andresz står där borta, han vill väldigt gärna träffa dig när du får tid över.

Wille nickar till Andresz, som lyfter upp ena armen som en hälsning.

Eva som står bredvid Andresz passar på att berätta för honom om Monica och hennes eventföretag.

– Hon räddade ditt event den här kvällen från att helt gå över styr. Hennes medarbetare heter Wille, förutom catering är han extremt duktig på tennis. Cykling gillar han också. Kanske vi skulle ordna så att vi träffas allesammans under lugnare former, vad säger du?

Andresz ser åt det håll där Johan och Wille står och plockar med brickor vid Monicas bil.

– Förutom att arbeta hos Johans syster och spela tennis så spelar han tydligen schack.

Andresz ansiktsuttryck ändras.

– Wille, kan du hjälpa mig, ropar Monica.

Wille vänder sig om, nickar som hastigast till Andresz och går bort till Monica där hon står och lassar in lådor.

I det ögonblicket ler Andresz en aning.

– Han påminner mig om någon, kan det vara möjligt?

Mer hinner han inte säga innan Eva lämnar Andresz och går bort till köksentrén för att biträda Monica och Wille med avrundningen.

– Vilka hjältar ni är, säger Johan till Monica och Wille.

Eva känner till rutinerna, hon har arbetat ihop med Monica vid många tillfällen, så hon går vant in i huset och plockar ihop Monicas tillbehör. Johan hjälper också till med att packa bilen.

– Nu får Andresz klara sig själv, vi åker hem till Monica och Wille, så får vi se vad vi kan bidra med inför morgondagens cateringuppdrag, säger en upprymd Eva.

Golfen tar plats

Johan har spelat golf ett tag, mycket handlar om att försöka komma ihåg hur svingen ska se ut och inte minst hur det ska kännas i kroppen. Att memorera rätt kroppshållning, svingen och känslan är vad han fokuserar på. Väl framme vid Tee handlar det om att ha fokus på det viktigaste, nästa slag. Att kunna se framför sig hur bollen flyger iväg i en hög och fin bana och landar på den plats man tänkt sig.

Är man nybörjare kan det vara bra att skaffa mängdträning i lugn och ro, då är tidig morgon som klippt och skuren. Snart visar det sig att det faktum att det inte finns någon bil på parkeringsplatsen när man kommer inte behöver betyda att man är först eller är ensam golfare på Bromma golf. En del morgongolfare bor uppenbarligen på promensavstånd, säkert bor en del i kolonistugorna intill golfbanan eller i bostäder inte så långt från golfbanan.

Solen lyser klar men än så länge ger den ingen ordentlig värme. Med en tunn tröja känns det ganska ok ändå. Golf innebär inte att man står eller sitter still, man rör på sig nästan hela tiden. Kortbyxor är härligt att ha på sig när man vandrar runt på golfbanan. Det öppnar för en natur- och sportupplevelse i ett. Det kan möjligen kännas småkyligt innan första slaget dvs innan rundan kommit igång. När spelet är igång stiger pulsen och kroppstemperaturen.

En halvtimme kvar till starttiden för golfrundan, lagom för att hinna träna slagen en stund. På Bromma golf kan man som på andra golfbanor köpa en korg med golfbollar och ställa sig på rangen och träna slagen med de olika klubborna. Bra att börja med wedgen och chippen och sedan gå vidare med de andra järnklubborna och avsluta med några slag med hybriden och drivern.

Dags att fylla vattenflaskan därefter läge att röra sig mot utslagspunkten för första hålet. Dit tar man sig på en grusväg på utsidan av det höga staket som kringgärdar rangen. På vänstra sidan om grusvägen finns ett litet skogsparti, på högra sidan bakom det höga staketet ligger drivingrangefältet. Där kan man se avståndsmarkeringarna, först 100 meter och sedan 150 meter osv. Man kan också se några mål med måttangivelser eller korgar, allt för att göra det enklare för golfaren att få veta slaglängden. Efter dryga 200 meter tar drivingrangefältet slut och man kommer fram till Tee nummer 1. Nu är det snart dags att börja spela och räkna slag.

Starten för hål nummer ett ligger alldeles invid ena ändan av koloniområdet.

Precis som många andra tidiga morgnar är den närmaste grannen till golfbanan uppe och arbetar på sin kolonilott. Kvinnan står och gräver. Runt henne ser allt så välskött ut med många blommor och frukt- och grönsaksodlingar. Kvinnan sätter i spaden i marken med jämna mellanrum, allt ser mycket strukturerat och prydligt ut. Kvinnan utstrålar arbetsglädje.

– God morgon, hälsar Johan.

– Lycka till med golfrundan, ropar hon glatt tillbaka.

Johan plockar fram allt som hör till golfspelandet, handsken, bollar, noteringsblad och peggar samt inte minst en järnklubba. Svingar i luften en stund för att mjuka upp kroppen, särskilt viktigt är det att mjuka upp musklerna i ryggen och armarna. Allt detta har golftränaren inpräntat. Efter några svingar utan boll är det så dags att börja dagens spel. Fötterna på plats, greppet på klubban och fixering av bollen med ögonen. Dagens första slag går iväg, av bara farten går det iväg även ett andra slag på första hålet. Nu är spelet igång. Allt känns härligt och utmanande, en hel golfrunda ligger framför.

Järnklubba nummer sju ställs tillbaka i golfkorgen. Peggen plockas upp varefter det är dags att vandra iväg med golfkärran mot green nummer ett. En bra start triggar alltid spelhumöret. Full av förväntan vandrar den ensamme golfaren över det fina nyslagna gräset. Bollarna hamnade hitom green, inte så långt från green och flaggan. Nästa slag är helt centralt om scoren ska bli tre dvs par på första hålet. Det är vad en hyfsat bra spelare bör kunna klara av. Nåväl, då ska man ha tränat och spelat ett tag. Än så länge är Johan en nybörjare. Tre slag är givetvis ambitionen men det blir fyra den här dagen. Med tanke på handikappet är det ändå ett ok resultat.

Helt ensam är man sällan på golfbanan. Vid utslagspunkten, Tee, för hål två kan man se en ensam vandrare vid hål tre några hundra meter bort. Den golfaren bär på klubborna i en korg på ryggen. Vill man slippa bära klubborna kan man ha en golfvagn. När bollen är slagen vid Tee på hål två så syns i ögonvrån att det kommer två kvinnor gående mot utslagspunkten för Tee nummer ett. Golfen är verkligen något som pågår nästan hela dygnet och som attraherar människor med olika bakgrund. Endast några få timmar då mörkret härskar över Bromma golf ligger spelet nere.

Om hundägarna är en del av det sociala umgänget på Bromma golf en tidig morgon så är Canadagässen ett annat naturligt inslag i umgänget. Canadagäss håller till vid hål nummer 7. Gässen har placerat sig strategiskt intill de två vattendammar som finns där. Dammarna är en lockelse för gässen samtidigt är dammarna ett grymt hinder för alla golfspelare. I dessa dammar ligger mängder av besvikelse och frustration fördolt under vattenytan. På botten i dammarna ligger ett otal golfbollar. Dammarna drar till sig bollarna på samma sätt som sirener förr i tiden på de stora haven lockade till sig sjömännen.

Av någon outgrundlig anledning hamnar oproportionellt många bollar i dammarna fast spelarna inte alls tänkt sig det. Stannar man till och ser ner på botten i dammarna kan man se vita föremål. Det är inte helt lätt att få upp bollarna, det är dyigt och otillgängligt på botten i dammen. Och gässen som härbärgerar kring dammarna hjälper inte till, å andra sidan är det inte primärt deras fel att dammarna är så välfyllda med bollar.

I golfspelarens strategi ingår att välja väg fram till green har Johan lärt sig. Vid hål nummer sju står valet mellan ett stabilt och bra slag men medvetet något kort, där bollen flyger tillräckligt långt och relativt rakt så att den landar innan dammarna, eller att välja en hybridklubba eller drivern som i bästa fall gör att bollen flyger i en fin bana över dammarna och landar nära eller på green.

Den senare varianten är ingen bra strategi om man som Johan är i början av sin golfkarriär. Därför väljer Johan en järnklubba i syfte att slå ett försiktigt eller ett mer säkert kort slag, så bollen lugnt och fint landar en bra bit hitom dammarna. Den här gången landar bollen säkert och tryggt innan dammarna. I nästa skede handlar det om att slå lagom hårt så att bollen går tämligen rakt över gässens huvuden mot green utan att den hamnar i någon av dammarna som ligger på var sin sida om den ideala bollbanan. Gässen omfattas som tur är inte av den gyllene golfregeln som säger att man inte får slå en boll över en annan spelare eller en banarbetare.

Hur förbereder man sig inför ett svårt slag? Först gör man slaget i teorin sedan följer man rutinerna. Det gäller att tänka positivt och ha en positiv målbild för slaget, att svinga klubban bakåt samtidigt som man hela tiden fokuserar blicken på bollen, slår igenom slaget och följer bollen med blicken och uppmärksamt kollar var den landar. Bollen går den här morgonen i en fin båge över gässen och landar på green. Lugnt och fint vandrar Johan förbi alla gässen och några änder som tycks obekymrade om den golfare som passerar deras viloläger. Upprymd av det fina slaget nyss hälsar Johan artigt på gässen.

– God morgon, ha en bra dag!

Efter nionde hålet återvänder Johan till Bromma golfbanas hjärta, där klubbhuset med butik och restaurang och övningsplatser finns, om man vill kan man alltid äta något gott, träna bunkerslag eller puttning.

Innan han kommer dit slår han sig ner på en bänk bakom den långa rangen och njuter av en medhavd frukt. Rundan har gjort sitt, nu är det varmare och det smakar gott med vattnet i den medhavda flaskan. Dags att njuta en stund i solens sken. Ute på drivingrangefältet ligger alla harpaltarna utspridda. Där tycks de trivas på dryga 200 meters avstånd. Om man lyssnar ordentligt och är någorlunda bekant med harpaltarnas språk kan man ta del av vaga ramsor såsom »hit orkar ni inte slå« Harpaltarna ligger tidig förmiddag i stora antal på rangegräset så långt bort som möjligt från utslagspunkterna och vilar sig.

Efter hand som fler spelsugna golfare ansluter till rangen söker harpaltarna upp andra marker, kanske de rent av tar sig in bland kolonistugorna. Nyanlända golfsugna spelare ställer upp sina vagnar vid lediga utslagspunkter och hämtar bollar i korgar för de förberedande obligatoriska slagövningarna innan de går sina rundor.

Trots att spelarna använder klubban för långa slag den s.k. drivern så når alla spelarnas slag inte bort till harpaltarnas älsklingsviloplats.

En riktigt bra spelare kan slå väsentligt längre än 200 meter men de spelarna dominerar inte på rangen den här morgonen. Det vet nog harpaltarna om när de alltjämt ligger och myser i solen den här tidiga lördagsmorgonen. Det kan man säkert inte veta, men det är långt ifrån alltid som de bästa spelarna med de lägsta handikappen spelar väldigt tidigt på morgonen. Johan morsar på dem som ställer sig på övningsfiltarna framför honom, det ingår i ritualerna på golfbanan. Man har som spelare olika strategier. En del nöter samma slag hela tiden, exempel på det ser han framför sig. En kille dunkar det ena slaget efter det andra med enbart drivern. Den träningsstrategin går emot vad golftränaren sa till Johan när han lärde sig spela.

– Det lönar sig inte att stå och nöta bara driverslag, träna lite varierat med olika klubbor och byt övning.

Drivern kanske lockar lite extra därför att den klubban ger ifrån sig ett tydligt vackert ljud som inte de andra klubbarna förmedlar. Det är ungefär med golfdrivern som med bildörren. Klubban blir dyrare precis som bilen stiger i pris om ljudet från bollträffen respektive dörrstängningen är mer sobert eller exklusivt.

Golf handlar väldigt mycket om känsla. Det handlar om att skapa en känsla för HUR det ska kännas när man slår ett bra slag. Att uppleva det i sinnet innan det upplevs så att säga i verkligheten, det är konsten.

– Tänk att få väcka till liv den känslan i kroppens alla berörda delar inför ett slag. Vad handlar det om?

Ett slag genomförs på några korta ögonblick då man förbereder positionen söker den rätta balansen och så exploderar allt i en mjuk men kraftfull sving, det är magiskt och utvecklande på en och samma gång.

Hela kroppen firar efter ett bra golfslag, det går bara inte att vara oberörd under den stunden. På samma sätt är det för en målgörare i fotboll som fullständigt tjurrusar på planen när bollen hamnat i nätet bakom målvakten.

Golf handlar om precis samma sak fast det ser något annorlunda ut. Fotboll är en lagsport, golf en individuell sport. Fotbollsspelaren tjurrusar av glädje, golfspelaren visar sina känslor på ett annat sätt, man kanske knyter handen och markerar ett tydligt: – JJJAA!

Den önskade känslan ska man helst kunna återskapa eller frammana när som helst. Tänk att kunna gå hemma på tomten och räfsa löv och liksom känna i kroppen HUR det känns när man slår ett riktigt bra slag på golfbanan och dessutom se framför sig hur bollen far iväg och landar bra på green eller fairway. Tala om att ha kroppskontroll.

Dithän vill Johan komma, kunna ta vara på upplevelsen och ta fram den närhelst det känns rätt. Minnesvärda ögonblick ska helst kunna återupplevas på beställning. Kanske skulle de där nya virtuella glasögonen med golftillämpningar, som en av de yngre arbetskamraterna talat om, kunna hjälpa tankarna och känslorna på traven? En kollega har talat om att virtuellt kunna gå runt på en känd golfbana med sol och värme eller regn och rusk när man i själva verket befinner sig i träningstältet en grå och trist vinterdag.

Väl hemma efter golfrundan står Johan och plockar med klubborna när Hanna passerar.

– Om du börjar spela så kan vi göra sällskap till golfen.

– Tror inte det är min grej, det tar en väldig massa tid, som jag inte har, tack i alla fall för tipset.

– Hanna, när det gäller cyklandet har du möjligen några tips till Andresz och mig inför vårt kommande cykellopp?

– Tänk teknik och styrka. Man behöver inte detaljträna teknik men det är oerhört viktigt att man sitter rätt. Effektivt rundtramp är a och o. Då blir det skonsamt och mer effektivt.

– Det låter svårt.

– En expert kan hjälpa er med bike fit, jag skulle kunna hjälpa till men vågar inte lova att cykeln blir rätt inställd.

När Hanna sagt det ler hon ett brett leende.

– Framför allt kan du och Andresz få hjälp med att sitta bra och få ut mer kraft. Det kan handla om att ändra höjden på sadeln eller ändra avståndet mellan sadeln och styret. En kunnig bike-fittare kan hjälpa er att upptäcka hur starka och rörliga ni är.

– Låter som vi behöver någon att anlita.

– Efter hand kan ni gå över till en mer »offensiv« position på cykeln. Göra om bike-fitten med något års mellanrum kan vara ett sätt att höja förmågan. De flesta motionärerna använder cykelskor där man sitter fast i pedalerna då blir man bättre på att både dra och trycka för att få ett ännu bättre rundtramp.

– Jag läste något om enbenstramp, kan du nåt om det?

– Nu snackar du grejer grabben. Att bevara farten genom att göra något åt dödläget klockan 12 det är allas dröm i tramptagen. En övning som man kan göra, när man blivit lite mer van är att träna enbenstramp, pröva någon minut och byt sedan. I bästa fall ökar man förmågan att dra. Kadensen är ett annat sätt att träna, se om ni kan få upp frekvensen till någon stans mellan 40 och 100 tramptag i minuten, en del orkar mer men börja i det lägre intervallet.

När hon sagt det öppnar Hanna sin cabriolet med fjärrkontrollen. Johan inser att det inte är läge att förlänga »frågestunden« om cykelteknik.

– Tack än en gång för cykeltipsen. Visst ja, dina ägg är fantastiska! Hur är det med hönsen och tuppen?

– Jo de har det så bra, din Lisa hjälper verkligen till, hon är inne hos dem ofta.

– Hoppas hon inte är i vägen.

– Aldrig i livet, det är bara kul att hönsen får besök, det är sociala djur. Mina hönor gillar unga tjejer tror jag, dom ger bra vibrationer och det ger många ägg. – Jag levde i tron att höns störde omgivningen, men dina höns hör vi inget ifrån och det märks över huvud taget inte att du har höns på din tomt.

– Så är det, tack för att du säger det. Om jag förstår Lisa rätt så planerar ni också att skaffa höns.

Johan blir tyst.

– Du ser frågande ut, sa jag för mycket?

– Inte alls.

– Du vet Johan, det finns så många uppfattningar där ute, ni har komposterat i många år vilket är sjukt bra, en del tror att det luktar – men det gör det ju inte. Man ska inte lyssna på allt och alla.

Johan nickar och ler.

Hanna sätter på sig sin keps och hoppar mjukt och smidigt in i sin körklara bil, den röda cabrioleten far smygande iväg ljudlöst.

Personlig inbjudan

Bor man i villa i Bromma kan det hända att man får brev från rådgivningskontor eller nischbanker. »Private-banking« kallas det på svengelska, det handlar om att ekonomer erbjuder sig att sköta placeringen av andras pengar. I brevlådan dimper det ner ett brev från en rådgivningsfirma som inte är bekant sedan förut. Det enda Eva och Johan behöver göra är att tacka ja till en inbjudan att lyssna på ett föredrag på en halvtimme. Därefter kommer de få äta en förhoppningsvis underbar middag med tre rätter med goda viner till!

– Eva, tänk vilken fin bank, det är en norsk bank som har kontor i Stockholm som bjuder in så flott. Norrmännen är rika det vet alla.

Middagen intas på en restaurang intill Mälarens kajkant i Alvik. Det är flera unga personer, alla är män klädda i mörka kostymer med vit skjorta och slips, som uppträder. Ingen kvinna talar. Männen berättar att man minsann har duktiga medarbetare som aktivt bevakar kundernas medel.

– Pengarna placeras om när börsen går ner, då placeras pengarna i andra tillgångar som bättre står emot nedgångar. Det leder till att kapitalet stiger i värde även när man möter nedgångar på marknaden. Kunderna får plussiffror varje år!

Vid det bord där Eva och Johan sitter talar man om maten och livet i allmänhet. Två kvinnor som arbetar på en av de större svenska affärsbankerna är precis som andra runt bordet inbjudna. Kvinnorna är helt ärliga när de under måltiden berättar om sina yrken. Eva och

Johan får intrycket att de är imponerade av den norska firmans affärsstrategi.

– Här, hos den norska banken kan man få en personlig rådgivare som har tid med varje kund. Inte mer än 20 kunder per rådgivare. Tänk, det kan inte vi erbjuda, säger en av de kvinnliga bankanställda.

Hon himlar med ögonen när hon säger det.

– Man kan ha synpunkter på innehållet, men de gjorde bra presentationer, säger Eva på vägen hem och lägger till: – men det innebär inte att vi därför automatiskt behöver köpa deras tjänster.

– Håller med, även om det var en väldigt trevlig kväll så behöver vi inte göra något, vi kan hålla fast vid våra nuvarande banker.

Det går både dagar, veckor och månader. Middagen och allt som sas den där kvällen känns inte lika aktuell längre. Om Eva och Johan fått frågan vad de tyckte om kvällen skulle de svarat att det var trevligt och att man hade en kul kväll. Men de skulle nog inte kunnat berätta så mycket från föredragen som inledde kvällen.

Det är först när de en dag läser i tidningen om det norska rådgivningsföretaget som drabbats av de amerikanska bostadslånen som allt blir aktuellt igen.

– Hur har detta gått till? Inte ens de personer som skulle bevaka 20 personers placeringar kunde uppenbarligen genomskåda vad man kokat ihop på Wall Street i New York, konstaterar Johan.

De dåliga bostadslånen i USA drabbade också det norska företagets kunder hårt.

– Det står i tidningen att många sparare förlorat flera hundra tusen kronor, vi får nog tacka vår långsamhet.

– Hur lyder texten i bibeln? »Saliga äro de saktmodiga ty de skola besitta jorden«

Det går ett år och det dimper ner ett nytt inbjudningsbrev från en annan rådgivningsfirma som erbjuder en trerättersmiddag med vin på en fin restaurang.

– Varför får vi alla dessa erbjudanden?

– Men gubben min, det har väl ingen betydelse vi är inte lätta att muta, men vi är alltid hungriga eller hur?

De tackar tacksamt ja. De andra gästerna är antingen i medelåldern eller äldre. Konversationen flyter på riktigt fint, med vid bordet sitter också en rådgivare som gör allt för att visa sig från sin bästa sida. Allt är så otroligt mysigt tills en äldre man vid bordet tar till orda:-jag har anlitat ert företag under några år och minsann inte haft så god utveckling på mitt sparande. Det har gått riktigt dåligt, jag har förlorat nära hundra tusen kronor.

Rådgivaren verkar inte lika glad längre, i stället ser det ut som att mungiporna går neråt. Övriga inbjudna runt bordet säger inget utan försöker se ut som om inget hänt.

Måltiden fortsätter, maten sköljs ner med goda drycker. Stämningen är god när gästerna samfällt ger sig av från krogen. Väl hemma går Eva och Johan till sängs med en god eftersmak i munnen.

Också efter den här middagen blir de uppringda efter någon dag. Ånyo går de till ett nytt möte och får både kaffe och kaka. Hem går de med ett nytt placeringserbjudande.

Dagen därpå drabbas båda av saktfärdigheten – igen.

– Jag tror vi behöver tänka över om vi ska anta erbjudandet. Det är inte bra att agera oövertänkt.

Efter ett tag när papperen från rådgivningsfirman samlat damm kastas de.

– Tråkigt för firman som bjöd på middagen och kanske tråkigt för oss också, säger Eva.

– Vem vet? Vad är det kungen säger? Nu vänder vi blad.

Ekerö igen

Andresz och Johan sitter på sina cyklar och kör en längre tur ut på Ekerö. Uppehållsväder och 14 grader gör cyklandet behagligt.

– Nu är vi strax framme på Färingsö, där finns ett bra matställe.

– Låter lagom, är faktiskt hungrig, säger Andresz.

– Här är det, vi stannar till och umgås med golfarna här på Troxhammar.

– Har du testat restaurangen?

– En gång faktiskt, men jag känner flera golfare som talat sig varma för att jag borde åka hit ofta och spela, ett av skälen är den goda maten.

– Låter logiskt med tanke på att golfare säkert är personer med hyfsad ekonomi, man har råd att äta gott. Men vi cyklister måste tänka på vikten, det kanske inte golfare behöver göra säger Andresz och klappar på sin något för stora mage.

– Du har i alla fall inga problem med ekonomin, så du lär nog ha råd att äta här.

– Tack för det kompis.

De slår sig ner i restaurangen och läser menyn för dagen.

– Jag tar gösen, säger Johan.

– För mig blir det kycklingfilén.

Lunchen blir ingen besvikelse.

Efter avslutande kaffe och kaka ser livet ljusare ut.

– Nu är jag rejält mätt, nästan lite däsd, säger Andresz och skrattar till. Och så fortsätter han: – försöker du göda mig så jag inte ska orka andra halvan av uppladdningen inför vår gemensamma satsning på cykelloppet i Uppsala?

– Mat och träning hör ihop, det gäller bara att tänka lite på vad man äter. Vi gjorde inget fel i dag, du valde kyckling jag valde fisk, nu kommer vi alla gånger orka att med god energi köra hårt resten av träningspasset.

Efter pausen sätter de sig på cyklarna och trampar igång igen. De prövar på moment som grannen Hanna delat med sig av. Framme vid Lovön kör de några varv där de tränar i Hannas anda. Tack vare energin från den goda måltiden orkar de ta sig hem med god farthållning.

De skiljs åt som vanligt vid Nockebybron.

– Din granne Hanna är nog en person som jag borde prata mer med, hon kan alla gånger hjälpa mig med min träning inför framtida lopp. Kan du öppna en dörr till henne?

– Självfallet, hon är säkert också intresserad av din firma, bjud henne på ett paket med något gott från din matkällare att äta så ställer hon säkert upp en stund. Jag går på henne i närtid.

– Tack kompis.

Någon dag senare får Johan ett SMS från Andresz.

– Sökt din syster Monica vid flera tillfällen men inte fått tag på henne, har också ringt på dörren hemma hos henne, men ingen kontakt. Vet du möjligen var hon är?

Johan ringer tillbaka på en gång.

– Hon är alltid lätt att nå, när jag kommer hem i dag så ringer jag henne, sitter fast i en del grejer som gör att jag inte kan just nu.

– Jag vill prata med både henne och Wille.

På kvällen åker Johan över till Monica. Ingen är hemma, inte heller Wille är där. När han går in i huset är allt öde, ingen aktivitet är på gång, allt är nedsläckt. Huset var pålarmat när han kom och kylen i bageriverkstaden är helt tom, märkligt eftersom det är den plats som är hjärtat i cateringverksamheten och där Monica och Wille i normala fall huserar för jämnan. Allt är nedsläckt i huset, det är tomt och öde nästan som ingen bott i huset på ett bra tag.

– Så här har det aldrig sett ut när jag varit här, väldigt märkligt.

Johan blir riktigt orolig. Inget svar när han ringer på Monicas mobil, fram till nu har han lämnat mängder av röstmeddelanden och bett henne att höra av sig. Inga mejl eller SMS från Monica. Inte ett livstecken.

Innan han lämnar villan ringer han Eva.

– Nu är jag riktigt orolig, detta är inte normalt. Hon är alltid så bra på att vara närvarande

– Johan, vi ska inte börja oroa oss i onödan, det finns säkert en naturlig förklaring.

– Jag känner min syster, bättre än du, hon har alltid varit närvarande i mitt liv. Eva förblir tyst.

– Jag är orolig, det måste du förstå, jag tycker det är konstigt att du bara är helt stum, du brukar alltid vara så deltagande. Det bekymrar mig.

– Ta det lugnt, hon och Wille är nog på en inköpsresa, har hon inte sagt något till dig? Hon har pratat om det vid flera tillfällen, det måste du också känna igen, eller?

Efter samtalet larmar Johan på villan, sedan som van grannsamverkanaktivist flyttar han runt verktyg och några stolar. Till sist testar han rörelsedetektorn, jodå det tänds utebelysning när han rör sig på tomten. Även hundskallet går igång när han kommer nära altanen och ytterdörren till huvudentrén.

Väl hemma i villan går Johan runt som en orolig ande. Han försöker se om han kan söka Monicas mobil i datorn för att försöka få grepp på var hon befinner sig. Inget resultat. På kvällen när det är dags att gå och lägga sig säger han:

– Måste åka till Monicas villa igen. Får jag ingen kontakt åker jag till polisstationen.

– Gör inte det. Monica vill göra något som du och jag inte ska lägga oss i. Faites confiance.

– Eva, vet du något som jag inte vet?

– Monica sa exakt så här till mig. OM, bara OM Johan blir helt vild och börjar hitta på saker som kan skapa nya problem vill jag att du säger så här till honom:- tänk på vad vi gjorde tillsammans på sjöscoutlägret. Du och jag, vi grejade det tillsammans. Jag behöver göra något liknande nu. Lita på mig.

– Sa hon så?

– Vad betyder det där? Sjöscouterna – vad menar hon?

Johan sätter sig ner och suckar. Men sucken rymmer samtidigt en stor lättnad. Nu finns det hopp, nyss var han helt förstörd av oro för sin storasyster. Och så ler han ett stort leende, det kommer av sig självt.

– Nu ska jag säga något som jag aldrig berättat för dig förut, det har legat gömt inuti mig väldigt väldigt länge

Han tecknar med handen till Eva att sätta sig ner.

– Det handlar om när jag var barn, då vår mamma blev sjuk och las in på sjukhus, pappa Frank var ute och reste mycket i jobbet, så jag var helt beroende av Monica.

Monica fixade med mat och hjälpte Johan med läxorna och allt praktiskt i vardagen.

– När det närmade sig sommar sa Frank plötsligt att han under sommarlovet ordnat med en sommarvistelse för mig på landet i socialförvaltningens regi. Tanken var att jag skulle bo hemma hos en jordbrukarfamilj under hela sommarlovet.

– Var inte det bra att han planerat något för dig, han var ju tvungen att arbeta, han kunde väl inte bara låta dig springa runt på egen hand?

– Min minnesbild är att jag som aldrig bott hos någon annan var livrädd och skrek och gapade.

Frank var orubblig och sa att det skulle gå bra.

– Jag kommer så väl ihåg att jag låg under köksbordet och grät när Monica tog fram sitt pekfinger som hon höll upp i luften en bit framför pappa Franks ansikte och sa att om han inte lät henne fixa till en lösning för sommaren så skulle hon rymma och aldrig mer komma hem igen.

– Oj, vad hände då?

– Det var första gången, tror jag, jag såg henne riktigt arg. Pappa skrek och tog tag i Monica, det var som ett värsta handgemäng. Monica var stark redan då så hon kämpade emot.

Så det blev våldsamt, eller?

– Kommer så väl ihåg att Monica sa, tror du verkligen att du kan komma någon vart med mig genom någon slags nävrätt? Passa dig jag kan mängder av grepp som gör att du kommer åka omkull och det rejält kan jag säga dig. I brottningsklubben har jag fällt tyngre gubbar än du. Och jag kommer inte hålla tillbaka! Passa dig om du försöker med att ta till nävarna mot mig eller Johan.

– Wow, vilken syster du har!

– När lovet närmade sig var Frank i Göteborg i tre dagar, när han kom hem var Monica och jag borta. Vi var som uppslukade. Monica hade berättat för mamma som hade fått instruktioner att »lugna pappa«, men mamma visste inte vart vi åkt.

– Men var var ni?

– Monica hade fixat så att jag kom till ett sjöscoutläger där hon var ledare. Allt gjorde Monica för att jag skulle slippa åka till den där lantbruksfamiljen på landet. Hon kände mig väl redan då.

– Och Frank visste inte var ni var, tänk om han hade anmält att ni var borta?

– Det var säkert för att undvika det som Monica lite senare lät Frank få veta var vi var. Han var mycket negativ till lägret men gick med på att jag skulle få vara kvar en vecka till, sedan skulle jag till den där familjen på landet.

– Men hur skötte ni era relationer på lägret? Visste de andra att ni var syskon?

– Nej, nej, jag fick lova Monica att redan från början inte någonsin yppa ett knyst till någon på lägret om att jag var lillebror till henne. Då hade det varit slut med lägervistelsen.

– Vad var det för slags läger?

– Vi skulle lära oss segla, kruxet var att jag inte kunde simma, det hade Monica inte sagt något om i ansökan. Då hade jag aldrig fått en plats.

– Så då fick du givetvis ha flytväst på dig hela tiden.

– Det var jag inte ensam om. Till en början var jag väldigt rädd, men sa inget till någon. Att jag inte kunde segla var inte så konstigt, det var likadant för många andra på lägret.

– Klarade du dig på lägret utan att kunna simma, kunde du dölja det hela tiden?

– På kvällarna eller tidiga morgnar smög vi iväg, Monica och jag, för att jag skulle lära mig simma. Jag som aldrig varit borta från mamma och pappa var plötsligt helt ensam och lägerkompisarna var flera år äldre. De första kvällarna låg jag bara och tänkte på mamma.

– Min stackars Johan.

Eva stryker handen över kinden och så kysser hon honom.

– En natt gjorde jag något som gjorde Monica väldigt arg. Jag smög över till hennes rum och sov på golvet hos henne. Hade det upptäckts hade båda två åkt ut från lägret. Monica var inte glad den natten, men i stället för att skälla peppade hon mig.

– Hur kunde ni hålla Frank borta?

– Frank kom och hälsade på, då ville han ta med mig hem. När jag visade att jag lärt mig simma bröstsim och dyka så veknade han.

– Helt otroligt.

– Monica gick avskilt med honom och pratade allvar, på håll såg jag hennes berömda pekfinger.

– Åkte Frank hem igen utan dig?

– Till mig sa Monica att hon sagt till Frank att OM du tar med dig Johan kommer jag flytta hemifrån och aldrig mer återvända.

– Det kan inte ha varit lätt för dig och Monica den där sommaren.

– Det syntes på Frank att han var väldigt upprörd när han åkte hem från lägret, han smällde i bildörrarna och tog i mig med extra hårda nypor.

– Drog han in dig i bilen?

– Nej, han sa motvilligt att jag skulle få vara kvar två veckor till, sedan fick det vara slutlekt. Veckorna som följde var underbara. Jag lärde mig simma alla simslagen och jag blev mer och mer modig. Det kändes som att jag växte när jag lärde mig saker som jag aldrig trott att jag skulle kunna lära mig. Jag fick kompisar på lägret och så ringde jag ibland till mamma på sjukhuset. Hon grät när jag berättade om allt jag lärt mig.

– Låter som en saga.

– Mamma sa när jag ringde henne att hon sagt till pappa att han skulle lita på Monica.

– Du har en helt fantastisk syster, hoppas du inser det.

– Under den där sommaren byggdes det band mellan Monica och mig som skapade en väldigt speciell relation mellan oss. Hon har alltid varit min klippa i livet.

– På mig låter det som att det hände något den där sommaren som påverkade din relation med Frank.

– Helt rätt, han insåg efter lägret att jag skulle klara mig bra utan att han ordnade något med socialtjänsten, han överlät därefter många beslut kring mig åt Monica.

– Pratar Frank om den där sommaren med dig nu för tiden?

– Aldrig, han är bra på mycket men han har aldrig förstått sig på Monicas och min relation.

– Men hur tänker du nu när Monica har sagt det där till mig om sjöscoutlägret?

– Det måste vara något väldigt viktigt på gång. Jag vet inte vad. Men det som hon ska göra kräver förmodligen hennes fulla engagemang. Tack Eva för att du sa det där. Monica vet hur jag kan reagera, hon kände på sig att jag skulle bli oroad. Nu är jag helt lugn.

Johan kramar och kysser Eva.

Samma kväll ligger Eva och Johan och småpratar i sängen.

– Det där som du berättade i dag om dig och Monica, tänk att det kom fram nu.

– Det har alltid funnits med mig, men jag har aldrig funnit något bra tillfälle att berätta det för dig.

– Tack för att du släppte fram det, nu känner jag mig trygg också. Monica har en speciell plats i mitt liv också.

Johan kryper över till Evas säng och så somnar de tätt sammanslingrade.

Återkomsten

På lunchen ringer det i Johans mobil, det är Monica.

– Ta med dig Eva och barnen så kommer Wille och jag bjuda på en måltid. Frank, Lotten och Torsten kommer också. Din vän Andresz har Wille redan pratat med, han är givetvis inbjuden, han och Wille är huvudpersonerna i kväll. Du får veta mer ikväll.

Johan ringer omedelbart till Eva.

– Vet du något om vad det handlar om i kväll? Du har ju tydligen en direktkanal in i Monicas värld.

– Jag lovar dig, jag vet inget, är lika undrande som du. Måtte det vara något bra som hon vill berätta för oss.

– Kan det ha något att göra med Andresz son att göra? Har undrat som sjutton vad det kan vara för fel när en pappa eller mamma inte har någon kontakt med sin egen son eller vice versa?

Tiden fram till kvällen går väldigt långsamt, nästan som det vore bromsolja i klockorna.

När Monica öppnar dörren ser hon ut precis som vanligt, glad och inbjudande.

– I kväll är det en glädjens kväll säger hon med sin allra varmaste röst, ni är så välkomna.

Monica ser på Johan att han vill veta allt på en gång. Hon kramar sin lillebror lite extra. Hon viskar i hans öra: – vännen, du får ge dig till tåls, tids nog får du veta vad Wille och jag ägnat oss den senaste tiden.

Hon ber Johan agera ställföreträdande värd och slå upp fläderblomssaft till alla.

En märklig spänning råder i luften när alla strålar samman i vardagsrummet hemma i Monicas stora villa. Det är både förväntan och oro i luften, Johan ser på Andresz att han ser både glad och spänd ut.

Andresz har frågat Johan dagligen om Monica. Det har verkligen tagit på Johans krafter när han inte vetat vad han skulle säga. Med tanke på hur väl de lärt känna varandra har Andresz minst sagt förundrats över Johans okunskap. Johan å sin sida har ställt sig frågor: – hur är det med min relation med Monica, varför har hon inte sagt något till mig?

Den ende i rummet som verkar vara oberörd är Frank. Andresz som i vanliga fall alltid tyr sig till Johan håller sig på lite avstånd. All den tid som gått när Monica och Wille varit onåbara tycks ha påverkat relationen.

Alla undrar givetvis vad Monica har tänkt säga till alla som samlats i kväll. Monica visar inte med en min vad som kommer hända. Hon nickar till Wille och så tar hon till orda.

– Om ni undrar var vi varit så kan jag börja med att säga att jag använt mig av mina kontakter inom släktforskningsnätverket som jag är med i. Allt började en tid efter det att Wille flyttade in i min villa. Han och jag kom att pratas vid om hans mamma och pappa. Efter hand förstod jag att jag kanske kunde vara till nytta för honom. Budskapet i kväll berör oss alla på något sätt men framför allt handlar det om Wille och en annan person i det här rummet. Wille får själv berätta.

– Vi har varit i Skåne, Helsingfors och i Pennsylvania för att ta reda på mina rötter, utan Monicas fantastiska engagemang för mig och hennes kunskaper om släktforskning hade det aldrig gått. Hon lyckades få ryska släktforskare att engagera sig i min bakgrund. Två av dem kom till Helsingfors, eftersom det inte var så lätt för oss att få komma in i Ryssland. Nu vet jag väldigt mycket om mina närmaste släktingar, under vårt gemensamma sökande och vår avslutande resa har jag fått vetskap. Det är helt otroligt vad Monica har åstadkommit, säger Wille.

Wille tittar på Andresz.

Andresz ser plötsligt strålande glad ut: – tack gode Gud, det är som jag trott och hoppats!

Andresz ser intensivt på Wille och sedan på Monica.

I nästa ögonblick rusar Wille och Andresz i varandras armar, de kramas och skrattar.

– Pappa!

– Min käre Vladimir!

Johan går fram och kramar om Monica, han både skrattar och gråter på en och samma gång.

– Vet du om att du är världens bästa storasyster.

Johan kysser sin Monica på alla kinder han kan se och så kramar han henne hårt. Tårarna strömmar ner för kinderna.

– Har du också börjat träna brottning, väldigt vad hårt du kan kramas nu för tiden, säger Monica och ler.

Monica och Wille har dukat upp för en festmåltid.

– Nu önskar vi att ni tar för er av maten, Wille och jag har hjälpts åt. Ni får fortsätta prata med varandra medan ni äter. Smaklig måltid.

Under kvällen får Monica flera gånger förklara vad hon gjort och vilka kontakter hon tagit under de senaste två åren och inför kontakterna med Ryssland och USA.

Willes mamma Frida fick en demenssjukdom i unga år. Det är ju väldigt ovanligt, därför var det inte helt lätt för Andresz och andra som kände Frida att förstå hur sjukdomen slog ut hennes kognitiva förmåga. Först flyttade hon med Wille till södra Sverige när Andresz stannade kvar i Moskva för att reda ut en del ekonomiska bekymmer.

– Gudarna ska veta att det var inte helt lätt att avveckla firman i Ryssland och flytta den till Sverige, firman hade skakig ekonomi och läget i Ryssland var osäkert, min avsikt var att ta med mig affärsverksamheten till Sverige och ha Stockholm som bas för affärerna mellan Ryssland och Sverige, säger Andresz.

– Hur länge har du och Wille försökt få fram fakta om vad som hänt? frågar Eva.

Monica tittar på Wille.

– När jag började berätta om min ryska pappa för Monica märkte jag att hon ville hjälpa mig, berättar Wille.

– Jag började med att tillsammans med Wille leta efter Fridas föräldrar och så försökte jag få kontakt med personer på socialförvaltningen som hade kunskap om Wille.

– Det kan inte ha varit helt lätt, inflikar Eva.

– Sekretess är inte så lätt att hantera. Men tack vare Fridas föräldrar fick vi så småningom fram uppgifter om Frida. Säkert på grund av sjukdomen uppstod problem i relationerna mellan Frida och hennes föräldrar, vilket gjorde att allt tog mycket längre tid än vi önskat

– Men Monica gav aldrig upp och var aldrig trött, hon har alltid stöttat mig i det här letandet, säger Wille.

– Ni ska veta att Wille inte haft det lätt i sin barndom, ett kort tag ingrep kommunens socialtjänst. Plötsligt fick Fridas föräldrar veta att Frida flyttat till USA och gift sig med en amerikan. Därifrån spred hon beskedet att Willes pappa hade supit ihjäl sig i Ryssland. Fridas föräldrar stod plötsligt ensamma, utan kunskap om att det fanns en pappa som förgäves försökte få tag på sin son, säger Monica och ser på Andresz.

– Tänk att det kan vara så svårt att få fram kunskap, säger en tagen Lotten,

– Det var mycket som vi inte hade klart för oss, det ena gav det andra, men det har varit väldigt roligt att kunna hjälpa både dig Wille och dig Andresz, säger Monica och ler.

– Inte bara en gång var jag helt övertygad om att vi inte skulle få kontakt med min mamma Frida eller min pappa, inflikar Wille.

– Tyvärr dog Fridas föräldrar i en bilolycka för ett drygt halvår sedan, annars skulle de givetvis varit med här idag, fortsätter Monica.

Wille suckar och tittar på Monica och sedan på Andresz och så tar han till orda. – När jag fick veta det sa jag till Monica att nu kommer jag aldrig få tag i vare sig min mamma eller min pappa.

– Tack vare en del papper som Frida lämnat hemma hos sina föräldrar fick vi upp en del spår som vi fortsatte att följa. Jag har haft nytta av mina kontakter, säger Monica.

Hon tittar åter igen på Wille och Andresz.

– Tack vare mitt släktforskande har jag under åren byggt upp kontakter som jag verkligen haft glädje av i den här berg- och dalbanan. Wille har hela tiden varit på och velat att jag skulle fortsätta.

Både Wille och Andresz utstrålar värme.

– Frida och jag var jättelyckliga när vi en gång i tiden beslutade oss för att flytta med Wille till Sverige, men sedan uppstod en massa problem, säger Andresz med tung röst.

– Det vi fått fram av Fridas föräldrar är att Frida mer och mer betedde sig rejält konstigt, då ryckte de in och stöttade och tog ett stort ansvar för Wille, fortsätter Monica.

– Det där visste inte jag om, då hade jag givetvis gjort något, säger en olycklig Andresz.

– Det vi också fått fram var att från en dag till en annan, utan att Fridas föräldrar fick någon som helst information, flyttade Frida till USA med en man som hon gifte sig med. Därefter var hon helt onåbar, konstaterar Monica.

Det blir en lång kväll med många tunga minnen men också en stark förhoppning om ett nytt och bättre liv för Wille och Andresz.

– Monica, du har gjort något mirakulöst, gett mig min son tillbaka, jag inser nu varför Johan alltid talat så väl om och hyllat dig, säger en tårögd Andresz.

– Monica, du har gett mig ett fantastiskt stimulerande jobb, självförtroende, arbetsglädje och nu har du också hjälpt mig att finna min pappa, du är helt otrolig, säger Wille.

Framåt småtimmarna följer Wille med Andresz till villan i Olovslund. Johan blir kvar och pratar med Monica till tidig morgon.

Hålla sig ung

På Alviks torg kommer Johan gående. Han har varit hos Monica och sedan tagit sig till Alviks Centrum för att handla mat, blicken far över skyltfönstren som passerar revy medan han går i långsam takt utanför butikerna. När han går där blir han plötsligt tilltalad av en kvinna som kommer gående mot honom på trottoaren.

– Hej Johan, hur är det?

– Hej.

Johan stannar till och blir stående.

– Vem är det som står mitt framför? Det är en ung stilig kvinna. Är det en lärare eller någon som Ebba, Daniel eller Lisa känner?

Uppenbarligen är det en person som har gjort sig illa på något sätt, kan det vara en bilolycka? Kvinnan använder rollator och hon rör sig mycket långsamt när hon närmar sig.

– Johan, så kul att se dig här.

– Hej, svarar han lite försiktigt.

– Känner du inte igen mig?

– Nej, faktiskt inte.

Johan tittar på kvinnan och ler lite fånigt, han kan för sitt liv inte komma på vem det är. Någon före detta arbetskamrat eller granne, tankarna snurrar för fullt. Han får inte fram ett ljud, han skakar lätt på huvudet.

– Det är Marie Axelsson, du känner väl igen min röst?

Marie är mamma till en av barnens kompisar. Hon är också med i bridgegänget och dansföreningen. Framför Johan står en kvinna med ett ansikte som en 25-åring.

– Jag kände faktiskt inte igen dig. När vi träffas för att spela kort är det så mycket annat att tänka på och att kolla in spelkorten ….. och i dansföreningen har Eva och jag inte gått på någon träff det senaste året……..

– Det är många som reagerar som du. Man tänker till, ser en dam med rollator som ser ut som en ungdom, vem kan det vara, känner jag henne?

– Du måste berätta.

– Som många andra av mina tjejkompisar har jag haft planer på göra en ansiktslyftning. Eftersom min Tomas arbetar i London en hel del bor jag också där periodvis. När jag skulle få min operation gjord på en etablerad skönhetsklinik i London bar det sig inte bättre än att de ringde dagen innan den planerade operationen och frågade om jag för samma pris var villig att genomgå en hudtransplantation i ansiktet i stället. En rik arabprinsessa skulle genomgått en ansiktstransplantation men prinsessan hade helt plötsligt avlidit i en olycka. Jag fick bara två timmar på mig för att bestämma mig. Kan du tänka dig? Snacka om bryderier jag hade den kvällen.

– Och…

– Man frågade mig som sagt var och man krävde eller bad om ett snabbt beslut. Det krävdes snabba puckar, jag bad att få prata med Tomas och sedan ………. Ja, framför dig ser du resultatet.

– Du var mig en modig person.

– Jag var minst sagt darrig, man visade bilder på donatorn, den döda kvinnan, som såg väldigt söt ut. En något brunare hud än vad jag hade förut. Behagligt skön, tycker du inte?

Johan nickar.

– Man ser inga ärr, slät och fin hy har du.
– Det är väl deras specialitet förmodar jag.
– Det kostade kanske en del?
– Nu fick jag det till i stort sett samma pris som man skulle tagit för lyftningen.
– Rea på operationer?
– I mitt fall i alla fall, så jag tog chansen, det är min melodi.

När hon sagt det kör hon in näven lite mjukt i Johans mage.
– Ett bra pris dessutom. Det blev väl ganska bra eller vad tycker du?
– Mmmmmmmm.

Johan ser en ung 25-åring framför sig som använder rollator. Dessutom brunbränd. Hon ler med hela ansiktet.
– Hur är det med kroppen i övrigt, varför använder du rollator?
– Jag är på bättringsvägen efter en helt onödig olycka med hälsenan, jag druttade omkull på ett klantigt sätt när jag spelade badminton, nu är det mycket bättre. Om ett tag kan jag gå normalt igen, säger doktorn.

En tid senare är Johan ute och joggar, i ryggsäcken har han färska bullar som han nyss fått av Monica. I motionsspåret möter han en ung kvinna som inte väjer åt sidan trots att det är ganska brett på skogsstigen. Johan väjer ännu mer åt höger och saktar ner på farten, kvinnan tycks väja åt samma håll. Johan stannar till.
– Hej igen.
– Hej själv.

Johan svarar naturligt även fast han inte känner igen personen.

– Vi syns på bridgeklubben i nästa vecka, eller hur?

Kvinnan skrattar. Nu känner han igen rösten och kvinnan.

– Marie?

– I egen hög person.

– Nu tycks du vara i toppform igen. Hälsenan är bra nu?

– Absolut, doktorn friskskrev mig härom dagen

– Då får jag bjuda upp den nygamla medlemmen till en bugg när det så småningom blir dags för dans på villafesten.

Marie berättar om nya upplevelser och om hur det känns att åka buss när unga killar sätter sig bredvid och börjar prata med henne.

– Några killar har frågat om jag vill hänga med på bio, det var ett tag sedan man fick sådana frågor. I morgon ska jag fräscha till tänderna.

– Rotfyllning eller något annat trevligt?

– Tandblekning, passar nog bra till det allmänna utseendet, eller vad tror du?

Johan nickar tyst.

– Och därefter, något mer på tur?

– Det skulle i så fall vara att jag behöver hjälp med att ta bort hårväxt på några ställen.

– Jag har hår på huvudet men i övrigt har jag väldigt lite benhår eller hår på bröstet, så dit behöver jag inte gå.

– En sak följs av andra, konstaterar Marie glatt.

– Hur sa?

– Man måste hänga med, säger hon och skrattar.

Efter ett kort stopp skiljs de åt. Johan fortsätter hemåt och tankarna kommer farande. En medelålders kvinna med en 25-årings hy och ansiktsuttryck. Själv har han tvekat om tandblekning. Kanske dags att överge saktfärdigheten och beslutsångesten och ersätta det med kraftfullt agerande här och nu, innan det är dags för rollatorn.

När han kommer hem varm och svettig står Eva på tomten och vattnar en rabatt.

– Jag mötte Marie, man känner knappt igen henne längre.

– Vad säger du, har du kommit på det själv?

– Jag menar, kommer det inte se konstigt ut i framtiden när man möter farbröder och tanter med rollator på gatan och så ser de ut som 25-åringar i ansiktet?

– Om du tänker säga att du själv vill se ut som hon gör så kanske vattenstrålen riktas mot dig.

– Älskling, jag bara tänkte högt.

– Allt man tänker behöver man inte säga, plocka lite kryddor i odlingslådan på vägen in, duscha och byt om så kan vi äta middag.

Vid middagen ber Eva att Johan ska förklara för sina barn varför han vill använda familjens pengar till skönhetsförbättringar av sin kropp i stället för satsningar på ungdomarnas utbildning, trevliga semesterresor eller stöttning till ungdomarnas framtida boende.

– Om du hade varit skådis pappa hade jag förstått det, vi gillar dig ändå även om du inte har kritvita tänder och hud som en 25-åring, säger Ebba.

– En liten sak behöver jag dock hjälp med och det är mina mungipor.

– Ska de gå uppåt? Tänker du på uttryckssättet glad och pigg, undrar Eva.

– Jag tänker mer hälsoförebyggande. I dag har jag problem med att kinderna hänger ner i djupa veck och det har bildats djupa veck kring munnens ytterkanter.

Han visar sina mungipor och så försöker han förklara att det blivit svårare att raka sig.

– Pappa, jag ser ingen skillnad, säger Daniel.

Johan fortsätter förklara att när skäggstråna blir kvar efter rakningen så uppstår lätt irritation.

– Alla vet vad sår leder till för risker, det är inte lätt att få hjälp på vårdcentralen för sådana problem.

– Vadå? Vad pratar du om, undrar Ebba.

– Munsår kan lätt bli stora. Om man inte får mungipssår behandlade på vårdcentralen vilket krävs när man inte själv kan kurera såren, så kan det leda till bakterier.

– Vart vill du komma? säger Eva. Hon ser inte lika glad ut som i början av måltiden.

– Jo, om jag får ert stöd går jag till en doktor och ber om förebyggande insats. Ungefär som »motion på recept«, fast i mitt fall rör det sig om att dra upp en del av kinden så att vecken runt munnen försvinner. Därmed undanröjs alla risker för munsår och stora komplikationer. Alla vet också vilka risker för depression människan kan drabbas av vid svårare hälsoproblem.

– Men pappa, tror du på det där själv, säger Daniel.

– Välj gärna någon annan vårdcentral än den som ligger närmast, tillägger Ebba.

Johan maler på: – dessutom vet alla att om man möter en annan människa som är glad så blir man själv glad. Den där lilla insatsen som jag önskar hjälp med den betalar sig ganska raskt för samhället. Det kallas för samhällsekonomi!

– Pappa, sjukvårdskostnader är inte samma sak som samhällsekonomi, förklarar Daniel.

– Jag menar bara så här.

Johan ser på Eva att han inte får hålla på mycket längre till, tålamodet håller på att ta slut.

– Jo, det finns belagt att man blir gladare om man t.ex. har en penna mellan tänderna. Samma sak är det för en hund. Hundar med ben i munnen viftar alltid glatt med svansen.

– Johan du har ingen svans! Det är dags att du går ut i köket och tar fram efterrätten som jag gjort. Sätt gärna på lite kaffe också.

Johan reser sig upp från bordet för att gå och skriva en lapp om att beställa tid hos en doktor. Undrar bara var man hittar denna medicintekniskt nytänkande doktor? Får fråga Carl-Eric, han är trots allt sjuksköterska. Johan hittar en lapp i hallen och gör en notering. »Mungipe-ingrepp!? Kontakta Carl-Eric« och så knycklar han ihop lappen och lägger den i plånboken.

Villaföreningen

Det finns olika sätt att kommunicera på i ett villaområde. Det finns koder för det mesta. Har man en tänd marschall utanför entrén en kväll så betyder det att man har gäster. Kommer man gående i seglarskor på väg till bilen så ska man ut och segla eller göra en tur med motorbåten. Har man röda långbyxor på en helgdag så vill man säkert lite försynt berätta att man seglat jorden runt. Likaså kan man se på en kvinna om hon är på väg till segelbåten, då har hon ofta ett hårband i siden som löper över håret några centimeter bakom hårfästet, bandet är inte sällan fäst med en knut i nacken inte under hakan. Hissar man svenska flaggan är det kalas på gång. Militärens gamla regel om att hala fanan i skymningen är inte något som alltid följs, nu råder frihet att hissa och hala efter eget huvud. Flaggstängerna har inte ägare som följer gamla traditioner från försvaret, många fastighetsägare har aldrig gjort värnplikten. Sätter man sig i bilen klockan 8 eller tidigare på lördagen eller söndagen är man på väg till bageriet för att köpa färskt bröd. Kommer grannen gående med stora hörlurar på tomten är det för att hålla bullret från gräsklipparen eller trimmern borta, boende kommer gärna gående mitt i gatan med hörlurar lyssnande på böcker eller musik till och från tuben gärna i kombination med en accessoar som ett par häftiga solglasögon och inte sällan en kopp med kaffelatte oavsett om det är starkt solsken eller tid på dygnet. Sätter grannen på sig snickarbyxor är det hantverksarbete på gång. Har mannen i familjen satt på sig ett köksförkläde är det dags för grillning. Möter man en person som går på trottoaren i villaområdet är det någon som är på tillfälligt besök. Då får man vara beredd på att få en fråga om vägen och vara vägvisare.

En av de trevliga sakerna med att bo i villa är att det finns en villaförening. Där kan man lära känna andra i området och få veta vem som flyttat och vart och ibland få veta hur mycket någon betalat för ett hus. Till att börja med är årsmötet en viktig tillställning. De första åren när Eva och Johan gick på mötena bjöds på kaffe och bullar, ofta förenat med ett intressant föredrag. På senare år har mötena ändrat karaktär, föredraget är inte sällan skippat och kaffet har ersatts med bubbel eller drinkar. Genom att gå dit och smaka får man tillbaka en del av avgiften. Efter mötet kan man äta middag på restaurangen som villaföreningen brukar anlita för årsmötena. Men det är inte bara årsmöten att gå på. Några gånger per år är det aktiviteter för barnfamiljerna, det handlar om cykelbytardagar, löpning och fotbollskvällar och så är det Valborgsmässofirande med tal och raketer som lyser upp kvällshimlen.

En gång per år är det stor fest för de vuxna. Det kostar en slant men man får valuta eller utväxling på insatsen eftersom evenemangen inte sällan sponsras av något företag med anknytning till någon som bor i området. Det kan förekomma att någon i föreningen som jobbar på ett framgångsrikt företag kan motivera ett bidrag till arrangemanget med hänvisning till att kundgruppen villaboende är målgrupp som företaget kan ha glädje av. När inbjudan kommer gäller det att vara alert med anmälan – först till kvarn är inte ovanligt som urvalsgrund.

Villaområdet är på väg att föryngras. Så har det väl alltid varit, familjer flyttar in med små barn och så lever man förhoppningsvis väldigt länge och så flyttar man ut när man inte längre orkar gå i trapporna eller så lever man i villan tills man blir buren ut. Generationsskiften pågår hela tiden. När barnen flugit ut ur boet har många goda vänner och par som Eva och Johan umgåtts med valt att köpa en annan bostad och flyttat från området. En del blir dock kvar, precis som Eva och Johan. Också i styrelsen märks det av att fler nya kommit in. De nya är festsugna, man vill säkert lära känna andra i föreningen och då är villafesten ett bra sätt.

I juni kommer det en inbjudan till en båttur i festskrud anordnad av de båda villaföreningarna i Bromma där såväl Monica som Eva och Johan bor. Temat i inbjudan är »1950-tal – tid för rocken«. I inbjudan skriver man också att ett av de stora byggföretagen kommer berätta om några nya byggexploateringar utmed Mälarens vatten. Därefter kommer det ätas middag och så kommer man få dansa långt in på natten. Festen ska äga rum i augusti. Johan som också är engagerad i bridgeklubben och dansföreningen i Bromma ser möjligheten att slå ihop flera evenemang i ett. Bridgen firar 20 år och han har som styrelseledamot där ett ansvar för att ordna något trevligt. Johan och Monica gör upp en strategi.

– Vi ringer runt till klubbmedlemmarna och så anmäler vi 50 personer som en gruppanmälan från bridgen och dansgänget.

– Låter väldigt trevligt och smart, vi har ju inte varit med på några år.

– Om vi kontaktar medlemmarna i kväll så kan jag anmäla oss i morgon bitti.

Monica ringer tillbaka: – i stort sett alla som jag fick tag i vill vara med på festen, man var verkligen på!

– Fick också väldigt många positiva svar, nu fixar jag vår gruppanmälan och betalar in avgifterna. Trots allt bor många av bridgespelarna också i villaområdet.

På inbetalningen skriver Johan en lång lista med namn inklusive Monicas, Evas och sitt eget namn följt av Monicas och Johans gatuadresser.

– Alla medlemmar i villaföreningen går ju ändå inte, nu ser vi bara till att höja deltagandet från våra gator i villaföreningen, konstaterar Monica.

Ingen reaktion de närmaste dagarna gör att Johan slappnar av och tänker inte så mycket mer på saken.

När det är dags för festturen med båten tar de tre sig till kajen vid Alviks strand där fartyget ligger och väntar på avgång. Kvällen är som beställd. Ombord på det stiliga skeppet ska de tillbringa hela kvällen och en bit av natten. De har vilat sig lite extra inför kvällen, dansskorna är nerstoppade i en påse. För Johans del är fotbäddarna med för säkerhets skull. Mälaren ligger kav lugn. Det är en sådan där osannolik sommarkväll som man kan ha i Sverige några gånger på ett år. Under dagen har det varit riktigt sommarhett, men nu på sena eftermiddagen börjar temperaturen långsamt sjunka.

Unga och äldre strömmar till och kliver ombord på fartyget. Bridgeklubbens medlemmar höjer medelåldern, få understiger sextio år. Johan och Eva tillhör definitivt de yngre bridgespelarna. Det är samling på akterdäcket. Stämningen är uppsluppen. Män med fett i håret, de allra flesta med vitt eller grått hår, syns gå omkring på däck med smoking, tjusiga kavajer eller kostymer. En del har verkligen satsat på 1950-talet. Damer syns i höga klackar, kjolar eller klänningar. Där finns också frisyrer med lockar och svinrygg. Bridgeklubbens och dansföreningens medlemmar dominerar tillställningen.

– Min gode Johan, tänk på att solen värmer vilket gör att det går åt en del drinkar, vätskebalansen är a och o. Du får gärna hämta påfyllning till dig och mig men ta alkoholfria alternativ tack, säger Monica.

Vid en bardisk närmast aktern står en servitör, han behöver inte vara sysslolös. Långt ifrån alla beställer alkoholfria alternativ.

En gin och tonic, en cola med rom, ett glas vitt eller ett glas rosé är vanliga beställningar.

Ljudnivån stiger i takt med att gästerna fyller på hos den generösa servitören vid bardisken.

– Varmt välkomna alla kära villaägare, ikväll ska vi fira och ha en fin samvaro, säger ordföranden i villaföreningen när fartyget kommit en bit ut på redden. Under tiden då fartyget tar sig fram över Mälarens vatten på väg till Drottningholm kan man roa sig med att gå runt och besöka tre stationer.

I högtalarna ropas de olika stationerna upp.

– Om ni vill veta mer eller passa på att i kväll reservera en andelslägenhet kan ni göra ett riktigt kap, en representant som heter Anna sköter om den stationen.

– Station två är den stora snackisen ikväll, nya bostäder utmed Mälarens vatten, det får ni inte missa. Bostadsföretaget är också med och stödjer vår utflykt, passa på att planera för ert framtida boende redan ikväll. Då kan ni göra två flugor på smällen.

– Till sist, varför inte köpa en weekendresa för familjen eller med er käresta, extra rabatt om man köper en resa i kväll ombord på fartyget. Olle som arbetar inom resebyråbranschen har flyttat till villaområdet och han har lyckats förhandla fram ett erbjudande för kvällens festande som inte bör missas.

Ett kortare föredrag ute på däck om planerade byggnationer i det stora byggföretagets regi levereras. Farten gör att man kan njuta av en lätt bris, den kyler inte men den gör livet på däck än mer behagligt. Hela festsällskapet lyssnar på föredraget och deltar i frågestund sittande på däck. Stort intresse gör att inslaget tar tid. Kanske har man sålt in några kommande bostäder här i kväll? Allt avslutas med långa och uppskattande applåder.

Utrustade med var sin drink vandrar Eva och Johan runt till stationerna. Monica har slagit följe med ordföranden i dansföreningen.

Eva och Johan samtalar med en kvinna som förmedlar andelslägenheter.

– Ni kan köpa en andel i en lägenhet i Åre men ni måste inte åka dit, föredrar ni Miami eller Tokyo i stället så kan ni göra det. Ni köper en andel, betalar för underhåll och städning, det berättigar er till att åka och bo var som helst i hela världen.

– Men var kan man bo?

– I stort sett hela världen finns med i vår katalog.

Kvinnan ler med hela ansiktet när hon berättar om affärsidén. För att förtydliga lyfter hon upp en katalog som påminner om en gammal telefonkatalog. Det räcker inte med en hand, hon får använda bägge för att lyfta underverket.

– Det är ju en enorm mängd hotell, eller!?

– Precis, och det bästa är att alla hotell har toppkvalitet.

– Men varför gå omvägen och köpa en andel om man inte behöver eller vill bo i Åre?

– Det handlar om valfrihet, dessutom får ni del av värdestegringen. När ni säljer andelen om tio år har den stigit i pris.

– Vi väntar med att ta ställning till efter middagen, är du kvar till senare i kväll?

– Visst ni är välkomna och ni får samma låga pris senare under dansen, kom gärna tillbaka då.

Monica berättar att hon bokat in sig på en visning av en andelslägenhet i Åre.

– Men när ska du åka dit?

– För att jag går dit och lyssnar är jag inte tvungen att köpa en andel, däremot är jag garanterad en presentkupong till NK, det kan vara kul att få pröva på något nytt.

Stationerna är populära, festdeltagarna står på tur och väntar tålmodigt.

En i bridgeklubben har ordnat med en extra station som består av musikfrågesport och pilkastning. Det visar sig vara en populär station.

Ljudet från högtalarna annonserar: – kära villaägare, det är att dags att inta sin plats vid middagsbordet.

Till förrätt får man pilgrimsmusslor med en svampröra och brysselkål. Till det dricks ett glas chablis. Som varmrätt äts en Pekinganka med rött Bordeauxvin. Några i bridgegänget sjunger folkvisor efter varmrätten. Inget öga är torrt. Stämningen blir allt bättre. Till ostbrickan serveras calvados, samtidigt ställer sig representanten från det stora byggföretaget upp och redovisar resultatet av kvällens presentationer och utlottning. Två bridgespelare vinner en helg på Gotland. Man hade gissat rätt på hur många år det stora byggföretaget varit etablerat i Danmark. Som dessert äts en New York Cheesecake.

– Dags att njuta av dansmusiken och ta plats på dansgolvet, bjud upp er middagspartner och bidra till en fin kväll för oss alla.

Discjockeyn kör igång med musik från gamla goda tider. Bridgeklubbens sekreterare är väl förberedd och talar med discjockeyn om musikvalet, det utmynnar i att det med lite mellanrum plötsligt spelas en gammaldanslåt.

– Johan, nu måste du dansa med mig, säger Monica.

Villaföreningens medlemmar blir ofta stående vid sidan om dansgolvet när gammeldanslåtarna spelas. Men det går ingen nöd på festdeltagarna. Alla som inte dansar varje dans tröstar sig i den rikligt utrustade baren. Bartendern är alltid lika villig att slå upp en ny drink.

– Var har du lärt dig det ädla bartenderyrket, undrar Johan.

– Stockholms Universitet, juristlinjen, säger den glade ynglingen.

Väl hemma i Alvik vandrar Monica, Eva och Johan nöjda och trötta av från fartyget. Eva stoppar sin hand i Johans.

– En fest över generationsgränserna, det gjorde Monica och du bra.

– Det var en helt ok kväll, svårt att inte hålla med även om jag själv är en del i det hela.

– Johan, det var inte bara ok, det var underbart, konstaterar Monica.

När de vandrar mot Smedslätten för att sova över hemma hos Monica pratar de om Marie som uppvaktades livligt av en man i 30-årsåldern.

– Det kunde väl ingen på båten undgå, konstaterar Monica.

– Det är inte så lätt att komma ihåg allt som sas allra helst som man fått så många gratisdrycker den här kvällen, nu bortser jag från dig Monica som alltid håller dig till alkoholfria drycker, säger Eva.

– Hörde du något intressant, säger den alltid nyfikne Johan.

– Jo, ibland stod jag så till att det nästan hördes vad som sas, säger Eva.

– Jag kunde inte stå och lyssna så mycket, försökte dansa med så många om möjligt, det brukar uppskattas av damerna att killarna bjuder upp.

– Förmodar att ni talar om killen som är nyvald i styrelsen och som är relativt nyinflyttad i en villa här i Trädgårdsstaden, han visade mycket stort intresse för Marie, det såg till och med jag.

Monica tystnar.

– Kommer det inte en fortsättning?

– Okej, vid ett tillfälle kliade han henne på ryggen och en bit ner på ländryggen, det lät samtidigt som att han frågade henne hur det kändes att dansa med pensionärer.

– Och.. hände det något? frågar Eva.

– Han blev väldigt konfunderad när Marie sa att hon varit ihop med sin Martin ända sedan 1989 då muren föll.

– Wow!! Hur reagerade han på det?

– Han liksom studsade till, det glada flinet stelnade. Efter någon sekund liksom drog sig den tidigare så aktive mannen långsamt tillbaka. Han liksom försvann in i dimman bland dansande par. Såg inte till honom mer över huvud taget. Vet inte om han gick bort till baren för att trösta sig hos den unge raske bartendern, säger Monica.

– Jag kan lägga till, säger Johan, – samma kille som så ivrigt uppvaktade Marie på festen framförde en hel del animerade synpunkter till mig mot slutet av den här underbara festnatten när vi stod vid relingen. Han var rejält sur och skulle se till att jag fick betala för att jag »stulit« den här festen från många vanliga villaägare genom den gruppanmälan jag gjorde för att gynna en massa bridgespelare.

– Va!? Det var mer än lovligt fräckt, han var väl sur för att raggningen gick så dåligt, inflikar Monica.

Johan fortsätter.

– Eftersom Marie just då råkade passera när den unge mannen hävt ur sig en massa påståenden, bad jag lite troskyldigt att få presentera Marie för honom. Ville se reaktionen.

– Det var bra gjort.

– Då tystnade han på en gång, det såg ut som han sjönk ihop på något sätt varpå han vände sig om utan att säga ett ord eller ens se Marie i ögonen. Han undslapp sig något när han dröp iväg att han var tvungen att ringa, avrundar Johan.

– Hohoho

Vännerna går tysta en bit, när de närmar sig Monicas villa så vaknar de till.

– Apropå Wille och Andresz så har jag blivit bjuden på en

kryssning på Göta Kanal, det blir Wille, Andresz och jag som far iväg om snart fyra veckor, säger en glad Monica.

– Det är du väl värd.

– Ska faktiskt blir riktigt kul, har alltid drömt om att få åka den nån gång.

– Älskling, vi borde också boka en sådan resa, det vore liksom lite kul, eller... säger Johan

– Tänk, samma tanke fick jag också, är vi så lika nu för tiden att vi reagerar på precis samma sätt på vad andra människor säger, det låter sjukt tråkigt, min käre älsklingsgubbe.....

– Varför skulle det vara fel, låter fett bra, tycker jag, säger Monica.

Vännerna är nu framme vid dörren till Monicas villa, innan de går till sängs sitter de en stund på altanen i den underbara sommarnatten och småpratar och dricker av Monicas äppelmust.

Några dagar senare ringer ordföranden i festkommittén som stod som arrangör för den gemensamma villafesten till Johan.

– Vi har fått ta emot kritik från en del villaföreningsmedlemmar. Många besvikna medlemmar i villaföreningarna gick miste om den trevliga båtresan på grund av bridgespelarna.

– Det var en fin fest tack vare er, det är alltid så att alla inte kan vara med.....

– Det du gjorde var inte ok, det konstaterades enhälligt. Även några medlemmar som var med på festen har framfört kritiska synpunkter till styrelsen.

– Jag lyssnar.

– Men jag vill samtidigt som jag framför den här kritiken också säga att vi har beslutat att inte göra en stor affär av tilltaget men det fanns en ung man relativt nyinflyttad och välartikulerad som inte nöjde sig med det och som reserverade sig på mötet.

– Men det var ju fritt att anmäla sig och först till kvarn …. brukar ju vara regeln eller hur….

– Johan, tack vare ditt mångåriga engagemang för Grannsamverkan och dina fina insatser för att höja tryggheten i områdena så ville alla utom en man att den här gången skulle udda vara jämnt.

Johan bockar, men det ser förstås inte festkommittéordföranden som ringer.

– Jag fortsätter givetvis gärna mitt arbete med Grannsamverkan, det har gett mig mycket under alla år och förhoppningsvis vinner vi alla som bor i villa på det. Nu står vi inför tester med ny teknik för att testa koncept som »gated communities« – vi kan bli föregångare!

– Bra, det där gör du förbaskat bra.

– Mmmmm du ska veta att årets fest var typ magisk liksom – ähuuuummmm det tycker både Eva, min syster Monica och jag själv. Tack för att ni organiserade den så fantastiskt bra.

– Det är du inte ensam om att tycka, desto mer trist att många villaägare inte fick plats på festen……

– Och så vill jag passa på och tacka för talongen på 500 kronor till klädbutiken, det blir ett fint bidrag till ett par nya badbyxor till mig.

– Nu Johan tror jag att det är dags att avluta samtalet för i dag, jag vill inte gräva djupare i detta, det gagnar inte samvaron ……

– Visst, vi syns säkert snart……

Ordföranden i festkommittén säger sen något som Johan inte uppfattar varpå telefonsamtalet avslutas. Ibland är det svårt att höra vad som sägs i telefonen i slutet av ett samtal.....

Johan ringer omedelbart Monica och berättar.

– Kan man kalla årets innovativa villafest mellan våra kära villaföreningar efter utfallet av mitt samtal med festkommitténs ordförande för en salomonisk efterbörd till det senaste villaåret?

– Äääåummmmm, låt mig se, det tror jag faktiskt, min käre bror, det gjorde vi förbaskat bra.

Fördjupade relationer

– Kan vi inte skaffa en leguan? Det är Lisa som frågar.

Johan blir alldeles kall och stel i hela kroppen.

– Hörde jag rätt?

Johan vet knappt vad en leguan är för något.

– Kan det vara möjligt att min egen dotter vill ha en jätteödla gående omkring hemma i villan? Suck, Lisa har ibland idéer som är svårförståeliga, förstår du mer min kära älskling?

– Johan, i den här saken är jag lika undrande som du.

Johan känner sig stärkt av Evas svar.

Men man vet aldrig, vad händer om enigheten rämnar och Eva byter sida?

Allt kan hända i en familj. Husdjur är ett område som kräver sin kompetens. När familjen sitter och äter kommer ämnet upp igen.

– Jag har en kompis i klassen som har en leguan, i en annan klass är det en tjej som har två leguaner, berättar Lisa.

Johan tycker alltid att just den typen av hänvisningar är knepiga, det finns säkert de som har råd att köpa både en och två leguaner men det är inte primärt en ekonomisk fråga. Tankarna snurrar vidare, frågan är vad som kommer hända härnäst? Blir det en leguanvåg i villaområdet? Många saker kan hända om det plötsligt stormar till på sociala medier. Men det är inte läge att ta upp det här och nu.

– Men för att det är en eller två barn i skolan som har en leguan behöver inte vi omedelbart göra samma sak, säger Eva.

– Instämmer i vad mamma sa nyss, säger Johan.

En bit därifrån sitter Sixten helt obekymrad och slickar sin päls, det verkar inte som att Sixten är det minsta oroad över Lisas prat om leguaner.

Johan tittar på Sixten, – måtte inte fler kompisar till Lisa säga samma sak, då hamnar vi snart i ett pyrt läge. Göra som andra är en vanlig sjukdom. Tänk att få en leguan som kompis i villan?

Sixten rör inte en min, han är alltjämt lugnet själv.

Såväl till frukost som till middag utkämpas det under en tid en hård kamp med yngsta dottern. Eva och Johan försöker få Lisa att inse att familjen inte ser en leguan som det viktigaste tillskottet till familjen.

Johan tar upp saken på fikarasten på jobbet i hopp om att få lite tröst eller stöd från någon arbetskamrat. Kalle, en f.d. arbetskamrat, är på besök vid fikarasten, han nappar direkt.

– Min fru och jag har varit i Thailand och letat efter en sommarbostad. Vi har försökt hitta ett drömboende för oss två.

– Låter mysigt.

– Vi hade en underbar resa och en jättefin vistelse med bad och varmt väder, dessutom mycket god mat till rimliga priser.

– Var höll ni till?

– Vi åkte runt till några kända turistorter, Vi var där på en rekognoseringstur kan man kalla det.

– Bodde ni på det ställe där ni tänkt köpa en sommarbostad?

– Visst, det var särskilt ett bra inrett hus som hade alla tänkbara bekvämligheter, fräscht och snyggt.

– Kunde ni bestämma er redan efter provbo-perioden?

– Vi var verkligen sugna men det var en sak som dök upp och som gjorde det komplicerat.

– Oj, vadå?

– Nästan varje natt vaknade vi av rejäla bankningar i husväggarna. Första kvällen trodde vi det var jordbävning eller något jordskred i närheten.

– Låter inte kul, men fick ni veta vad det var som låg bakom?

– Inte på en gång, bankandet fortsatte, natten därpå blev vi oroliga för om det var gäng eller överförfriskade turister som åkte runt på natten och störde sovande turister.

– Hjälp, såg ni några personer?

– Det var mörkt, becksvart ute, men vi hörde ljud, det lät nästan som att någon gick och slog med en hammare i husväggen på olika ställen, väldigt obehagligt.

– Men kunde ni inte gå ut med en ficklampa och se vem som åstadkom det där livet?

– Det konstiga var att ljuden kom från i stort sett alla ytterväggar, någon natt kunde bankningarna pågå flera timmar. En kväll ringde vi polisen, men när polisen kom var det plötsligt lugnt.

– Fick ni fick inga ledtrådar av grannar eller spår i närheten av huset? Vad gjorde mäklaren?

– Där fick vi inte mycket hjälp. Möjligen såg eller kände snarare min fru att det fanns spår på marken alldeles utanför dörren, men varken hon eller jag kopplade det till ljuden på natten.

– Upphörde det där bankandet så småningom, eller?

– Nej, det var därför vi blev rejält oroliga, vi var övertygade om att det kom från berusade skummisar eller ungdomar som levde rövare på natten. Så vi skaffade ficklampor.

– Fick ni klarhet någon gång?

– Till sist klämde mäklaren fram att det handlade om leguaner. Mäklaren sa att det är vänliga och stillsamma djur, den enda egenheten de har är att de svänger sina breda svansar i kraftfulla rörelser, gärna på natten.

– Wow, så det var deras svansar som bankade på era väggar?

– Jo, det kan tydligen låta rejält om de går och slår med svansarna mot ett trähus.

– Kom mäklaren med något lugnande?

– Han sa bara att det inte är särskilt troligt att de kommer bo kvar i området, när leguanfamiljen flyttat får ni hur tyst som helst.

– Köpte ni huset?

– Du vet, min Ulla har rejält dålig syn vilket gjorde att hon var mycket tveksam. Till slut kom vi fram till att ett hus i Spanien är nog bättre – där finns inga leguaner.

– Där har ni en poäng. Så nu har ni köpt något i Spanien i stället?

– Jo, det gick kvickt, nu har vi en bostad utanför Malaga.

– Grattis.

Johan berättar för Eva om Kalles Thailandsresa.

På något sätt lyckas Johan överföra sentensen av Ullas och Kalles berättelse till Lisa. Det dagliga pratet om att skaffa en leguan ersätts av allt mer sällsynta diskussioner om leguaner. Till slut slutar Lisa att ta upp sitt »krav« på att familjen ska skaffa en leguan.

När så Johan efter en tid utan högljudda diskussioner om leguaner ligger och läser en bok om bollsporter i hammocken närmar sig Sixten ljudlöst, som vanligt, han hoppar upp i hammocken och kliver upp på Johans mage. Långsamt går han fram till ansiktet och slickar Johan på näsan. Sixten utstrålar ödmjukhet och tillfredsställelse. Han buffar till Johans haka med huvudet mjukt och försiktigt och så jamar han strax intill Johans öra. Det är alldeles tydligt att Sixten vill säga något. Han tittar med sina stora gröna ögon på Johan och så viskar han: – jag är väldigt glad över att Lisa nu upphört med sitt pratande om leguaner. Din berättelse om leguanerna i Thailand tog skruv. Ett tag var jag rejält konsternerad av Lisas tjat om leguaner, det gick bortom min horisont. Jag var rejält oroad. Det gjorde du väldigt väldigt bra Johan.

– Jag ska säga som det är Sixten, ett tag var jag minst sagt lika orolig som du när Lisa gick på med sitt prat om leguaner.

Johan ler och klappar Sixten först på hjässan sedan under hakan och ner på magen. Sixten spinner ljudligt som han brukar göra när han trivs riktigt bra med tillvaron. De två blir liggande i hammocken helt tysta en bra stund. Det är bara vinden och fåglarna som hörs. Sixten reser sig och skakar till i hela kroppen. Innan han ger sig iväg öppnar han munnen och vänder sig till Johan, då kommer det något knappt hörbart.

– Tack kompis.

För en sådan vig varelse som Sixten finns det många sätt att ta sig ner på gräsmattan från hammocken. Ljudlöst landar han på gräsmattan. Johan sträcker sig efter kaffekoppen som står på det lilla bordet tätt intill hammocken.

Han dricker upp det sista i koppen och lägger sig till rätta med huvudet på kudden. Johan följer Sixten med blicken när han går över gräsmattan bort mot blomsterlandet. Det faller sig så att han ser Sixten rakt bakifrån. Plötsligt får Johan en väldigt fin förnimmelse av uttrycket »catwalk«. Alla fotomodeller går på en »catwalk« när det är modevisningar, det har till och med Johan koll på. Modellerna som kommer gående på en catwalk ser till att sätta ner höger fot snett framför vänster fot och vice versa, därigenom svänger höften från sida till sida. När Johan nu ser på sin käre Sixten bakifrån slår det honom hur snyggt bakdelen rör sig när han sätter ner sina tassar så fantastiskt graciöst nästan majestätiskt, allt medan svansen står rätt upp och sänder en glad hälsning. Det ser så härligt och elegant ut, trots att Sixten inte är tonåring längre.

Den här gången är det bara EN åskådare som kan njuta av Sixtens uppvisning. Johan blir varm inombords när han med tårar i ögonen följer kompisen Sixten med blicken. Innan Sixten hoppar upp på altanen vänder han sig om och blinkar med båda ögonen.

Och så kollar han in Johan riktigt ordentligt en extra gång varpå han sänder en tyst signal.

– Det där med leguanen det gjorde du kolossalt bra!

Johan nickar och ler och så håller han upp tummen i luften.

Tänk att en katt är så klok. Och jag som var så kritisk när familjen i övrigt ville bli med katt. Nu är jag lika fäst vid Sixten som Lisa, eller ännu mer än min kära dotter. Sixten och jag är inte bara vänner, vi är bundsförvanter. Behöver han hjälp med reviret så kommer jag inte att tveka att ingripa. Vad det än må kosta.

Det tysta tankeutbytet de två vännerna emellan avbryts av en granne som tydligen tycker att det är nödvändigt att dra igång en trimmer på söndag eftermiddag.

– Att man inte helgar vilodagen är helt ok, jag kräver inte att man ska vara helt stilla på söndagen – inte ens mellan klockan elva och tolv då gudstjänsten äger rum – men måste alla grannar skaffa elapparater som låter så förbannat? Ursäkta uttrycket!

När Johan sagt det ser han bort mot Sixten som svarar med att blinka med ögonen och så öppnar han munnen: – Kan bara instämma, kompis.

Golfen överraskar

Dags för golf en varm helgmorgon på Bromma golf. Tidigt på morgonen är harpaltarna som vanligt i majoritet gentemot golfspelarna. Harpaltarna har ett bra liv, de kan ligga och njuta i gräset utan större risk för att få en golfboll i huvudet. Men om någon vecka när golfsäsongen verkligen kommit igång då får harpaltarna söka sig till nya platser. Efter golfrundan tränar Johan teknik på rangen. Golfvännerna som var med på den nyss avslutade golfrundan åker hem medan Johan håller sig kvar en stund och tränar chippar och puttar.

Visst är rangen en fantastisk innovation, där kan man stå och nöta slag och teknik. Men om man ska berätta för någon som inte själv spelar var man trivs bäst så är det ute på banan, när man kan se spelet växla mellan flyt och oflyt och småprata med andra golfare. Hela tiden under en runda blandas småprat med intensiv koncentration inför nästa slag.

Tankarna snurrar i huvudet. Tänk om man kunde hitta en golfkompis som har en kolonilott intill golfbanan, det skulle vara höjden av lycka.

Precis när Johan ska gå hem ser han sin golfPRO, Linda. Hon har betytt mycket för hans spelande och självförtroende, de växlar några ord om rundan som han nyss avslutat. Johan passar på att anmäla sig till en kurs om chippar och sandbunkerslag.

Anhalt nummer två den här lördagsmorgonen är återvinningsstationen, då blir det småprat med en i personalen. När kvinnan ser golfklubborna utbrister hon:

– Ser att du är på väg till golfbanan, kul att göra något trevligt så här på förmiddagen.

Johan ler tillbaka.

– Har faktiskt redan spelat en runda, nu gäller det bara att tömma bilen på rätt saker.

– På så vis.

– Det finns faktiskt vänner i min närhet som säkert inte skulle ha något emot att bilens baklucka tömdes på allt innehåll, inklusive golfklubborna.

Golfklubborna blir kvar i bilen och golfandet fortsätter. Efter 7 magra år, precis som i Bibeln, så vänder det. Fler börjar spela golf och Johan känner av en medvind som sveper över hela landet inklusive Bromma. Ungdomarna i familjen har börjat spela och blir tända och ökar sitt spelande. Efter en tids spelande är ungdomarna bättre än pappa Johan. Inte så konstigt, ju yngre man är när man börjar ju bättre rörelsemönster och tajming skaffar man sig. Också i villaområdet blir golfarna fler, då är det säkert bra att ha de numera vanligt förekommande »jättebilarna«. Två personer som Johan skulle välkomna extra särskilt till en golfrunda är Eva och Monica, men de står emot allt vackert tal om golfens välgörande påverkan på hälsan och välmåendet.

– Vi avstår gärna från att leta bollar i högt gräs, detta följs av deras glada skratt.

– Förresten Johan, har du tänkt på fästingana när du letar efter bollen i högt gräs?

– Suck, ni går miste om något stort när ni inte spelar.

En söndag något senare är det dags för en golfrunda. Johan fixar ihop en enkel frukost i arla morgonstunden medan

Sixten rör sig runt benen, jamar och signalerar att han vill ha påfyllning i kattskålen. Nu för tiden är Sixten för gammal för att jaga småfåglar, det är lättare att jaga bara fötter. Jaktinstinkten finns kvar, den tar sig bara nya former. Han nafsar lite lekfullt med tassarna och markerar mot Johans fötter. Lite rispor får man leva med som kattälskare. Johan fyller på i matskålen som står i ett hörn i köket.

Förr drack Sixten alltid vatten direkt under den rinnande vattenkranen i handfatet i badrummet. Nu är höjden upp till handfatet alltför utmanande. Sixten ser nöjt på när Johan fyller på bägaren med vatten och så ställs den på golvet och vips är Sixten på och lapar i sig det fräscha vattnet.

När Johan duschat slår sig Sixten ner mitt på badrumsgolvet och väntar på att bli borstad. Det handlar inte om pälsen, den blir i och för sig också skött men nu väntar en annan rutin. Sixten har efter rekommendation från veterinären börjat få sina tänder borstade. Det här är något som Sixten måste stå ut med resten av sitt liv. Han har drabbats av tandlossning och han har fått hjälp med borttagning av tandsten hos veterinären. Om Eva och Johan varit mer observanta hade de själva kunnat upptäcka Sixtens problem med sin tandhälsa. – Det har tyvärr gått ganska långt för er Sixten, sa veterinären senaste gången.

– Sixten, min käre kompis, dags att borsta tänderna.

– Behöver vi verkligen göra det här?

– Det är bra för dig, jag borstar också mina tänder.

– Det borde räcka att du borstar mina gaddar en gång om dagen.

– Du vet att jag om jag ensam bestämde skulle din linje vinna, men det finns en tuffare general här i familjen, Eva säger att du mår bättre om du får dina gaddar borstade två gånger om dagen.

– Jag vill inte säga att jag inte tolererar tandborstning två gånger om dagen, MEN det tar emot

– Du vet att jag älskar dig och står på din sida, men jag gör det här för din skull, kompis.

– Kör till kompis, men överdriv inte.

Det är inte helt lätt för Johan att klara det här uppdraget helt ensam. Proceduren är densamma varje gång. Det börjar med att Johan tar fram Sixtens tandborste, lägger på tandkräm och låter kattkompisen få känna på doften. Den verkar falla Sixten på läppen. Sedan Sixten blev av med några tänder som veterinären drog ut har familjen under Evas ledning satt igång den här tandhygieniska satsningen som Johan är djupt engagerad i.

– Tro det eller ej, det är faktiskt för din skull jag gör det här.

– Jag vet kompis, men nu är du väl snart klar, eller?

Johan sitter ner på golvet och borstar de tänder han ser och kommer åt, det är några i överdelen och några färre i underkäken. Det utspelas varje gång en kamp där Sixten egentligen helst vill slicka i sig tandkrämen direkt. För att komma åt tänderna måste Johan ner på alla fyra på golvet rakt framför den gode Sixten. Johan både grimaserar och ler för att på det sättet visa för Sixten att han bör öppna gapet ordentligt. Samtidigt pratar han hela tiden vänligt med Sixten om vikten av att sköta sina tänder. När uppgiften är lagom utförd låter han Sixten slicka i sig resten av tandkrämen från tandborsten. Uppenbarligen smakar tandkrämen riktigt gott även den här dagen, inget är kvar på tandborsten. Sixten vänder sig om och går iväg på sin catwalk ut ifrån badrummet. Kattsvansen pekar rakt uppåt. Humöret är tydligen på topp efter tandborstandet. Sixten godtar den här nya rutinen på morgonen även om han ofta försöker korta ner den tid som han låter Johan fara runt med borsten i gapet, ungefär som han vill förmedla: – du ser väl att jag redan slickat rent runt tänderna, eller?

Den här morgonen händer något helt extraordinärt på golfbanan vid golfhålet efter de stora vattendammarna där gässen har sin älsklings- och viloplats. Det extraordinära händer när Johan sagt tack och adjö för den här dagen till gässen.

Johan lägger upp bollen på pegen på hål 8 och konstaterar att han alltjämt är helt solo på golfbanan så långt ögat når. Nu kommer det viktigaste slaget, nästa slag! Han greppar klubban med sina båda händer, riktar in klubban och måttar, ser till att fötterna står rätt i relation till bollen, därefter fokuserar han blicken på bollen under hela svingen, bollen far iväg i en fin bollbana. Innan han går till golfvagnen letar han upp pegen och stoppar tillbaka den i fickan.

Solen skiner och vädret är underbart, som gjort för en golfrunda. Det är inte alltid man ser exakt var bollen landar, hålet är 120 – 130 meter bort. När han närmar sig green syns ingen boll. Konstigt med tanke på att bollbanan var ok, golfbollen borde ligga här i närheten. Ögonen söker av platsen. Ibland är slaget kortare än man trott därför går han bakåt i riktning mot Tee och letar, stannar upp och ser sig om. Ingen boll i sikte. Och så återvänder han sakta gående mot green tittande växelvis åt vänster och åt höger. Ingen boll än så länge. När han minst anar det ser han något vitt i golfkoppen. Det är en boll som ligger där. Men är det rätt boll? Han lyfter upp golfbollen, jodå, Johan konstaterar att det är den egna bollen som flugit i en fin bana och landat på green och rullat ner i hålet. Ett enda slag för att komma ner i den lilla koppen på 125 meters avstånd! Tala om prestation. Hela kroppen känner av det som hände nyss. Blodet tjurrusar runt i kroppen, en underbar lyckokänsla infinner sig. Johan tar en selfie, på bilden ser man en leende golfspelare som i ena handen håller upp en golfboll och en golfklubba, bakom spelaren ser man flaggan på green.

När han senare i veckan vid kaffemaskinen på jobbet berättar om bedriften för en arbetskompis som också spelar golf får han höra att: – hole in-one kan ses som ett bra kvitto på att man slår rakt.

– Tänk, det kunde inte ha sagts bättre. Stort tack.

Härligt fett med beröm från någon som vet vad det handlar om. Lyckokänslan sitter i i många veckor.

Att flytta eller inte flytta?

Mäklarna vill inte bara sälja bostäder som är till salu. Bor man i ett attraktivt område så kan man bli inbjuden av en mäklarfirma för att få veta hur man kan få hjälp med att sälja sitt hus även om man inte planerat att sälja hemmet just den här veckan. Förmodligen hoppas mäklarna att de kan påskynda försäljningen och i förväg få husägarna att besluta sig för vem de ska anlita när det blir dags.

Eva och Johan nås av en inbjudan från den lokala mäklaren till en kvällsträff. Man berättar om nya sätt att »sälja till kunder som absolut måste ha tag i ett hus i just det område där ni bor«.

Lagom många andra villaägare är inbjudna för att få lära sig mer om hur mäklarfirman arbetar och varför man ska anlita dem.

Det handlar om styling och banklån och försäljningsmetoder. Inte bara annonsering ingår, nu för tiden kan man också få sin villa såld utan att grannarna i området har en aning om att något är på gång. Det visar sig att mäklarfirman har ett register med alla familjer som är intresserade av att flytta till den här delen av Bromma. I pausen bjuds på snittar och drinkar. Då ges tillfälle att prata med närvarande grannar som bott länge i området.

Några som är med på mötet är seniorer sedan länge men de verkar inte ha kommit för att de är sugna på att sälja, snarare vill de pröva smaklökarna och få bli kittlade av tänkbara prisnivåer vid en framtida försäljning. Frågorna är likartade i pausen.

– Har ni planer på att sälja?

– Nej, jag vill absolut inte flytta, men min fru som har artros hon vill att vi ska flytta.

– Det kanske är en god idé att flytta trots allt, med tanke på din fru?

– Vi behöver inte flytta för hennes skull, jag kan handla åt oss bägge och det räcker att hon kan bo på ett våningsplan, säger den trevlige grannen.

– Men vore det inte praktiskt med en tillgänglig bostad?

– I dag bor vi billigt och så har vi tomten, där kan frugan hålla på med trädgården, hon älskar att påta i jorden och jag kan sköta maskinerna, det kan inte bli bättre.

Covid 19

Hela familjen Danielsson inklusive de tre utflugna barnen är på gemensam vintersemester i Sälen. Ebba och Daniel turas om att köra jättebilen, Eva och Johan njuter av tillvaron som passagerare.

En morgon står radion på vid frukostbordet, det är en radiointervju om Coronaläget med en chef på Folkhälsomyndigheten. Man pratar om riskerna med skidåkning.

– Men är det verkligen bra att ni tillåter resor till fjällen, med tanke på smittspridningen?

– Vi har tittat på riskerna vid utomhusaktiviteter, skidresor är väsentligt säkrare än mycket annat.

– Men det kan bli mycket folk på ett litet ställe?

– Det viktiga är att ta sig till fjällen på ett säkert sätt och att följa rekommendationerna på plats.

– Men hur säkert är det om det är många i liftkön?

– Även där får man hålla avståndet.

– Men det är ju farligare med smittan på vintern?

– Det är sant att luften är torrare på vintern, men det är mest inomhusförhållanden vi tänker på då.

– Men hur långt ifrån varandra ska man stå i liftkön?

– Precis som på andra ställen, man bör hålla avståndet.

– Ska man stå med en stavlängds avstånd?

– Stå med ett rejält avstånd.

– Men om alla står och mäter upp avstånd med stavarna kanske man sticker varandra, någon kan bli skadad i ögonen eftersom änden på staven kan vara väldigt vass?

– Man bör nog inte stå och vifta med stavarna, ofta har anläggningarna märkt ut avstånd på marken eller på annat sätt, följ dessa anvisningar är vårt råd.

– Vet cheferna för skidanläggningarna mer om avstånd än Folkhälsomyndigheten?

– Nej, men om de är seriösa, vilket vi bedömer de flesta arrangörer är, tar de ett ansvar för att minska smittspridningen.

– Alla har inte lika långa stavar, en del personer kan vara mycket korta även om de är vuxna, hur gör man då?

– Vi uppmanar alla att hålla avståndet som vi gjort ett tag, utomhus är det mycket mer luftomsättning vilket gör att risken för spridning är mycket mycket mindre än inomhus.

– Tänk om man kommer till en skidanläggning som inte har märkt ut avstånden i liftkön?

– Då bör man själv ställa sig på ett gott avstånd till den som står före i kön.

– Då kan det väl bli olika avstånd mellan korta och långa personer?

– Detta fenomen förekommer överallt, det är både korta och långa personer i alla miljöer. Smittspridningen kräver att vi tar hänsyn och håller avstånd, oavsett om vi är korta eller långa.

– Men för en kort person är två meter jäääättelångt och för en lång människa inte så långt, eller?

– Detta är inget nytt, vi bör hålla ett bra avstånd till våra medmänniskor.

– Men om en i familjen blir sjuk en dag, kan de andra fortsätta åka skidor?

– Blir en i familjen eller resesällskapet sjuk eller känner symtom så bör alla stanna hemma i lägenheten eller huset.

– Men om man nu har köpt boende, hyrt skidor och skaffat liftkort är det då så farligt om de friska fortsätter åka, det är ju en utomhusaktivitet?

– Är någon i familjen sjuk eller har symtom bör alla stanna hemma.

– Men man kanske har satsat mycket pengar och så vill man få ut något av resan, förstår du det?

– Det är viktigt att vi alla tar ansvar och ser till att begränsa smittspridningen.

– Men är inte det synd om man satsat pengar på att ta sig till fjällen och så kan ingen utnyttja tillfället till frisk luft och härliga upplevelser? Kanske kan någon i sällskapet åka skidor i längdspåret i stället, det måste väl gå för sig?

– Om man har familjemedlemmar som har symtom så bör alla stanna hemma oavsett om det handlar om utförsåkning eller långdåkning.

– Hur riskfritt är det ute i längdspåret, där åker man fort och andas häftigt på grund av ansträngningen, är det så lämpligt att flera åker samtidigt i spåret?

– Även där bör man hålla avståndet.

– I det kalla vädret kan man få hosta eller så rinner det från näsan, det är väl vanligt?

– Som sagt, man bör hålla avståndet även i längdspåret.

– Men friska utan symtom som har rinnande näsa eller får hosta i spåret på grund av den kalla luften, hur ska de göra?

– Om man är symtomfri kan man åka skidor.

– Men man bör väl undvika att hosta när man möter någon i spåret?

– Även i skidspåret bör man hålla avstånd.

– Men tänk dig att det samlas många där spåren börjar, någon står och spänner fast skidorna och så när den personen reser sig upp så tappar personen balansen på grund av blodtrycksfall, då kanske hen ramlar på någon som står intill?

– Även vid start- och målpunkter och utefter spåren bör man hålla avståndet.

– Studion tar nu över sändningen och vi tackar vår utsände 1:e journalist, Botvid Kluring, som ingår i public service granskande team med uppgift att på försök studera och rapportera från fysiska aktiviteter utanför storstadsområdena.

Dagen efter programinslaget i public servicekanalen hör man nyhetsuppläsaren i samma kanal: – det har inkommit en anmälan från Riksförbundet för Jättekorta personer som anmäler Sveriges Radio för kränkning. Av anmälan framgår skälen till skrivelsen: Man har i inslaget hänvisat till korta personer på ett nedsättande sätt och i en problemskapande kontext. Därigenom har det byggts upp ett narrativ som framställer korta personer som mindre vetande, med konsekvensen att korta personer bör hålla sig hemma och inte vara tillsammans med andra inte ens utomhus, i synnerhet när det är många som deltar i utomhusaktiviteter. Inslaget är ett uttryck för ett storstadsperspektiv där en viktig myndighetsföreträdare ställs inför ett antal frågor som faller utanför alla rimliga gränser, var finns relevansen? Har alla frågorna ett syfte? Har inte journalisten ett folkhälsoansvar? Är detta inslag ett uttryck för god publicistisk sed? Vi finner denna kränkning i public service-kanalen vara helt oacceptabel. Vi förväntar oss en offentlig ursäkt av VDn för Sveriges Radio.

– Efter det här inslaget, vågar vi ge oss ut i spåren eller backarna? frågar Johan.

– Gubben min, vi har väl alltid litat på vårt eget omdöme, utgår från att våra kloka barn gör detsamma. Bilen avgår från vår stuga om en timme, själv tar jag med längdskidorna.

Tjänsteresa på vintern

Efter en konferens och övernattning i Mora är Eva och arbetskamraten Rune på väg tillbaka till Stockholm. Ljudet på tåget är sövande, två dagars arbete med mängder av samtal med kända och okända börjar ta ut sin rätt.

Från en stund till en annan ändras förutsättningarna. Tåget saktar ner och så hörs en kvinnlig röst i högtalarna:

– Vi har fått problem med datorkommunikationen.

Bland passagerna utbryter det som brukar hända. Man börjar prata med varandra om tågtrafikens problem. Rune och Eva byter blickar.

– Måtte vi inte bli stående länge här då kommer det tämligen snabbt bli problem med isbildningen, det har hänt förr, konstaterar Rune helt torrt och sakligt.

– Har du varit med förr? undrar en leende Eva.

– Du vet man har varit med förr på den här linjen, mycket snö och stark kyla och gammal utrustning, men nu ska jag inte vara sån.....

Tåget kommer igång efter en stund, samtalen i tågvagnen kommer igång som vanligt, men man blir ånyo stående efter en kort tids körning. Då börjar det hända saker, det utbryter en febril aktivitet. Personal från serveringsvagnen kommer springande med termosar i färdriktningen. Två yngre uniformsklädda kvinnor följer upp, de springer med en stor termos i vardera handen. En kort stund senare är de tillbaka med snö på fötterna. Uppenbarligen har de hoppat av från vagnen, kall luft sveper genom vagnen.

Några minuter senare kommer alla fyra kvinnorna ånyo rusande i färdriktningen med andan i halsen med nya termosar. En alert resenär frågar: kan vi hjälpa till på något sätt?

En av de uniformsklädda kvinnorna svarar i språnget: – vi har isbildning på ett av hjulen, vi hoppas med varmvatten kunna lösa upp isbildningen. Annars kan vi bli vi stående här.

Hon ökar farten med sina varmvattenflaskor i riktning mot loket.

Eva kan inte bara sitta still och passivt se på, hon reser sig från stolen och går snabbt framåt i tågets färdriktning. Framme i första vagnen ser hon genom fönstret de uniformsklädda kvinnorna langa termosar till en manlig lokpersonal som står vid ett av lokets hjulpar. Han står och borstar snö och is som sitter fast på hjulen. Några passagerare hjälper till, det är trångt i dörrhålet, så Eva kan inte ansluta och hjälpa till med räddningsinsatsen. Passagerare använder händerna för att få bort is och snö. Rune och Eva står bredvid varandra och ser på hjältarna runt loket.

– Vad säger du Rune, har du något förslag?

– Vi kan nog tyvärr bara heja på andras heroiska insatser i vinterkylan. Utandningsluften syns i form av vita rökmoln. Varmvattenberedarna går uppenbarligen för högtryck i serveringsvagnen för att motverka isbildningen utomhus i den 20-gradiga vinterkylan.

– Får jag komma förbi, tack.

Här kommer biljettkontrollanten som också har involverats i leveransen av varmvatten. Hon klättrar ner för trapporna och levererar flera termosar. Det ångar rejält från termosarna.

– Vårt bidrag den här kvällen får bli att avstå från att beställa en kopp te och i stället låta det varma vattnet används för att avisa tåghjulen. Låter det som en uppoffring? Nu får resenärerna i verkligheten och under svåra väderförhållanden bevittna järnvägsföretagets strategi att få tågen att rulla i alla lägen. Personalen ger allt i kampen mot isbildningen. Dramatiken känns i luften. Efter en stunds öppna vagnsdörrar har temperaturen sjunkit rejält inne i passagerarutrymmena.

Alla insatser mot isbildningen fungerar som en interaktionsregulator, passagerarna talar med varandra som aldrig förr. Plötsligt swishar såväl frågor som insiktsfulla kommentarer fram i luften mellan passagerarna. Uniformskvinnorna kommer in i värmen med både svettiga och nedkylda anletsdrag. De unga kvinnorna som kämpat heroiskt mot vädrets makter får en varm applåd av passagerarna. Det stannar inte vid det, det hörs busvisslingar och tillrop som kan jämföras med vad som sker i en teatersalong efter en uppskattad pjäs. Inga ledsna miner här.

Till sist kommer ett meddelande i högtalaren, – insatsen för att få igång tåget har avslutats. Tåget kommer bli stående ett tag på spåret. Färden mot Stockholm får fortsätta med buss.

Väl framme i Stockholm handlar det om att ta sig fram i lokaltrafiken. Taxiköerna är avskräckande långa. Prövningarna är inte slut. En rulltrappa står still. Bredvid rulltrappan står en man i uniform och tittar på den stillastående rulltrappan. Där, en bit upp i rulltrappan, ser de en man i overall som ligger på knäna. Det ser ut som han ockulärkärbesiktigar artefakten, på nära håll.

»Servicecoach« står det på ryggen på mannen i uniform.

– Ska han »coacha« rulltrappsreparatören eller ska han »coacha« rulltrappan säger Eva och nickar mot mannen.

– En bra fråga som man brukar säga. Tekniken har inte varit på vår sida idag, låt oss hoppas att hissen där borta fortfarande fungerar, vore skönt att slippa släpa resväskan uppför trapporna

Väl framme vid hissen öppnar sig dörren och ut kliver en ung man med en barnvagn, de hemvändande Moraresenärerna går snabbt in, Eva ler tacksamt när hissen går igång.

– Tack gode Gud, nu hade vi äntligen lite flyt.

En sista färd

Sixten har kommit in på sitt sextonde år och blivit en viktig del av familjen, älskad av alla. Han är numera kattpensionär med bekymmer som liknar andra pensionärers som går på två ben. Inte längre kan han som i unga år hoppa upp i handfatet i badrummet och dricka vatten från kranen, numera får han vattnet serverat i en bunke bredvid matskålen. På grund av magbesvär äter han skonkost. Ett antal tänder har tappats och några har dragits ut. Aptiten har minskat vilket gör att han äter mindre. Det märks på olika sätt att han inte är lika frisk och pigg som förr. Han vilar mer och orkar inte gå så långt. Ofta syns Sixten ligga i någon av husets sängar. När han inte kunnat behålla maten under en tid går Eva och Johan till veterinären som konstaterar att Sixten har en tumör i magen.

– Har han stora smärtor till följd av magbesvären?

Veterinären nickar.

– Vad kan ni göra för att hjälpa honom?

– Det finns tyvärr inte så mycket att göra för att bota honom.

– Vi behöver åka hem och smälta det här.

Eva och Johan blir väldigt nedstämda och pratar om saken med alla barnen inte minst Lisa.

– Om han inte klarar att behålla maten och om han är så dålig som veterinären säger, med vilken rätt låter vi lidandet fortsätta?

Eva pratar länge med Lisa och berättar för henne om Sixtens sjukdom. Lisa gråter men förstår samtidigt att man inte bara kan låta tiden gå.

– Veterinären säger att han har väldigt ont. Det är inte rätt att låta det fortsätta, hans liv är väldigt begränsat numera.

– Jag förstår vad veterinären säger, jag har inga andra förslag, säger en gråtande Lisa.

De kommer överens om att Lisa ska komma hem under den närmaste tiden och säga hej då till Sixten.

– Lisa, nu har jag bokat en tid för Sixten hos veterinären, då kommer han få en spruta som ska hjälpa honom att för evigt bli av med sitt lidande, säger Johan.

– Det är så hemskt när du säger så där pappa.

Två veckor senare är det dags. Sixten som alltid känt på sig när det är dags att åka bil reagerar knappt när Johan tar fram transportkorgen. I normala fall hade han sprungit och gömt sig långt innan han sett transportkorgen, redan när han hört ljudet av en transportkorg skulle han gömt sig för att slippa undan obehaget med bilåkandet.

På den här resan sitter han lugnt och fint i knät på Eva som sitter på passagerarsätet bredvid Johan. Ingen transportkorg behövs i dag. Sixten reser sig upp emellanåt på bakbenen och tittar ut både framåt och åt sidorna när de far fram i jättebilen på väg till Djursjukhuset.

Sixten som varit så trött och sliten den senaste tiden är i dag som en nyfrälst person som är klar och vaken och på gott humör. Han tycks inte ha något obehag av att åka bil, det förefaller som han inte gjort annat i livet än att åka bil och njuta av utsikten. Eva pratar med honom och berättar var de åker och om platser de passerar.

Väl framme vid Djursjukhuset hoppar han glatt och villigt in i transportburen. Reglerna på Djursjukhuset är sådana att katter bör sitta i transportburen när man går in genom entrédörren.

De har bokat tid och visas till ett rum med kala vita väggar. I rummet finns ett undersökningbord där Sixten och andra katter ofta får stå eller ligga när de undersöks av veterinären.

När de varit på besök här med Sixten vid andra tillfällen för att få en spruta eller en undersökning har det alltid gått till så att Sixten lagt sig ner på golvet och gjort sig så liten som möjligt. Han har alltid varit väldigt försiktig eller för att inte säga rädd i det här rummet. Uppe på undersökningsbordet har han inte rört sig utan legat helt blixtstilla och underordnat sig totalt, i vetskap om att i den här lokalen är det någon annan som bestämmer.

Så totalt annorlunda uppträder Sixten i dag. Han går stolt fram på golvet och ser sig om och undersöker allt som finns att undersöka. Svansen viftar glatt och den står rätt upp precis som den alltid gjort när han gått omkring i familjens villa.

Eva lyfter upp honom till fönstret, där sätter han sig först sedan går han på fönsterbrädan och tittar ut genom fönstret mot skogen utanför. Det rycker i mungipan när han ser en fågel utanför fönstret. Jaktinstinkterna sitter kvar även om han är sjuk.

När veterinären kommer in i rummet hoppar Sixten ner på golvet och går fram och hälsar genom att jama och stryka sig utmed benen på den kvinnliga veterinären.

Eva och Johan ser med förundran på Sixten, det kommer tårar i ögonen på både Eva och Johan.

– Som Sixten uppträder i dag har han aldrig gjort förut, i dag är han frimodig och helt orädd, säger en tagen Eva.

– Hur står det till? Frågar veterinären. Har ni kommit fram till något beslut?

– Vi vill inte att vår käre Sixten ska lida. Om det är som du sa förra gången ser vi ingen annan råd, säger Eva.

– Tyvärr har jag inget annat besked, jag har tittat på röntgenbilderna tillsammans med en kollega, bilderna är tyvärr helt entydiga, han mår inte alls bra och han kommer inte bli bättre. Sixten har ont, rejält ont.

– Det är märkligt att han har uppträtt så helt annorlunda idag, jämfört med hur det brukar gå till när vi är här, säger Johan.

– Vi är helt konsternerade, fyller Eva i.

– Även en katt kan ha olika dagar, säger veterinären och ler lite försiktigt.

– Gör vi verkligen rätt om vi låter dig ge honom en spruta i dag, det beslutet är oåterkalleligt, säger Eva.

– Jag har tyvärr inget annat besked, veterinären nickar men ler inte den här gången. Hon möter Evas och Johans frågande blickar. Det blir tyst i rummet. Eva och Johan tittar på varandra, Johan lägger armen om Eva.

Eva bryter tystnaden: – då så, vi vill inte göra livet outhärdligt för vår älskling, låt honom få slippa pinan.

Veterinären lämnar rummet och stänger dörren efter sig.

Sixten vandrar lugnt runt på golvet och hoppar upp i famnen på Eva som satt sig på en stol. Han ställer sig upp på bakbenen och låter sig bli klappad av Eva, han spinner så lugnt och fint.

Veterinären kommer tillbaka med en liten väska. Hon ger Eva instruktioner om hur hon ska hålla i Sixten medan han ska få sin spruta.

Sixten lägger sig till rätta i Evas famn och så tar veterinären fram en stor spruta som Johan granskar med blandade känslor.

Sixten är alltjämt helt lugn och ser väldigt trygg ut. Johan vet inte längre var han ska titta.

Sprutan sticks in i buken på Sixten och så pressas innehållet i sprutan in i Sixtens kropp, allt går väldigt lugnt till. När sprutan tas ur klappar både Eva och Johan sin käre Sixten. Ingen säger något.

Inga ljud hörs från Sixten, hans kropp ligger helt lugn och stilla.

Efter en stund går veterinären iväg, Eva och Johan sitter kvar och småpratar med Sixten. De kan inte hålla tårarna tillbaka.

– Hur känns Sixten?

– Han är helt avslappnad, han somnade in lugnt och stilla, inga kvidande ljud, jag kände inga ryckningar eller att han på något sätt led eller hade obehag av sprutan. säger en tagen Eva.

Johan gråter stilla, efter en stund snyter han sig.

– Vi hade inget annat val.

– Så är det.

När veterinären kommer tillbaka läggs Sixten i en vit låda, Eva tar fram sin kamera och tar flera bilder på honom.

I bilen på vägen hem pratar de om det avslut som de nyss bevittnat.

– Tänk vad annorlunda det var i dag. Sixten var så pigg och uppmärksam på vägen dit nästan som att man skulle kunna tro att han visste vad det handlade om, som om han ville uppleva allt fullt ur. Det var så surrealistiskt som om han såg fram emot vad som skulle ske. Det som vi var med om är så tragiskt samtidigt som det känns vidunderligt, nu har vi ingen Sixten kvar längre, säger Eva.

Johan torkar tårar och snyter sig.

– Han kommer alltid vara kvar i våra liv. Tänk att han var så orädd och vaken från starten idag, som om han verkligen ville vara med om allt fram till slutet.

– Veterinären gjorde den här kämpiga upplevelsen till ett fint avslut och ett minne som vi kan bära med oss.

Två veckor senare får de hämta en urna som de gräver ner på tomten. Ovanpå urnan planterar de en buske som får namnet Sixtenbusken.

Tacktal

Årsmötet med villaföreningen håller på att rundas av. På alla galor när det handlar om att dela ut priser till personer som gjort något extraordinärt inom något område såsom litteratur, musik eller film så hålls det tal.

Dagens årsmötesvärd är dagen till ära Ebba, det är brukligt att värden kommer från ett hushåll som ska flytta eller har flyttat under året.

– Nu efterlyses största möjliga tystnad.

Därefter tittar Ebba ut över folkhavet av villaboende i området.

– Dags för Eva och Johan att hålla låda, kom ihåg – kort och koncist är bäst.

För att spara tid pratar Eva och Johan unisont.

– När vi flyttade in i villan sa en vän till oss att en villaägare är glad enkom två dagar, den första och den sista.

Vi vet nu att den Typen hade fel.

Precis som kärleksliv och äktenskap innehåller toppar och dalgångar så är villalivet inte alltid perfekt. Livet i villan har varit härligt inte minst tack vare tre underbara människor Ebba, Daniel och Lisa samt vår älsklingskatt Sixten, han är med oss »från andra sidan«.

Till sist vill vi tacka våra föräldrar för att vi finns till utan dem skulle inte heller våra barn finnas till. Ett extra tack till Lotten, Torsten och Frank för att vi fick åka på språkresa till Cornwall där vi två träffade varandra.

Till sist – tack kära villavänner!

– Kortaste avskedshälsningen idag, ni ligger bra till för ett särskilt omnämnande i årsmötesprotokollet, konstaterar Ebba.

Efter årsmötet vandrar familjen hem för en sista kväll i villan tillsammans med släkt och vänner.

Eva tar till orda.

– Ikväll kör vi en enklare avrundning för er alla som varit ovärderliga för oss, ni kommer givetvis bli inbjudna till en inflyttningsfest i vår lägenhet om några veckor.

– Snarare månader, inflikar Johan.

När natten går över i morgon är det bara Eva och Johan som är kvar i villan. De ligger utsträckta på golvet i sovrummet på var sin madrass.

– Många andra av våra grannar flyttade när barnen lämnade boet. Vi bodde kvar, därför att vi var så rädda för att nästa boende skulle bli sämre än det vi har här.

– Man kan inte jämföra en villa med en lägenhet, det blir inte rättvist. Men kom ihåg hur rädda vi var när vi flyttade från den fina lägenheten. Den flytten klarade vi. »Typen« Adam fick inte rätt.

– Varför är det så svårt och stort för oss, när alla andra så lätt kan besluta sig för att flytta?

– Bra fråga brukar man säga, jag vet bara att någon gång måste man flytta om man själv vill ha koll.

– Hoppas vi gör rätt.

– Om några timmar kommer flyttfirman. Då tar villalivet definitivt slut.

Innehållsförteckning